單行戀

외사랑

TR 著

陳莉蓉 譯

volume 03

00:00:00

Contents
目錄

MOVIE
Odd Love
Under 18 requires accompanying parent or adult guardian. Contains some adult material. Parents are urged to learn more about the film before taking their young children with them.
외사랑
AFTER STORY
後日談
Number. 005

MOVIE
Odd Love
Under 18 requires accompanying parent or adult guardian. Contains some adult material. Parents are urged to learn more about the film before taking their young children with them.
외사랑
AFTER STORY

最後的愛
Number. 052

MOVIE
Odd Love
Under 18 requires accompanying parent or adult guardian. Contains some adult material. Parents are urged to learn more about the film before taking their young children with them.
외사랑
AFTER STORY

後日談的後日談
Number. 166

■■■ AFTER STORY

後日談的後日談的
後日談

Number.
210

MOVIE

Odd Love

Under 18 requires accompanying parent or adult guardian. Contains
some adult material. Parents are urged to learn more about the film
before taking their young children with them.

외사랑

■■ SIDE STORY

·番外一
夏季感冒

Number.
222

MOVIE

Odd Love

Under 18 requires accompanying parent or adult guardian. Contains
some adult material. Parents are urged to learn more about the film
before taking their young children with them.

외사랑

■■ SIDE STORY

·番外一之二
相思

Number.
251

MOVIE

Odd Love

Under 18 requires accompanying parent or adult guardian. Contains
some adult material. Parents are urged to learn more about the film
before taking their young children with them.

외사랑

■■ SIDE STORY

·番外二
冬季休假

Number.

後日談

噠，噠，噠。

手指在堅硬的原木桌上有規律地敲打著。聲音不算大，但這個空間裡的每個人都對聲音保持著高度警惕。在男性中可稱得上漂亮的潔白修長指尖上，修剪整齊的指甲再次敲打起桌子。那個聲音從剛才到現在都一直規律地持續著。不知怎的，這道聲音讓人感到很神經質，是人們的錯覺嗎？但大家都很緊張，連呼吸的聲音都不敢發出來，只能流著冷汗互相看著臉色。

其實這個氛圍不是剛形成的，從走進會議室時開始，男人就散發著寒氣了。冰冷僵硬的表情，閃著寒光的眼睛，任誰看都會覺得今天肯定有人會遭殃，萬一惹到他，說不定會被扒到連骨頭都不剩。雖然他最近因為像瘋子一樣埋頭於工作，有了「比以前更老實一些」的評價，但這並不意味著人的本質會消失。傳聞在暗地裡都傳開了，有傳言說男人是個有時會根據自己的心情，毫不猶豫地做出瘋狂事情的瘋子，譬如說他有動手的習慣，有時會無緣無故地將人狠狠打一頓後，再扔出幾張支票了事，還有著連「紊亂」一詞都不足以形容的性生活等等。而他會像吸了毒一樣發瘋的傳言，在座的主管中幾乎無人不曉。

當然，就算沒有那些傳聞，他也是一個必須小心對待的男人。作為帝王的繼承人，其存在其實已經和帝王沒兩樣了。雖然比在座的任何人年紀都還要輕，但他還是翹著二郎腿坐在最上位，用手撐著下巴，眼神本身就充滿了傲慢和倦怠。男人的存在自身就具有威懾力，即使他不強調自己的權威，也具有不可逾越的壓倒性威嚴。不僅擁有帝王的血統和特有的領袖風範，男人甚至還兼備著聰明的頭腦、判斷力和實力。

但是，難道正因為他是這樣的男人嗎？男人似乎理所當然地擁有糟糕的個性，舌尖更像是帶著一把刀刃似的，在這個會議室裡，被他的毒舌傷害而精神崩潰的人不只一、兩個，更可怕的是，男人並不是用權威來壓制他人，而是逐條追究事實關係、分析現象來進行指責，因此沒有任何反駁的餘地。有時甚至連人的心理都會被他看得一清二楚，讓人不寒而慄。

這樣的男人在會議開始前就控制著氣氛，因此這個會議室裡必然充滿了緊張感，而且報告已經結束了，他也只是保持沉默，用指尖敲打著無辜的桌子，難免令人害怕，報告的人感覺就快嚇得尿褲子了。

「……咳咳。」

噠。

當有人鼓起勇氣發出清嗓子的聲音時，男人的手指才停下來。用一隻手支著下巴，用手指敲打桌子，營造出這沉重的沉默和充滿恐懼的氣氛的男人，終於慢慢抬起視線，然後馬上意識到報告已經結束，簡報停留在最後一頁，黑暗的會議室早已恢復了光明。

不知道報告已經結束，讓等待評論的公司高層們全部緊張起來的男人——鄭載翰慢慢放下托著下巴的手，挺直了身體。本季度業績報告沒有太大的問題，銷售額甚至比以往都好，難道他是還想抓出什麼缺點，說一些不好聽的話，才製造出這樣的氣氛嗎？公司高層們都咽著口水望向鄭載翰。

沒過多久，他開口了。

「就先這樣吧。」

這句話就像把鼓脹到快要破裂的氣球刺破的針一般。

他沒有多說什麼，讓男人們反而開始懷疑自己的耳朵，但是鄭載翰已經毫不留戀地從座位上站了起來。男人們仍然保持著沉默，因為走出會議室的鄭載翰眉頭皺得厲害。直到他終於走出會議室，關上門後，男人們才得以喘口氣。

現在是五月底，春天還未結束，卻已經能感受到提前到來的酷暑。漆黑的夜晚，在照亮道路的路燈下，還未從樹梢落下的花朵搖搖欲墜。這是個能夠激起奇妙興奮感的美麗夜晚。

然而，在車內透過車窗望向春意盎然的夜晚街道的鄭載翰，表情卻是冷冰冰的。他偶爾會皺起眉頭，嘴角也在抽動，似乎是有什麼不滿。正如他的表情所表現出來的，鄭載翰現在處於非常不快的狀態。

這一切都是因為那該死的尹熙謙。越想越氣憤，無法忍受，甚至都想當面罵他是「狗東西」、「大混蛋」了。久違地湧上心頭的憤怒無法輕易熄滅。

距離在電影院裡激烈爭執的那天已經過去四個月了。雖然最初的一個月兩人的關係還有些尷尬，但以某一時刻為契機，現在正度過一段美好的時光。

直到昨天，鄭載翰還期待著今天的到來。其實本想快點說出來的，但還是一直忍到了今天，同時也做了很多準備。他預定了今天的餐廳，還訂好了氣氛好的酒吧和頂級飯店裡風景最好的套房，甚至還挑好了今天要一起喝的葡萄酒。

當然，最下功夫的就是要送給他的禮物。

之前就一直想好好買個東西送他了，而今天就是絕佳的機會，沒有比今天更適合送禮物的日子了，所以真的很努力地從前幾天開始，不，從幾週前開始就用心地做了準備。

今天是尹熙謙的生日。

「媽的，問題到底是出在哪裡啊……！」

鄭載翰再次想起今天早上的事情，憤怒直衝頭頂。

今天早上，是期待已久的尹熙謙的生日。

直到一起喝了海帶湯[1]當作早餐為止，尹熙謙的心情看起來都很不錯。他雖然還沒完全睡醒，但在看到餐桌上擺的飯菜後還是咧嘴笑了，用餐時也用充滿愛意的眼神看著鄭載翰。鄭載翰確信，他那眼神中蘊含著如蜂蜜般甜蜜的愛情。

比鄭載翰晚起的尹熙謙為了和他一起享用早餐，好不容易起了床，連漱洗都還沒做，就因為他說有禮物要送給自己，就被帶到了地下停車場。直到那時，尹熙謙的心情看起來都還很好，所以鄭載翰心想，他看到禮物一定會很開心。

Range Rover LWB，車體巨大，甚至可以稱得上雄偉，閃閃發光的白色外觀同時非常合鄭載翰的心意。雖然並非沒有粗糙感，但他還是覺得這漂亮的感覺和尹熙謙很相配。

自從和尹熙謙重逢後，鄭載翰一一閱讀了與他相關的資料，因此也知道尹熙謙在演員時期買過哪種車。當時他開的是奧迪，而且是一輛SUV。就連在有關汽車的採訪

1　海帶湯：韓國人會在生日當天喝海帶湯，以紀念母親辛苦生育自己的辛勞。海帶湯也含有健康、長壽等寓意。

中，他也有說過自己喜歡SUV，因此，他確信這次的Range Rover是個非常完美的禮物。雖然也曾苦惱要不要送賓士G-Class，但最終他還是認為Range Rover更適合尹熙謙。

到目前為止，尹熙謙都沒有過一輛像樣的車，只會搭韓柱成的便車，偶爾甚至還會向韓柱成借用他那臺老舊的破車，尹熙謙不會知道這對鄭載翰來說是多麼不愉快的事。鄭載翰本來就很想買輛車送給尹熙謙，而他的生日即將到來，自然是沒有比這更好的機會了。都說這世上沒有一個男人會不喜歡車子，尹熙謙看到車子肯定也會開心的吧。

鄭載翰把鑰匙交給了尹熙謙。然後期待著能看到他高興的表情，把尹熙謙帶到了車前。

「……」

但是尹熙謙沒有笑，表情反而還變得僵硬。

因為是完全沒有預料到的神情，鄭載翰一時慌了神。他怎麼會不喜歡呢？不，那不僅僅是不喜歡的反應——

而是一臉氣憤。

「……謝謝。我今天晚上要和製作公司的人開會，會比較晚回來。」

他道謝的話聽起來絲毫不帶有感謝的意味。因為尹熙謙壓低的聲音好像在畫出界線，要求鄭載翰別越線，這讓鄭載翰也同樣變得僵硬。

「路上小心。」

道別方式和平時一樣，但沒有擁抱，也沒有親吻。不，就算這裡是停車場，沒辦法這麼做好了，但那句道別還是木訥且毫無感情和笑意。

驚慌失措，莫名其妙，甚至感到荒唐的鄭載翰迷迷糊糊地去上班了，然後過了一段時間，尷尬和憤怒開始湧上心頭，要求取消餐廳、酒吧和飯店預約時的憤怒特別難以言喻。他想要立刻打電話給尹熙謙，或是跑去製作公司的會議上大鬧一場，隨心所欲地發脾氣、大吼大叫。他好想知道尹熙謙他媽的為什麼要這個樣子，簡直都快瘋了。

託他的福，他這一天都無法安心工作，一整個上午都在想尹熙謙為什麼會有這樣的反應。在中午有約，出去和外部人士吃飯的時候，也不記得聊了什麼、飯是用嘴吃的還是用鼻子吃的，心裡焦急得不得了，只能忍住不爆發。在之後的會議上當然也無法集中精神，幸虧是事先掌握了內容的報告，否則自己無法集中精神的不像樣姿態差點就暴露了，就連這個都讓鄭載翰非常生氣。憤怒湧上心頭，真想把所有的東西都砸爛。

他晚飯也沒吃，就在辦公室裡工作，現在的時間已經過了晚上八點、快要九點，卻因為傷透了心，導致肚子也不餓。實在太生氣，甚至連家都不想回了。

尹熙謙有說今天會晚點回家，但不知道會多晚。如果回家後發現尹熙謙不在，家裡是空的，我一定會非常生氣。所以當初就不該取消對尹熙謙的監視的。尹熙謙在某天發現了我布局在他身邊的眼線，神情滿是不悅，於是我只好將眼線撤掉，現在搞到我連他的行蹤都不知道了。多虧於此，心情變得更加彆扭了，我現在真的是處於即將爆發的狀態了。

「……理事，我們到了。」

車子抵達鄭載翰居住的大樓前，司機打開了車門，可鄭載翰卻沒有下車，只是盯著空氣看，司機只好小心翼翼地說道。因為有聽說在自己背後始終散發著凶惡氣勢的雇主脾氣特別差，所以司機的聲音因緊張而微微顫抖著。

「……媽的。」

這就是鄭載翰的回答。

因為偶爾會看到金泰運滿臉瘀傷地跟在鄭載翰身邊的樣子，司機也有些緊張，生怕自己也會成為那暴力的犧牲者。然而，與司機的想法不同，鄭載翰直接下了車。

就連他走進大樓裡的腳步也充滿了即將爆發的憤怒。經過大門，搭上電梯，抵達最高樓層的頂層公寓，他的心情絲毫沒有好轉的跡象。

鄭載翰突然開始有點後悔，後悔不該讓尹熙謙住進自己家。

當初從電影院來到這裡就是個問題吧?把這段時間隱藏、隱瞞的感情訴諸言語，進入平穩狀態後的兩人暫時擁抱在了一起，沉默不語。就這樣抱了半天，在激動的呼吸平靜下來，感情也緩和下來後，尹熙謙為鄭載翰整理了衣服。兩人就這樣來到了鄭載翰家，從那以後到今天為止，他們的關係一直以同居的形式持續著。

一開始，只是因為他家比見面的地方更近，所以會經常來到這裡。雖然這是他第一次讓家管人員之外的人進到家裡，但對鄭載翰來說，允許尹熙謙的進入卻無比神奇得沒有排斥感，所以只要下了班，尹熙謙就會像流水一樣，自然而然地來到鄭載翰的家裡。不管是空出衣櫃的一角，再用尹熙謙的東西填滿，還是讓他的氣味留在家中，他的東西越來越多，鄭載翰對這些都沒什麼特別的想法。

但是他現在不僅很憤怒，心情也很複雜。不，某種類似不安的情緒沉重地壓在胸口，讓他甚至需要壓抑著憤怒。心情很糟，不是普通的糟。

這一切從什麼時候開始變得如此理所當然了呢？

尹熙謙存在於原本只屬於我的空間這件事變得理所當然。我們經常會一起回家，又或是在我回去的時候，他正在家裡等著我，當然，他偶爾也會有晚回來或是不回來的時候，那時候就能感受到更深刻的情感，所以感覺也很不錯。和他通電話聽到他的聲音、訊息往來與面對面對話不同，有著別樣的心動。這樣的熟悉和馴服對鄭載翰來說是極大的穩定和平靜。

但是這些也都只是關係要好時期的事情。就這樣莫名其妙地在感情受傷的情況下分開，傷心的心情昇華為憤怒的狀態下回家，腳步實在是很沉重。厭惡期待著他會在家的自己，如果抱著期待，尹熙謙卻不在家的話，他可能會更生氣，但其實他分明就有說過今天會比較晚回家的。要是平常，鄭載翰可能還會打電話問他在哪裡，但今天的心情實在是無法好好講電話。別人送了禮物，卻表現出那樣的態度，這對鄭載翰來說是一件不快到無法忍受的事情，所以連打電話的心情都沒有。

「……唉。」

鄭載翰一出電梯，口袋裡的手機就開始震動。在看到螢幕上出現的名字後，嘆了口氣，暫時停下了腳步，考慮著是否要接起電話。然而，這一如往常地只是徒勞的苦惱，因為對鄭載翰來說，只要是關於尹熙謙的事，他就不可能推開。

「喂？」

打開家門，鄭載翰接起了電話。他接電話的聲音很低沉，但不知怎的，電話那頭的對方沒有回答。鄭載翰詫異地皺著眉頭道：

「尹熙謙先生？」

直到脫下皮鞋，走進客廳，尹熙謙都沒有回答。那一刻，他心臟一震。媽的，該不會是發生什麼事了吧？這種不祥的預感讓鄭載翰感到心慌，脊梁都突然直了起來。

「尹熙謙先生，怎麼了？發生什麼事了嗎？你為什麼不說話？」

追問的聲音變得急躁起來，但他仍然沒有回答。

「喂喂？尹熙謙先生——」

「……我只是想知道您什麼時候會回來。」

尹熙謙的聲音終於傳來，但那道聲音不是從手機，而是從旁邊傳來的。鄭載翰的頭朝著發出聲音的方向「嗖」地轉了過去，然後在廚房那邊發現了呆呆地拿著手機的尹熙謙。該死，鄭載翰雖然心情複雜，在心裡叨念著髒話，但分明是鬆了一口氣。

但他也確實嚇得心臟咯噔了一下，所以對這種情況還是感到有些不耐煩。本來就已經對尹熙謙感到失望又生氣了，再加上煩躁感，使他的表情看起來十分冰冷。鄭載翰脫下外套走進更衣室，把外套和背心掛好，解開領帶隨意一扔，來到客廳之後，尹熙謙向他走來。

「我們談談吧。」

「談什麼？」

鄭載翰雖然回答得十分生硬，但還是與尹熙謙一同坐到了沙發上。難道是因為受到驚嚇後安心了嗎？憤怒比剛才平息了一些，不，其實不管他做出什麼解釋，都能舒緩一切。光是他的存在本身，只是流露出悄悄觀察他臉色的表情，就能讓鄭載翰的心情得到緩解，尹熙謙的存在就是如此。雖然心情很糟糕，但每次自己的憤怒都會在他面前無力地消失。

鄭載翰嘆了口氣，把手伸向尹熙謙準備的酒杯。他已經把他們經常喝的洋酒加了冰塊調好了。

「您吃過晚餐了嗎？」

「吃了，會議談得還順利嗎？」

「……我很早就回來了。」

「不是說會比較晚嗎？」

尹熙謙看著反應依然冷淡的鄭載翰，嘆了口氣。現在居然還敢給我嘆氣？正當鄭載翰的心情再次變得糟糕的剎那——

「……今天是我的生日嗎？」

令人意想不到的話從尹熙謙嘴裡蹦了出來。

鄭載翰一瞬間懷疑了自己的耳朵。他現在是在問今天是不是自己的生日嗎？鄭載翰開始懷疑自己的理解能力，所以只能反問一句。

「……什麼？」

「……」

面對充滿詫異的反問，尹熙謙以沉默回答。

難怪他的臉因尷尬而有點紅了。看著那張臉，鄭載翰的臉上甚至流露出驚慌的表情。等等，他是連今天是自己的生日都不知道嗎？

「……我見到了柱成哥，他祝我生日快樂。」

「……喂……」

「這麼說來，早上也喝了海帶湯。」

「……你不知道嗎？」

只能說這真的太荒唐了。洗完澡出來的鄭載翰做好上班準備的當時，尹熙謙才剛起床，揉著眼睛走出房間，然後坐在餐桌上看著準備好的海帶湯，咧嘴笑了。所以他不是因為我為他準備了海帶湯才笑的？還有他到底把我說要送他禮物這件事當成什麼了？就算沒有說生日快樂什麼的……

「……到了我這個年紀，就會忘記自己的生日……」

你不是才跟我差了兩歲而已嗎？

鄭載翰無言地望著尹熙謙。也許是自己也覺得不好意思，尹熙謙甚至不敢和鄭載翰對視，只是喃喃自語地說著。但是那個模樣……

「……該死。」

真的是可愛到讓人想罵髒話。鄭載翰瞬間覺得今天一整天動搖和折磨自己的憤怒就像雪融化一般消失，連痕跡也蒸發了。他只是噗嗤一笑。

天啊，明明早上給他喝了海帶湯，還送了一份豪華的生日禮物給他，可他竟然都不知道今天是自己的生日。

「那你為什麼在看到車子之後，表情會那麼難看？」

由於心情平復，即便語氣還是很生硬，但鄭載翰現在可以更容易地提出問題了。

尹熙謙回答得有點猶豫，好像在考慮該怎麼說才好。

「唉。」尹熙謙嘆了口氣，回答道。

「因為我不知道那是生日禮物，覺得有點太誇張了。」

「……」

就連這個回答也刺中了鄭載翰的痛處。太誇張了……啊。

「不對，就算是生日禮物也太誇張了，我又不是會開那種車的人。」

「……我只是想送，就送了啊。」

「手錶跟衣服也是，上次的房子也一樣。」

房子。這讓鄭載翰想起來，之前他把江北的公寓過到尹熙謙名下的時候，他的表情也很微妙。鄭載翰知道，即便他們兩人以同居的形式生活著，尹熙謙也還是需要自己的空間，而他同時也希望「尹熙謙的家」不是那間破舊的房子。尹熙謙把賺來的錢都拿去償還製作公司的債務，所以手上的存款不多，並不能搬家，可儘管如此，他還是需要「家」這個空間，鄭載翰便希望尹熙謙可以使用他之前買的房子。他幾乎是半強迫地讓尹熙謙整理掉之前住的房子，然後搬進那個家裡去。後來又怕他覺得那不是自己家，住起來會不自在，就把房子過到了尹熙謙名下。

但是現在回想起來，當時尹熙謙還補充了一句，說他一定會還房子的錢。鄭載翰當時不以為意，只當作耳邊風，直到現在才想起，他那時似乎是真的覺得很有負擔。居然覺得禮物有負擔，這對鄭載翰來說有點衝擊。

「……再這樣下去，要是連信用卡都給了我，要我拿去支付生活開銷，我會覺得非常無地自容的。」

「……」

正因為有這樣的想法，鄭載翰心裡一驚。如果買了高檔車給他，他卻養不起那輛車……不，即使不是養不起車，只是需要生活費，鄭載翰也打算直接給尹熙謙一張卡。一方面其實也是因為如果尹熙謙使用了信用卡，鄭載翰就能透過刷卡明細掌握他的行蹤，這對由於尹熙謙不喜歡而無法派人監視他的情況也會有所幫助。但是這樣會讓尹熙謙感到無地自容？這又是什麼意思？

「我說過我不是為了錢才和理事交往的，也希望您不要往那個方向想。可是您若無其事地送我昂貴的禮物，而我也收下了的話，那不是很奇怪嗎？」

「……」

「收到您送的那麼高價的禮物，怎麼說呢……有時候反而會讓我更加不安，因為我沒辦法讀懂您的所有想法。」

就像我無法完全了解他的思考一樣，他也不知道我的想法。鄭載翰隱約明瞭了尹熙謙這句話的意思。

過去，鄭載翰不清楚尹熙謙的想法，所以胡亂猜測著他無法用語言表達的感情和思想，感到很痛苦。一方面想為他做點什麼，另一方面又懷疑他是不是想要利用自己，才會和自己來往。那已經是幾個月前的事了，鄭載翰甚至已經把這些想法用語言傳達給尹熙謙了。

在電影院的那天，尹熙謙曾說過他沒有那種意圖，他想要的只有他的心而已。或許是因為想聽到這句話，鄭載翰相信了。不，是因為想相信，所以為了相信而不斷費盡心思。

但尹熙謙也一樣，即使想相信也無法相信。交往一個月左右時發生的事情，讓他知道自己其實也不相信鄭載翰，甚至還感到很不安。因為不安、嫉妒和想要相信對方的心，讓彼此都更加深了懷疑。

這成為了兩人之間的一大契機。在看到尹熙謙顯露出不安的一瞬間，鄭載翰輕易就被尹熙謙攻陷，簡直讓人哭笑不得，此後對愛情的表達無論是身體接觸還是物質上，都像流水般自然，甚至都忘記了不安感，完全沉浸在這段關係中。那對鄭載翰自身來說也是非常驚人的一件事。即使意識到了這一點，他也沒有產生反感或懷疑等負面情緒，心裡反而變得踏實了，於是想怎麼做就怎麼做了。準確來說，他其實是因為不擅長語言或行動來表達愛意，所以才想用物質方面的東西來填補。

鄭載翰做夢也沒想到自己的這種行為反而會讓尹熙謙感到不安。

「尹熙謙先生。」

所以聽到他說「太誇張了、有負擔、會感到羞愧和不安」，比起生氣，更感到抱歉。

「雖然你說我為你做的事情太誇張了。」

因為不知道該怎麼表達，鄭載翰沒能輕易說下去。他好像能懂，但另一方面又無法完全理解尹熙謙對自己的禮物感到負擔，甚至感到不安的這些話。鄭載翰一直都處於給予的立場，從來沒有成為盲目接受的一方過，因為無論在任何關係中，他都是處於甲方的位置。對於沒有意識到開始和結束都掌握在自己手裡，而不是對方手中的鄭載翰來說，或許永遠都無法理解尹熙謙的不安。

「但是我很有能力能做這些事情，所以你不用覺得有負擔。」

然而，因為自己的行為，戀人不是感到幸福，而是感到不安，那他自然必須消除那種不安。鄭載翰其實不是那種會因為他人感到不安或痛苦而安慰對方的、細心對待他人情感之人，但如果對方是尹熙謙，那就不一樣了。

鄭載翰非常喜歡尹熙謙，喜歡到生平第一次關心他人的情緒，只想讓他幸福快樂。

「你就當作是跟我結婚了不就行了？」

「……」

尹熙謙呆呆的表情就像是被平底鍋敲到頭一樣，看起來很驚訝。

不是啊，我也沒說什麼奇怪的話吧？我只是覺得戀人之間本來就應該由經濟能力好的一方負擔更多啊，如果對此感到壓力的話，那就想成是結婚了會不會比較好而已。可是他的反應卻像是被雷劈了一樣。

「哈……」

尹熙謙的嘴唇突然張開，發出了洩氣般的聲音。

但是在那道聲音消失後，尹熙謙的嘴角勾了起來，嘴唇畫著弧線，還能看到潔白的牙齒，深邃的眼神變得柔和了。

「哈哈，哈哈哈。」

他爆發出了笑聲。

「……我不是說來逗你笑的。」

看著突然笑得搖搖晃晃的尹熙謙，鄭載翰獨自以嚴肅的表情嘟囔道。因為覺得鄭載翰的反應很好笑，尹熙謙又笑了半天。

天啊，居然說結婚。居然說就當作是結婚就好了！

「看來今天真的是我的生日呢，竟然還能聽到這種話。」

「你就這麼開心嗎？」

「嗯，這是我近期聽到最讓我開心的話了。」

尹熙謙曾經敏感地質問過鄭載翰是不是要和其他女人結婚。如果不和別人結婚，那我還能跟誰結婚？鄭載翰沒有想到他會對這句話表現出這麼喜歡的反應。

尹熙謙因為他的一句話消除了此前累積的所有不安感，笑著握住鄭載翰的手，然後開始親吻他的手背和手指。

因為覺得依然帶著笑容，彎著的眼睛很漂亮，鄭載翰伸出另一隻手撥了撥他的頭髮，讓他露出了漂亮的額頭。對鄭載翰來說，尹熙謙的心情得到緩解是一件非常萬幸的事情。如果用一句話就能消除他的不安感，那再多表達一點就好了，可是對鄭載翰來說，這些表達其實非常困難，這可是他這輩子都沒做過的事啊。也許是已經把沒能對尹熙謙說出自己的感情而苦惱了整整一年的時間忘得一乾二淨了，所以他才沒有意識到只有表達出來，對方才能知道，只覺得用物質應該就能表現出自己的內心。

但他其實並不想用錢解決一切。想到為今天做了準備，卻不得不取消的一系列預約，鄭載翰決定表現出一點記仇的樣子。

「因為今天是你的生日，我訂了餐廳，準備了蛋糕和香檳，還預約了很不錯的酒吧。」

「……是這樣的嗎？」

「我還預定了夜景超棒的飯店套房，也準備了紅酒。」

「……」

看著尹熙謙的表情因內疚和遺憾而僵硬，鄭載翰在心裡偷偷笑了一下。他可是花了很多功夫準備，又很期待的啊，不管尹熙謙有多不安，都應該對自己感到抱歉才對。當然，鄭載翰並不是想要得到道歉，只是因為自己的戀人努力想要讀懂自己的心情，觀察自己臉色的樣子實在太可愛了。

「可不是只送你一輛車就結束了。」

「……其實……」

鄭載翰只是覺得尹熙謙因抱歉而感到為難的樣子很可愛，所以才耍了點脾氣而已，其實心裡的遺憾和憤怒早已消失得無影無蹤。即使有點可惜，但不管是餐廳還是飯店，都只要再預約就好了。雖然是為了特別的節日準備的，可對鄭載翰來說，這些其實都算不上辛苦，所以刻意說出來求稱讚也很可笑。

「其實理事只要在頭上戴一個蝴蝶結，那對我來說就是禮物了。」

「……」

但是，鄭載翰做夢也沒有想過尹熙謙會這樣說。

媽的，什麼頭上戴蝴蝶結啊。因為之前有過別人高喊著「我把自己當作禮物送給您」，光著身體只戴著蝴蝶結向自己獻身的經歷，所以對清楚知道那是怎麼回事的鄭載翰來說，這是非常讓他驚慌的話。尹熙謙是希望自己能這麼做嗎??

這與訂餐廳、挑選菜單、預訂酒吧和飯店套房，又或是購買價值幾億韓元的汽車或房子是完全不同層次的事。雖然在付出辛勞的層面上是無法比較得容易，但同時也是一件困難到讓他覺得就算是死了再活過來也做不到的事情。也許對普通人來說很簡單，但那個人如果是身為雄性中的雄性、最高級掠食者的鄭載翰，情況就不一樣了。

「……嗯，看來那樣應該會更讓我感動。」

如果說想要點小脾氣的鄭載翰有什麼疏忽的話，那就是尹熙謙的個性其實也滿扭曲的。且不說他在演員時期因待人刻薄，被周圍的人說有大頭症的事，光是和鄭載翰確認彼此心意的那天，他在廁所中因為鄭載翰懷疑自己的感情，而說出要強姦他的話就能知道了。雖然他在鄭載翰面前一直都很小心謹慎，但尹熙謙平時的個性其實並不像在床上那樣溫順。不，準確來說，是完全不溫順。

「雖然我現在才知道今天是我的生日。」

已經掌握到鄭載翰為何感到為難，並露出驚慌表情的尹熙謙，淡淡地笑著低語道。

「但我其實有個想要的禮物。」

如果鄭載翰是覺得尹熙謙觀察自己臉色的表情很可愛，那尹熙謙就是認為鄭載翰因為自己而感到為難，最終還是不得不放下自尊心的樣子是世界上最可愛。嘴角情不自禁地上揚，止不住笑容。

「……是什麼？」

尹熙謙那副微笑讓鄭載翰非常不安，使他不得不開口詢問。本來只是想捉弄他一下的，誰知從中間開始就出了差錯。

「理事的嘴唇。」

低聲耳語後，鮮紅的舌頭舔了舔吐出那句話的嘴唇。尹熙謙瞬間欲火焚身，像是要把鄭載翰吃掉般看著他，不知不覺間，開始以世上絕無僅有的淫蕩表情誘惑著鄭載翰。

鄭載翰不知道自己為什麼會這麼緊張。洗完澡，穿著浴袍進入臥室的時候，他看到尹熙謙靠著厚厚的靠墊，躺在床上翹著二郎腿，莫名其妙地覺得口乾舌燥。雖然他現在已經很習慣看到尹熙謙躺在自己床上了，但他滿臉誘惑地在床上等著自己的模樣，不知怎的，還是會讓鄭載翰感到威脅。怦通怦通，心臟跳動的聲音在耳邊敲擊。

沒注意到悄悄走進臥室的鄭載翰，原本手裡拿著什麼東西，認真看著的尹熙謙突然抬起頭來。看到進入臥室，呆呆地站在原地的鄭載翰的瞬間，他的嘴角勾起了弧線，尹熙謙把手裡的東西隨便扔到床邊，把頭微微歪向一邊。

三十多歲的男人輕輕點了點頭，看起來很可愛，鄭載翰再次感嘆自己果然很喜歡他啊，一邊爬上了床。尹熙謙坐在大床上靠近床頭的地方，鄭載翰只能用膝蓋跪著爬向他，直到膝蓋碰到他的腳，尹熙謙才打開翹著的腿。鄭載翰用自己的膝蓋將他的腿撐開，直接向前推進，而尹熙謙則是張開雙腿來迎接鄭載翰。鄭載翰突然覺得打開雙腿的尹熙謙很淫亂。

「理事。」

呼喚著自己的男人身上散發著微微香氣。因為經常使用散發著溫和香味的沐浴乳或乳液，因此，尤其是剛洗完澡出來的時候，他的皮膚都會散發出柔和而甜美的香氣。把那樣的男人壓在自己身下，給人一種很不一樣的感覺。就連為了呼喚自己而蠕動嘴唇的模樣，都像是在纏著要自己吻他一般，鄭載翰迫不及待地把嘴唇疊在了尹熙謙的唇上。

「嗯……」

張開雙唇，把舌頭伸進他的嘴裡，尹熙謙發出了一聲呻吟，然後把手放在鄭載翰的腰上。舌頭交纏，在他的嘴裡遊走吸吮的時候，因為輕輕撫摸自己側腹和脊梁的手，熱氣逐漸向全身蔓延。僅僅是短暫的接觸，就已經讓鄭載翰呼出炙熱的氣息，再次吻向尹熙謙。雙手扶住他的臉頰，歪著頭讓嘴唇疊得更深。沒來得及嚥下的唾液，順著在彼此口中穿梭的舌頭混在一起，嘴唇柔軟而甜美。鄭載翰努力平復著呼吸，咬住尹熙謙的嘴唇吸吮著。即使是用牙齒輕咬，只要尹熙謙發出吃痛般的呻吟聲，鄭載翰就會馬上放開，並溫柔地用舌頭舔著咬過的地方。仔細地舔著他的下唇、上唇，然後舌頭再次鑽進嘴裡游動。

「……哈啊……」

經過長時間的親吻，嘴唇終於分開之時，兩個男人的嘴唇都溼漉漉的，又紅又腫。鄭載翰強忍著想要再次讓嘴唇相貼的欲望，用左手捧住他的右臉頰，右手伸進尹熙謙的浴袍裡撫摸他的肩膀。尹熙謙用臉蹭了蹭鄭載翰的手心，稍微向右轉頭，把嘴唇埋在鄭載翰的耳邊。鄭載翰將他的太陽穴、耳廓、耳垂，無論是何處，全都吻了一遍，用舌頭畫了一圈，然後輕輕吸了吸柔軟的耳垂。因為將耳垂吸入唇間的感覺特別奇妙，鄭載翰用嘴唇用力咬住他的耳垂吸吮了一下。

由於耳垂上傳來了刺痛的強烈刺激感，尹熙謙發出了微弱的聲音。那聲音讓人心驚，鄭載翰低笑著把嘴唇從耳垂上移開，吸得特別用力的地方都被染紅了。

「啊。」

吻痕，除了年紀很輕的時候，鄭載翰從來沒有在任何人身上留過吻痕。他突然明白了人們為什麼會在做愛的對象身上留下這樣的痕跡，總覺得那就像是在為自己的東西蓋上印章一樣。

「啊……理事。」

尹熙謙輕輕一抖，摟住了他的肩膀。鄭載翰不知不覺間沉浸在了自己的行為之中，沿著瘦削的下巴線條親吻，沿著脖子上突出的肌肉親到鎖骨。中途不禁用力吸咬了他的皮膚，脖子上到處都是紅色花瓣飄落的痕跡。

鄭載翰掀開浴袍，讓他露出肩膀和胸膛，感受著手掌下滾燙的皮膚，又親了尹熙謙的脖子、鎖骨和肩膀一會兒。在突出的鎖骨上特別用力地咬了咬，留下了齒痕，舔了又舔。

大大張嘴，像是要把在尹熙謙脖子中間晃動的整個喉結吞下去似的，用力吸吮了一口後，鄭載翰的頭往下移動，目標是尹熙謙的胸膛。一有空就會自己跑去運動的他身體十分結實，用嘴唇觸碰到的感覺果然也很健壯，然而散發著甜美香味的皮膚還是很甜。鄭載翰一邊描繪著結實的腹部肌肉輪廓，一邊親吻尹熙謙的胸部。

「啊。」

當嘴唇覆蓋住整個乳暈，溫熱的舌頭舔過乳頭的瞬間，尹熙謙的身體一震。雖然身體沒有太大的抖動，但是在撫摸、磨蹭的過程中，手掌可以感受到他的腹肌正在蠕動，腹部也隨之上下起伏。就是因為這樣，尹熙謙才會捏著自己那並不豐滿的胸部吸咬、折磨自己的嗎？不知怎的，鄭載翰好像知曉了尹熙謙這麼做的理由，故意發出更加淫溣的聲音，點燃欲望，吸吮著變得堅挺的突起處，用舌尖在上面快速滑動，不停舔拭。尹熙謙的腹部不時會用力顫抖，真的是很可愛的反應。

「……哈……」

只執著地折磨一邊胸部的鄭載翰過了許久，才把嘴唇從尹熙謙的胸前移開，抬起上身，然後解開了勉強掛在尹熙謙腰間的繩結，將浴袍向兩側打開。在愛撫的刺激下，尹熙謙的性器已經勃起了一半。

「……」

看著那個性器的視線不得不顯得有點尷尬。因為在鄭載翰的性愛中，他幾乎不會愛撫任何人，所以對他來說，愛撫同性的性器這件事，光是用想的就讓他反感。雖然現在已經習慣了和男人的性愛，但要他直面進出自己體內的性器官，他絕對無法習慣。不，其實就連是否想要習慣都還是個疑問。

因此，鄭載翰暫時撇過了頭。取而代之的是親吻了尹熙謙豎起的一邊膝蓋內側，接著嘴唇往大腿方向移動，咬了咬大腿內側，用力一吸，留下了紅色的痕跡。

雖然有在慢慢往上移動，但僅憑這一行為就可以明顯看出鄭載翰的排斥感，尹熙謙低笑一聲，接著伸手溫柔地撫摸鄭載翰的頭。

鄭載翰紅著臉抬頭望向尹熙謙。那張帶著笑意的臉親切地低語道。

「如果沒辦法的話，可以不用勉強。」

「……」

雖然尹熙謙表示他能理解，可鄭載翰覺得不能就這樣算了。作為生日禮物……尹熙謙想要他的嘴唇，雖然他的意思是希望鄭載翰能輕咬、吸吮、疼愛他的意思，但鄭載翰不會不知道這並不單純是指接吻和留下吻痕的愛撫。

老實說，尹熙謙幫自己口交的感覺非常好，好得讓人眩暈，因此鄭載翰也不是沒有想過尹熙謙也許也會想要。只是因為不敢，所以一直裝作不知道，但是在尹熙謙這麼坦率地提出要求的情況下……

「……尹熙謙。」

鄭載翰慢慢抓住了尹熙謙的性器。因為是最敏感的性感帶，就算只是用手撫上去，尹熙謙的身體還是震了一下。鄭載翰清楚知道這將會是多大的刺激。

「……你要是敢跟我提分手，我一定會親手宰了你。」

雖然是令人毛骨悚然的恐嚇，尹熙謙還是忍不住笑了出來，但那個笑容並沒有持續多久。

「……！」

這是因為尹熙謙的性器末端被含在滾燙又溼潤的嘴裡吸吮著。

「哈啊……」

光是放進嘴裡，就聽到了尹熙謙變得急促的呼吸聲，鄭載翰進一步張開嘴，把他的性器深深含進了嘴裡。沒有預想的差，雖然光是咬著瞬間在口中變硬的性器，下巴就很痠很不舒服了，但尹熙謙的反應還是讓鄭載翰感到欣慰。無論如何，他都是第一次用嘴撫慰別人的性器，所以非常生疏，儘管如此，鄭載翰還是盡量回憶著別人在幫自己口交時，怎樣的動作會比較能讓自己舒服，一邊努力吸吮著尹熙謙的性器。他還沒有信心能將之吞進喉嚨深處，所以只有吸到不會刺激喉嚨的地方，縮緊喉嚨吐出後，再次含下。

「呼嗚。」尹熙謙逐漸粗重的呼吸聲刺激著鄭載翰的耳朵。

「啊……」

鄭載翰用嘴唇摩擦、親吻肉柱，用手輕輕揉著他的睪丸。只咬住龜頭前端，用舌頭使勁舔向尿道口和其下方時，尹熙謙的嘴裡發出了呻吟。用手抓住被唾液浸溼的性器摩擦，吸吮末端時，尹熙謙似乎控制不住腰部，晃動著彈了起來。因為突然進到口腔深處的性器，鄭載翰覺得有些噁心。

但最重要的是，尹熙謙因快感而喘氣的模樣，讓鄭載翰產生了奇妙的感覺。以前在看到為自己服務的尹熙謙不知不覺間就興奮地勃起的時候，鄭載翰都會覺得很神奇，難道就是這種感覺嗎？只要吸吮尹熙謙的性器，讓他產生快感，全身就會盈滿熱氣，這對鄭載翰來說是一種很神奇的體驗，所以感覺還能再勉強自己一些。

雖然不能像尹熙謙一樣快速熟練，但鄭載翰還是最大限度地放鬆了嘴巴，吸吮尹熙謙的性器。龜頭壓著舌頭往裡面擠去，粗硬的肉柱也在嘴唇間收緊。當龜頭碰到喉嚨的時候，鄭載翰反射性地感到噁心，但還是努力將其嚥下，把尹熙謙的性器含到了根部。

「啊，鄭載翰……」

在慢慢地把吞到最後的東西收緊，並從嘴裡抽出來的過程中，尹熙謙一邊喊著鄭載翰的名字，一邊抓住了他的手臂。因為被猛地一拉，性器一下就從嘴裡溜了出來。被扯著他的力量拉走之後，本來咬著性器的唇瓣碰到了另一張嘴唇，舌頭也被咬住了。在鄭載翰嚇得身體一震，趕忙對在自己嘴裡急躁交纏的舌頭做出反應的時候，尹熙謙讓他坐到自己身上。直挺挺的陰莖緊貼著他的屁股，尹熙謙好不容易才忍住想馬上進入他體內的欲望，急忙把鄭載翰身上的浴袍脫掉，扔到了地上。

「呃……」

屁股下能感覺到尹熙謙結實的下腹部，這為鄭載翰帶來了非常陌生的感覺。雖然與尹熙謙面對面，但是鄭載翰的視線更高。因為是第一次做出這樣的姿勢，感覺抱著自己身體的手臂、纏著要接吻並抬起下巴的臉龐很陌生，低頭親吻、以坐著的姿勢感覺到身後性器的感覺也非常陌生。

「請吻我吧。」

在這種情況下，尹熙謙一這樣央求，鄭載翰就感覺自己要融化了。鄭載翰摟著尹熙謙的脖子和肩膀，歪著頭親吻了他。說好在他生日時給他的嘴唇，他真的正在忠實地履行。已經變得紅腫的唇瓣輕咬、吸吮同樣紅腫的唇，蹭著柔軟的肉塊，舌頭交纏。熾熱的呼吸伴隨著唾液流進彼此的口腔裡。

這時，尹熙謙把扔到旁邊的東西重新拿回來，打開蓋子，把裡面的東西擠在手上。在等鄭載翰洗完澡回來的時候，他留心閱讀的正是新買的潤滑液，像凝膠一樣有點黏稠的滑膩感還不賴。用沾滿潤滑液的手急忙往自己的性器上塗抹了幾下，尹熙謙捏住鄭載翰的臀部，讓他抬起了腰。

「等等，這個姿勢……」

好不容易停止了接吻，鄭載翰著急地嘟囔著。光是騎在男人身上坐著的姿勢都讓他不太習慣了，更是沒想過要用自己在上面的體位做。一直以來都是用正常體位又或是背後式作為基礎逐漸改變體位的，對於除此之外的其他體位，鄭載翰都有些排斥感，他想都沒想過會變成這樣。雖然是戀人關係，但如果要鄭載翰坐在男人身上搖擺，還是有點討厭……！

「載翰……」

「……！」

然而，這樣真的很犯規。在這種情況下，尹熙謙還是抓著鄭載翰的屁股，想要讓他把腰抬起來而硬推著，可臉上的表情卻是如此深情，還那樣稱呼自己！鄭載翰的臉瞬間漲得通紅。這真是太卑鄙了，尹熙謙肯定是知道自己絕對不會推開他才這麼說的。

明知如此，鄭載翰也還是沒能把他推開。

「啊，該死，真是的。」

鄭載翰沒有辦法不罵出髒話，一邊用凶狠的聲音嘟囔著，一邊抱住了尹熙謙。因為覺得面對面是絕對做不到的，於是只能抱住他，把臉埋在他的脖子上。

在此期間，尹熙謙勉強讓他挺直了腰，把自己的性器末端抵在緊繃繃的後穴上，然後用手在穴口周圍蹭了幾次。雖然要再放鬆一點才能比較輕鬆地進入，但尹熙謙已經忍受不了了。

「嗚……!!」

龜頭撐開下面，開始進入。尹熙謙不斷地用滑膩的手在入口周圍摩擦，雖然正在慢慢插入，但是勉強撐開的痛苦總是讓人難以承受。心想著自己是永遠都不會習慣這一瞬間的，鄭載翰為了放鬆下面，深呼吸了一下。

「靠……媽的，啊……!」

插進一定程度後，被潤滑油沾溼的性器滑溜地向著裡面捅了進去，但這並不是結束，垂直插入的性器似乎比平時還要深入。因為疼痛，腰肢直打哆嗦。尹熙謙用力抱住鄭載翰的腰，讓他一下子就坐到了自己身上。

「!!」

鄭載翰連尖叫聲都沒能發出來，一把抱住了尹熙謙。勉強撐開的下面火辣辣的，感到疼痛的同時，腰也傳來一陣刺痛。下面被塞得滿滿的，同時也比平時插得更深，感到很不舒服，內臟好像痙攣了一樣噁心不已。尹熙謙彷彿是在安撫般，不停地撫摸、輕拍著鄭載翰的身體，但他之所以不在這一刻罵髒話的原因，只是因為覺得自己一開口就會吐出來而已。

「哈……真的好棒。」

而且，令人討厭的是，尹熙謙正在低語著那樣的話。一聽到「好棒」，一種毛骨悚然的快感便無可奈何地在心裡蔓延。後面很痛，姿勢很累人，快喘不過氣來了。抱著被汗水浸溼的身體，在身上到處親吻的男人嘴裡吐出慵懶的呻吟聲，真不知道這有什麼好的，但他都說好棒，棒到都喘不過氣來了，那我自然是不能說不要做了。

不僅如此，尹熙謙就像剛才急忙插入的人不是自己似的，正在溫柔且多情地愛撫著鄭載翰。他輕柔地撫摸緊咬著性器的後穴，輕拍他的屁股，撫摸腰部和脊梁。鄭載翰緊緊抱著尹熙謙，側邊的頭髮和肩膀，只要是尹熙謙嘴唇能碰到的地方，他都會親吻。炙熱的手掌和嘴唇，融化鄭載翰的動作不是一般地熟練。

「唔……！」

雖然就這樣哄了一會兒，但尹熙謙緩慢地移動腰部的瞬間，即便只是那麼小的動作，也讓鄭載翰不自覺地呻吟起來，身體直發抖。尹熙謙將一隻手伸進彼此緊貼的身體之間，用手指揉了揉鄭載翰的乳頭，夾在食指和中指之間揉搓，並再次親吻他的肩膀。雖然是為了緩解緊張，朝下面頂了頂，但它絲毫沒有要熟悉性器的體積感和深度的跡象。

「啊，幹，等一下，啊。」

雖然白天鄭載翰會最大限度地克制不罵人，但在床上時，很多時候都會覺得不罵就撐不下去，畢竟要用優美的詞彙去忍受那種疼痛、炙熱、刺激的感覺，實在是太難了。由於現在性器扎得太深，鄭載翰感受不到什麼刺激，動作似乎要大一點才能找到快感，可現在光是忍受性器在自己體內就很吃力了，什麼都做不到。而尹熙謙就算只是輕輕一動，都會招來一頓罵。

尹熙謙停下動作，拍拍鄭載翰的後背，然後把揉著胸的手放下，握住他半軟的性器。

「理事。」

聽到呼喊聲，鄭載翰鬆開緊抱住他的手臂，輕輕扶著尹熙謙的肩膀，微微抬起上身。當身體和身體之間出現空隙，尹熙謙更加自由地用手握住鄭載翰的性器揉了揉，視線緊盯著他的性器。被別人握在手裡，只能看到圓圓的龜頭在食指和拇指之間上下的情景，非常讓人臉紅。再加上他的手握緊陰莖上下滑動時，血都會往那邊流去，性器逐漸變得硬挺。每當刺激的快感蔓延，後面就會不由得繃緊，每到這時，尹熙謙就會在體內蠢蠢欲動，一跳一跳的。

「不要再、摸……」

「您怎麼會連屌都長得這麼好看呢？」

「……」

媽的。鄭載翰連要說什麼都忘了，把髒話吞了回去，感覺全身都要蜷縮起來了。不知道是尷尬還是羞恥的情緒湧上心頭，不僅是臉，連耳邊都火辣辣的，就好像被火點燃了一樣。這確實是讚美，但世界上不會有什麼比這更可恥的讚美了。

說出這句話的尹熙謙一副若無其事的表情，為什麼必須由我來承擔這些羞恥呢？

「大小、形狀都很完美，顏色也……應該說是漂亮還是可愛呢——」

「媽的，閉嘴。」

最終，當鄭載翰忍不住開口時，尹熙謙勾起嘴角笑了。看到那張臉，鄭載翰才意識到這個人又在捉弄自己了。到底為什麼要在這種情況下……不對，我知道就是因為是這種情況，他才會捉弄我的，但不得不說這樣真的非常討人厭。再這樣下去，尹熙謙肯定會被我揍一頓的。也不曉得尹熙謙知不知道自己正在一點一點累積被打的理由，他紅著臉天真地笑了笑，吻向鄭載翰的嘴唇。

「今天這嘴唇不是屬於我的嗎？」

雖然今天也只剩兩個小時而已了，但因為剛才也有說過要把嘴唇當作生日禮物送給他，於是鄭載翰點了點頭。尹熙謙雖然溫柔地笑著，但興奮的眼神卻讓人感到不祥，不，他的興奮和欲望本身就很危險了。

「那今天就不要罵『媽的、幹』這種髒話了……」

還想要求什麼。都已經用手愛撫他，讓他幫自己口交了，甚至還偷偷讓鄭載翰用騎乘位做了，他還想要幹嘛？鄭載翰逐漸感到疲憊，皺著眉頭看向尹熙謙，但不知道為什麼，內心同時夾雜著一點期待感。

「請叫我熙謙哥吧。」

鄭載翰啞口無言，但尹熙謙還是看著他那驚愕的表情，若無其事地提出了要求。

「叫熙謙哥試試看嘛。」

「噗咕」，填滿體內的東西突然戳向內壁，開始移動。鄭載翰用「呃」代替了差點尖叫出來的聲音，緊緊抓住尹熙謙的肩膀。在短暫的對話過程中，原本變得稍微放鬆的後面再次繃緊，腰也開始顫抖。

「啊，真是的，你今天對我也太過分了吧——唔！」

尹熙謙不知何時放下鄭載翰搖晃得厲害的性器，轉而抓住兩邊的屁股，向上一抬。這一次，他拔出了一大段，摩擦著內壁，一邊朝著鄭載翰的敏感點捅去。那一瞬間，眼睛冒出白色的火花，閃爍不已。可即便如此，再次捅入的地方還是太深了，鄭載翰甚至開始害怕自己的身體會裂成兩半。

「今天是我的生日啊。」

「呃、唔呃、啊！」

「而且我也比你大兩歲。」

「啪啪、啪啪、啪啪」，從下往上抽插的聲音和鄭載翰的呻吟聲混雜在了一起。尹熙謙用一隻手臂向後撐著床，另一隻手臂抱著鄭載翰的腰，以穩定的姿勢快速抬腰。鄭載翰只能用大腿用力支撐，掛在尹熙謙的肩膀上。以陌生的姿勢支撐著身體，讓鄭載翰感到吃力，在這種情況下，快感扎扎實實地擴散到全身，眼角灼熱，眼前開出了花朵，感覺就要瘋了。一種令人毛骨悚然的快感讓背後起了雞皮疙瘩，腰不由得直哆嗦。

「……！夠了、呃！」

每當尹熙謙把他向上舉起時，鄭載翰硬挺挺的性器就會在空中晃動。雖然嘴上說著夠了，但還是猛地抱住了尹熙謙，喘著粗氣不停親吻他，咬住嘴唇吸吮著。在舌頭交纏之際，鄭載翰咬住了他的下唇。尹熙謙不斷從下往上地讓性器頂入，在快被穿透的感覺下，鄭載翰無可奈何地呻吟著，舔著尹熙謙的舌頭和嘴唇。

「載翰。」

尹熙謙喘著氣呼喊著鄭載翰的名字，好像那是他的呻吟聲一般。如果鄭載翰能在上面熟練地動著當然很好，但光是姿勢本身就讓他感到陌生和反感，因此以這個姿勢來說，尹熙謙也無法滿足地達到高潮。

尹熙謙用雙臂緊緊抱住鄭載翰的身體，抬起斜靠著的上身，鄭載翰的身體因此向後傾倒，後背碰到床，尹熙謙抓住鄭載翰的大腿，坐穩在床上。

「啊！」

在改變姿勢的過程中，本來滑出去的性器連根部都一口氣頂了進去。鄭載翰的頭蹭在床單上，打了個寒顫。由於性欲高漲，每當性器戳向內壁時，眼前就會一陣閃爍，令人渾身顫慄的電流讓脊髓繃緊，連腦子都亂成一團。

尹熙謙把鄭載翰的腿折起來，將他的腿掛在自己扶著床的手臂上，開始快速地抽插。隨著會發出「啪啪、啪啪」聲音的激烈動作，前列腺好像就要被龜頭壓碎了。每當這時，從下腹部到性器末端，或是更深的地方，一種無法忍受的快感就會開始蔓延，身體不自覺蜷曲。面對不斷累積的射精欲望，鄭載翰不由自主地彈起了腰，全身的肌肉都緊繃繃的。

「啊、啊……！」

當尹熙謙像瘋了一樣往裡面撞的瞬間，終於爆發出了達到極點的快感。鄭載翰的性器前端噴出了白色黏稠的液體。尹熙謙俯視著鄭載翰達到高潮之後，似乎是感到非常痛苦，甚至皺起眉頭。他歪了歪頭，俯身含住鄭載翰喘著氣的嘴唇。雖然不是很大力，但有規律的腰部動作仍未停下。

「……！……！……！」

雖然沒有像剛才那樣要頂破內壁的氣勢，但速度和深度適當的抽插還是讓鄭載翰渾身哆嗦。因為嘴巴被尹熙謙的唇舌堵住了，無法發出聲音，只能用鼻子勉強喘著粗氣，其中還夾雜著鼻音。在高潮和射精結束後，快感應該會慢慢下降，但尹熙謙有規律、溫柔的腰部動作，讓鄭載翰只能束手無策，接連不斷地達到高潮。全身爆發出一種強烈的快感，我是在射精嗎？不，我不知道。射精的快感或更刺激的東西支撐著大腦，向全身飛馳。指尖和腳尖都發麻了，腳也蜷縮起來，腰不由自主地彎曲，大腿因受不了快感而直發抖。

「啊！啊啊、停下來，啊！」

在像海嘯般席捲而來的恍惚中，鄭載翰把頭埋在床單上直搖頭。鄭載翰仍然不是那種會在床上呻吟或叫出聲的類型，雖然比以前更加舒服，但依舊會對自己的呻吟聲感到尷尬，所以在床上只會罵髒話。除此之外，他都會強忍著呻吟，屬於比較安靜的那種類型。但是尹熙謙非常執著，他會強迫鄭載翰在快樂中掙扎，並發出聲音。

鄭載翰的內壁不斷抽搐。在不停被迫高潮的過程中，不自覺地用力，緊緊夾住在他體內抽插的尹熙謙性器，四面擠壓陰莖的內壁就好像要吞噬它似的蠕動著。那一瞬間，尹熙謙達到了高潮。

「呃呃……！」

尹熙謙也發出濃重的呻吟聲，再次咬住鄭載翰的嘴唇。在接下來的高潮中，鄭載翰摟著尹熙謙的脖子，再次展開奪走彼此呼吸的貪婪之吻。舌頭在彼此的嘴裡胡亂交纏，在吸咬、磨蹭的粗魯親吻過程中，尹熙謙迅速開始活動腰部。就像他猛烈的親吻般，持續著激烈的腰部動作。肉和肉摩擦得啪啪作響，內壁又熱又刺痛，性器不停在體內進出。在持續不斷的刺激下，鄭載翰感覺自己就快死了。眼角熱呼呼的，眼窩裡的液體好像就要沸騰溢出似的。全身的敏感帶即使沒有直接接觸，也會火辣辣地燃燒起來，向大腦放出快感。再這樣下去，感覺腦袋就要變得一片空白，變成白痴了。

尹熙謙也同樣在極度的快感中逐漸失去理智，總覺得鄭載翰正在用力吸住自己。透過性器感受到他的體內非常炙熱、柔軟，同時又使勁絞緊了自己的陰莖。在性器快要爆炸的恐懼讓脊椎感到刺痛的過程中，尹熙謙甚至寧願它直接爆炸。射精的欲望到達極點，眼前變得一片漆黑。

「啊……!!」

「呃啊！」

尹熙謙的腰動得比任何時候都還要劇烈，連龜頭都全都拔出來，又直接插到了根部。尹熙謙的全身肌肉突然收縮，身體就像石頭一樣僵硬。

「哈啊……」

尹熙謙把自己埋進鄭載翰的最深處，將精液全數傾出。強烈的射精快感抽打著全身，不屬於這個世界的光芒在漆黑的眼前閃爍著。

鄭載翰抱著反覆僵硬又放鬆、正在射精的男人身體，在終於結束的高潮餘韻中顫抖。不知道射了多少次，他的陰莖前端正滴著變稀的精液，不僅是下腹，連腹部和胸部都被濺到了。尹熙謙的腰部動作雖然停止了，但被他填滿的內壁火辣辣的，全身殘留的快感讓身體一震一震地發抖。

好像剛從爐子裡出來似的，全身還燒得滾燙。臉頰和耳朵都很熱，連吐出來的氣息都是燙的，裝著氣的肺、腰、雙腿之間也很熱。更不用說到目前為止，一直包裹著尹熙謙的內壁了。甚至連軟下來的尹熙謙性器似乎也還十分炙熱。

調整著充滿熱氣的呼吸之時，理智開始慢慢恢復。全身同時一下子變得癱軟，產生了強烈的無力感。體力似乎連一點都不剩了，鄭載翰真的連動一根手指的力氣都沒了，而尹熙謙似乎也是，只是在他身上一動也不動地喘著氣。因為彎著腰部、髖關節和膝蓋的這個姿勢有些不舒服，所以鄭載翰其實是希望尹熙謙能放開自己的。

「……我有點不舒服。」

好不容易吐出的聲音沙啞得厲害。尹熙謙這時才從鄭載翰的身上起身。慢慢的，尹熙謙將性器拔了出來，鄭載翰感覺有什麼從闔不上的地方汩汩流出，不禁抖了一下。真的很久沒做沒戴保險套的性愛了。看到跟著自己的性器一起流出的液體，尹熙謙馬上露出感到抱歉的表情，將床頭櫃上的衛生紙拿了過來。

「我剛剛太著急了……」

一邊辯解，一邊抽出一堆衛生紙為鄭載翰擦拭下面的手非常溫柔。尹熙謙接著用紙巾擦掉了噴到鄭載翰身上的精液。把變得溼漉漉的衛生紙全部丟進地上的垃圾桶裡，尹熙謙斜躺在鄭載翰旁邊。「啾、啾」，嘴唇不停地落在臉上各處。

由於熱氣開始退去，無力感增加了兩倍、三倍，睡意也開始襲來。再加上搔癢的身體接觸，鄭載翰好像馬上就要睡著了。他確實想要睡覺，失眠症是鄭載翰長期以來的痼疾，他仍然睡得不是很好。雖然能說是比以前睡得好一些，但自從有了同居人後，睡眠受到妨礙的情況變得更加頻繁也是事實，因此，鄭載翰經常感到疲倦、睡眠不足，而且像往常一樣，與尹熙謙做過愛後是最容易入睡。

平時，只要是鄭載翰睡不著的時候，尹熙謙都不會再打擾他，甚至在他失眠嚴重的時候，還會直接迴避。

「你不能睡著呀。」

但是今天不一樣。為了不讓鄭載翰睡著，尹熙謙一邊嘟囔一邊親吻還不夠，手甚至還在他的胸前游移。時而在乳頭上撫摸，時而搔癢，有時還會用指尖輕彈。

「別弄了。」

鄭載翰用帶著睡意又不太耐煩的低沉聲音發出警告，尹熙謙卻毫不在意地揉了揉他的乳頭。不僅如此，他還把頭伸到鄭載翰胸前，就像是對欲望已逝、沒做出什麼反應的柔軟乳頭感到不滿，嘴唇覆在上方開始吸了起來。即便這樣無法直接引起欲望，可依舊會感到搔癢。

「啊，真是……」

「今天是我的生日耶，在過去之前，再做一次吧。」

這該死的生日……！

鄭載翰費勁地睜開總想閉上的眼睛，看向時鐘。完全靜音的掛鐘指向的時間已經超過十一點了。明明感覺已經做愛做了半天，難道只是錯覺嗎？被一個不是初嘗性愛甜頭，全身剩下的只有力量，一天能硬個兩、三次的二十多歲青少年，而是已經三十多歲的男人纏著要做第二次，鄭載翰簡直要瘋了。不對，如果現在沒有這麼睏，再做一次也不是不可能。

但是鄭載翰現在真的很想睡覺。渾身癱軟地罷著工，根本無法動彈，總覺得在這種情況下，自己不可能會有快感，如果真的有感覺，那不也是個問題嗎？

「再一次就好，我會盡快做完的。」

不然你是想再做兩次嗎？鄭載翰感到無可奈何。然而在這種情況下，尹熙謙還是在認真地親吻鄭載翰的身體，並用手握住了他的性器。因為射了太多次，最後只能射出稀薄精液的性器軟綿綿地垂下，沒有變硬的跡象，但尹熙謙還是溫柔地揉搓刺激著它。

「呃——」

讓人抓狂的是，明明身上真的一點力氣都沒有了，可是在這種刺激下，熱氣又開始沸騰了。鄭載翰突然有種可怕的預感，如果尹熙謙再繼續奮力刺激他，他說不定會再次硬起來。

「啊，幹⋯⋯」

因此，他反射性地說出經常掛在嘴邊的詞彙的瞬間——

腦子裡突然閃過一句話，讓鄭載翰閉上了嘴，然後努力抬起沉重的眼皮，用模糊的視野看著尹熙謙。啊啊，真的是就算睜著眼睛都感覺要睡著了。因為實在太睏，覺得房間就這麼亮著也沒關係。感覺現在睡著的話，真的可以睡個好覺，所以他並不想錯過這些睡意，不得不睡下去了。

「⋯⋯明天再做吧，明天⋯⋯」

要是說這種話就能讓尹熙謙放過自己，那他早就不會再耍賴了，所以鄭載翰想使出最後的王牌。剛好正在犯睏，如果尹熙謙以後追問的話，只要說自己想不起來，那時已經快睡著了就好。

鄭載翰懷著輕鬆的心情，並希望這行得通，喃喃自語道。

「……熙謙哥……」

「……」

然後，這句話似乎真的奏效了，這似乎是能讓發情的尹熙謙停下的魔法單詞。撫摸性器的手馬上停了下來，他帶著朦朧的眼神看向鄭載翰。沉默了一會兒，鄭載翰再也受不了了，於是他閉上眼睛，睡魔已經在面前了。

然而，比起睡魔，更先靠近的是尹熙謙。

「……!!」

奏效個屁，看來是行不通了，又或者是通往了一個不好的方向。

尹熙謙突然捧住鄭載翰的臉頰，將嘴唇覆在他的唇上，氣勢非同尋常。既沒有吃驚的力氣，也沒有生氣的氣力，鄭載翰連一根手指都動不了，只是無力地允許尹熙謙堵住自己的呼吸，讓舌頭鑽進自己嘴裡。在睡眠和現實的交界處，在彷彿馬上就要中斷的意識交界處，鄭載翰被瘋狂的吻折磨得暈頭轉向，一心只想睡覺。

尹熙謙盡情地親吻著筋疲力盡的人，最終又把鄭載翰低垂的性器握在了手裡。

「我會自己看著辦的，你只要躺著就好。」

「神經病……啊……！」

剛感覺到熱氣，性器就被尹熙謙吸進了嘴裡。不用看也能知道情況，他肯定會把自己的雙腿撐開，在那中間穩住姿勢。從性器受到的刺激和聲音來看，尹熙謙正狼吞虎嚥地含著自己的性器，讓人再次陷入瘋狂。

我到底為什麼要按下他的開關啊！就算是他的生日，如果我這麼累的話，他應該也是會讓我直接睡覺的……！

「呃……唔呃……」

被快速吞吐的性器開始逐漸變得硬挺。明明睡意不斷，睏得就快要死了，身上卻又開始發熱。乾脆直接殺了我吧，媽的……鄭載翰這樣想著，意識開始閃爍。雖然對正在費盡心思的尹熙謙感到抱歉，但即便性器有所反應，鄭載翰似乎也到了極限。

……不過，只是一句「熙謙哥」就變成這樣了？

一閃一閃的。這是在意識忽明忽暗的時候，腦海裡浮現的疑問。難不成是對稱呼熙謙哥有什麼幻想嗎？還是……

……他有什麼性幻想嗎？

想到最後，鄭載翰的意識完全陷入了黑暗之中。尹熙謙仍然把頭埋在他的胯下。雖然性器已經勃起到了一定程度，但他還是睡著了。而且，在接下來的幾個小時裡，除非真的動手打他或掐他，否則是無法將他從睡夢中喚醒的。

「……載翰啊。」

男人的性器變得硬挺挺，卻沒有任何反應，只發出均勻呼吸聲，尹熙謙看著他，用「不會吧」的語調叫了他的名字。

「……鄭載翰？」

不會吧，不會真的睡著了吧？熙謙哥，明明說出那麼讓人心動和瘋狂的話，點燃了我的欲火。應該不是在睡覺吧？是吧？是醒著的吧……？

「載翰，你睡著了嗎？載翰。」

尹熙謙呼喊著，又怕鄭載翰是真的睡著了，不敢用手搖晃他的身體，也不敢大聲說話。尹熙謙用近乎低語的聲音再次叫了一次鄭載翰。拜託了，告訴我你沒有在睡覺。雖然如此期待並呼喚了一聲，但傳來的依然是均勻的呼吸聲。真是個連回答都不回答的無情之人。

「……唉……」

唯有尹熙謙的痛苦越來越深刻。

兩人第一次共同度過的尹熙謙的生日，就這樣過去了。

白皙到可說是蒼白的膚色被染得紅潤，給人一種鮮花在眼前盛開的感覺。光是從對張開雙腿的姿勢感到不知所措的模樣，就能明顯看出對方沒有與男人發生過性行為。不知該如何放鬆的身體，在晃動中下面仍然縮緊。尹熙謙用急促的腰部動作抽插著從四面八方絞緊自己性器的灼熱內部，看向躺在自己身下呻吟的男人。

「啊，等等，不可以……停下來……！」

就算不明確的抵抗詞語從男人被自己咬過而變得紅腫的嘴唇中不斷出現，也只會讓尹熙謙變得無比興奮。當尹熙謙以碾壓的氣勢猛頂內壁，往裡面插入時，男人扭著腰發出呻吟。男人一直想闔上，卻被尹熙謙強硬撐開的雙腿直抽搐。又熱又緊，真是要瘋了。這是他生平第一次嗑藥，好像馬上就要失去理智了。眼角燒得滾燙，想把眼前的男人吃乾抹淨。

「啊……！啊！啊！啊啊！」

每當尹熙謙激烈地晃動腰部時，男人的嘴就會張開，無可奈何地發出呻吟。撓著喉嚨發出的聲音夾雜著鼻音，渾濁不堪，可尹熙謙覺得這比任何人的呻吟聲都還要好聽，盡情地向著男人的體內捅去。雖然知道對方是第一次與男人發生關係，卻怎麼也停不下來。男人因醉酒和藥物而神志不清，表情失神落魄，甚至無法控制自己的四肢，掙扎著想把尹熙謙推開，可他還是無法停手，反而被強烈的征服欲沖昏了腦袋，只能將自己埋進那個緊緊咬住、融化自己的身體裡。之所以會這樣不是因為藥，而是因為與男人的接觸，本身就是這個世界上獨一無二的搖頭丸。

「……」

喚醒做著愉快的夢、睡得很香的尹熙謙的，是掠過指尖的涼意。

感覺不到預想中的溫暖，於是慢慢睜開了眼睛，然而只有讓人分不清自己眼睛是否有張開的黑暗迎接著他。為了尋找溫暖，試著再伸出手，可還是什麼都摸不到。

「……！」

瞬間，朦朧的意識一下子躍出水面。空的，讓人心情愉悅的體溫消失得無影無蹤。

雖然一下子就從床上起來了，可尹熙謙還是無法適應太過黑暗的房間，只能勉強打開燈，之後才走出了房間。對他來說，這個房間黑得不可思議。不僅是厚厚的雙層窗簾，就連因為怕發出一絲光亮，連一臺家電都沒放這件事都讓他感到神奇。只要關上門，這裡肯定是能完美隔絕外界聲音的地方，就是一間像這樣排除了所有會妨礙睡眠因素的房間。

儘管如此。

「……」

這間房間的主人依舊睡不著覺。

「……唉。」

尹熙謙在寬敞得誇張，房間數又多的房子裡徘徊，打開了書房的門，直到一個男人映入眼簾才鬆了口氣。

創造出時間和空間完美分離的空間的男人，卻把尹熙謙一個人留在那個空間，自己消失的男人，鄭載翰他坐在椅子上，把身體深深埋進椅背裡，頭向後仰，閉著雙眼。

尹熙謙和鄭載翰已經同居一個月左右了，但鄭載翰經常會在尹熙謙睡覺的時候消失，這是因為他有嚴重的失眠症。尹熙謙意識到這一點後，原本打算跟他分開來睡，但某些夜晚也會產生想一起睡的欲望。每當這時，鄭載翰總會徹夜難眠，在家裡徘徊。明知道這點，尹熙謙也還是無法習慣那個空位。

雪白的皮膚在昏暗的燈光下閃閃發光，看起來有些蒼白。無論是畫著流暢線條的鼻梁，還是下方的嘴唇，都讓尹熙謙無法移開視線，甚至連他眼下的陰影也是。

看到身旁空著的床位而緊張的心臟頓時放鬆下來，同時心跳也加快了一些。在讓心臟怦怦直跳的情緒中，尹熙謙不由自主地長長呼出一口氣，難道是因為他呼吸聲的關係嗎？

「嗯……」

鄭載翰發出痛苦的聲音，眉頭皺了起來。緊閉的嘴唇張開，「哈啊」地長嘆出一口氣，舉起手揉著臉。他短暫的睡意似乎消失了，左右扭著脖子揉著自己的臉，看起來很痛苦。那副模樣扎進了尹熙謙的心裡。

「……鄭載翰。」

尹熙謙用低沉的聲音呼喚他。聽到那道聲音，鄭載翰才知道尹熙謙來了，轉過頭來。他可能不知道，他現在與白天一絲不苟的樣子截然不同，頭髮散落在額頭上，顯得更年輕的臉蛋和充滿睡意的朦朧眼神，讓尹熙謙不由得感到心痛。尹熙謙懷著荒唐的心情，強忍住笑容。啊啊，到底是為什麼呢？為什麼？

為什麼我會這麼喜歡鄭載翰呢？

從第一次見面的那一刻起，尹熙謙就對鄭載翰一見鍾情了。

尹熙謙作為演員大紅大紫的時候，他因為個性刻薄，不僅不會輕易接近他人，甚至還對為了獲得成功而找上包養人的藝人表現出露骨的蔑視和反感。之所以會這樣，有很大的原因是因為他在電影業作為工作人員工作時見過很多這樣的藝人。尹熙謙對這個憑藉包養人的力量贏得、被奪走角色，而理所當然地出賣身體的世界感到失望。因此，即使他偶然踏入了那個世界，而不是導演的世界時，他下定了決心，絕對不會接受包養人的贊助。即便是有錢有勢的人想見他，他也從未見過，就全都拒絕他們了。

但是只有那場派對，公司的人太堅持了，怎麼也拒絕不了。就連從未強迫過尹熙謙參加那種活動的經紀公司代表也站出來，卑躬屈膝地拜託了他。

雖然真的不想出席，但因為經紀公司代表堅持不懈地遊說，如果他有出席的話，其他幾名藝人同事才能跟著一起出席，讓尹熙謙產生了義務感，所以不得不去。

如果問尹熙謙對派對的第一印象如何，那可說是糟透了，完全是另一個世界。轟隆隆的嘈雜音樂聲和在昏暗室內閃爍的燈光，尹熙謙絕對無法享受其中，桌上的酒還算好，但面對顯而易見的白色粉末、注射劑和藥丸，他只能皺起眉頭。各種香水味和體味混雜在一起，連空氣也變得混濁，讓他更不想待在這個空間裡了，可因為是第一次參加這種歡快的派對，只能被氣氛搞得暈頭轉向的。就好像是發現了什麼祕密般，有點激動，也確實對嗑了藥而顯得輕飄飄的人們產生了好奇心。

……不，如果沒有看到鄭載翰的話，他是絕對不會有那種感覺的。

在偶然看到鄭載翰之前，尹熙謙就像個悶葫蘆一樣占著一個座位，只對周圍的人表現出生硬的反應。

哈哈哈，笑聲穿過嘈雜的音樂和人們的喧嘩聲，在耳邊響起。那道笑聲的主人不知是對什麼感到那麼有趣，始終維持一副笑臉。摟著女人、抽著菸、一手拿著酒杯，看起來就是個典型的流氓富二代。男人的那張臉確實還算好看，身高大概一百八十公分，四肢修長的苗條體型也很不錯。但是對作為藝人，每天都能看到帥哥美女藝人的尹熙謙來說，那種程度的臉蛋和外貌並不算特別。不，也不應該有什麼特別的。

但不知為何，尹熙謙的眼睛始終無法從那蒼白的臉上移開。男人似乎很開心，和周圍的人一起歡笑著，但是，當他為了抽菸或喝酒，嘴角的微笑消失之時……就可以看見他那充滿倦怠和疲憊感的冰冷表情。他緩慢地眨著眼睛，向著聊天對象投去的視線中也有些冰冷。哈哈，嘴角雖然翹著，但那不過是戴上了面具罷了。尹熙謙這樣想道。

可能是醉意上來了，男人慢慢閉上眼睛，又緩緩睜開了眼。明明距離不算近，可不知怎的，尹熙謙好像能看到他的睫毛，男人那像蝴蝶翅膀般拍打著的睫毛。據說蝴蝶揮動翅膀的時候，會在地球的另一端製造出颱風，男人的睫毛造成的小小晃動，在尹熙謙的心中變成了混亂的颱風。「咚。」尹熙謙聽到了自己的心臟墜落地面的聲音。

男人搖搖晃晃地朝裡面的包廂走去。可能是喝醉了，他走路的樣子很危險。尹熙謙身邊的某個人告訴他，那個男人是TY的鄭載翰。鄭載翰，這個名字在舌尖上滾動時，他突然感到口乾舌燥，所以喝了一杯酒。雖然知道這樣無法解渴，但果真一點幫助都沒有，反而因為熱氣蒸騰，口渴得更厲害了。尹熙謙悄悄跟在了鄭載翰身後。

包廂裡正想脫掉外套扔出去的鄭載翰停下動作，看向了尹熙謙。他肯定不會知道在他們對視的瞬間，尹熙謙的心裡正傳來一陣悸動。該說什麼？要說什麼好呢？不，還需要說什麼嗎？

我想跟鄭載翰做愛。

本能在那一瞬間虜獲了尹熙謙。起因也許是他第一次嘗試的毒品，他在心裡這麼想，向鄭載翰走了過去。不知是何時拿來的，他手裡握著藥丸。不作他想，他只想擁抱那個男人。如果不能滿足這種欲望的話，自己或許會死掉吧。

當他走到鄭載翰的眼前時，他的呼吸中散發出濃烈的酒精香氣。鄭載翰看著跟進包廂的尹熙謙，睜得圓圓的眼睛甚至無法聚焦。

『尹熙星？』

尹熙謙從未想過鄭載翰會知道自己的名字。雖然因歪著頭叫著自己名字的鄭載翰而有點吃驚，但他馬上就笑了。裝作毫不關心，但原來你也知道我是誰啊，不，在試探他的過程中，我們的視線總是會對上，所以那時我就知道了，你也在看著我。

ＴＹ的鄭載翰。聽到的關於他的情報，就只有名字三個字，但這已經足夠了。耐心早已見底，沒有什麼特別的接觸，可下半身已經興奮得難受。尹熙謙用手臂摟住鄭載翰的腰，將他拉向自己，笑個不停地低語道。

『哈哈，這個讓人變得好奇怪喔，你吃看看。』

尹熙謙把會讓人心情變好的藥放進自己嘴裡，塞進鄭載翰的口中。感受到藥丸從自己的舌頭上被接過去，吞下去後，尹熙謙把鄭載翰抱在懷裡親了一下。真的是因為藥嗎？他散發出濃烈酒味的嘴唇甜蜜無比，就像蜂蜜滲透到心臟一樣，甜得讓人失神。

我想從那時起，也許就已經走錯了第一步。當時要是沒有嗑藥，強行跟他發生關係就好了。不對，如果不這麼做，會不會其實根本沒有機會擁有鄭載翰呢……承認自己的行為就是強姦的尹熙謙一想到他們的第一次，就總會奇妙地心跳加速，感到抱歉。

而且，這很快也為他帶來了不安感。

「尹熙謙先生。」

如果是平時，尹熙謙完全能夠忍受不安感。今天之所以會如此微妙地感到心煩意亂，可能是因為夢到了那天的事。

那天也是，尹熙謙在熱烈的性愛後短暫入睡，清醒過來時，鄭載翰也不在身邊。不知他是什麼時候出去的，旁邊床位的溫暖早已消失，只剩涼意與他共處。難道被灰姑娘迷住的王子就是這樣的心情嗎？尹熙謙為了尋找鄭載翰，瘋了般地跑出包廂時，看到的是把喝醉的男人和女人帶走的警察。他們看向自己的眼神十分驚訝，而這就是他的人生掉進臭水溝的開始。

「……你怎麼不睡？」

光是看到鄭載翰充血的眼睛，都讓人覺得難受。看著明明自己也睡不著覺，卻還是擔心睡不著的尹熙謙的表情，讓他淡淡地笑了。他竟然在為自己擔心，這樣很好，但直到他變得坦率為止，路還很長。

在拘留所時，尹熙謙也一直想著鄭載翰。他去哪裡了？有順利逃走嗎？會不會也被警察羈押在某個地方了？不，尹熙謙認為TY不管用什麼方式，都一定會保護鄭載翰，可即便如此，他依舊無法從不安中擺脫，無論如何都想知道他的消息。雖然在自己家裡被發現了他自己也不知道的搖頭丸和大麻，情況惡化到可能會被判刑，但在如此絕望的情況下，尹熙謙仍然對鄭載翰感到好奇。

有一天，律師找上門來。在審判中，尹熙謙最終被判了緩刑。即便在此之前，他們還曾沮喪地認為將免不了被判刑。幫助尹熙謙的人是自稱來自TY的律師，而因為尹熙謙的糾纏不休，他從律師那裡打聽到了關於鄭載翰的消息。聽說他在昏迷了好幾天的情況下住院了幾天，所以才躲過了警方的調查。

在聽到那件事的瞬間，尹熙謙喘不過氣來，因為他知道是自己給了他的毒品才會這樣的。他因為吃了自己給的毒品，好幾天都沒有清醒過來，卻在醒來後幫助了自己……當時的尹熙謙是這麼想的，無論如何都想道歉和表示謝意。包括自己在鄭載翰嗑了藥、無法控制自己身體的情況下，擅自抱了他的事，尹熙謙都想求得原諒。

當然，過了幾年才見到的鄭載翰，與尹熙謙第一次見到的模樣截然不同，是個殘酷、冷靜了好幾倍的人，甚至就連過去幫助了尹熙謙的事情都是誤會……

「……尹熙謙先生？」

可尹熙謙依然喜歡鄭載翰。

即便極力想忍住愛意，也忍不下去，無法忍受不去靠近、親吻他。怎麼能不去愛低頭親吻他時，即便驚訝卻還是會做出回應的這個男人呢？被別人罵是瘋子、混蛋的男人，卻會擔心自己，不僅不會推開，反而還會把自己拉進懷裡。這是一件多麼令人滿足、激動的事情啊。

「你呢？」

「……沒什麼，只是今天特別睡不著覺而已。」

今天特別睡不著覺……啊。尹熙謙想對在這種情況下、就算對象是自己也絕不屈服的自尊心表示讚賞。鄭載翰從不示弱，光是看到把全部光線阻擋在外的那間房間，就能知道他被失眠症所苦。時隔五年再次相會，在自己家發生關係的時候也是，尹熙謙自己抱著鄭載翰睡得很香，但偶爾從睡夢中醒來的時候，都能看到懷裡的鄭載翰睡不著、翻來覆去的樣子。尹熙謙還曾因為他在做愛後因脫力感昏了過去，而擔心過他的身體是不是很不好，但他現在知道鄭載翰並不是體力不好，而是因為失眠到了極限，所以才會像暈厥一樣睡著。但即使他像那樣睡過去了也沒辦法睡很久，這才是問題所在。

明明一起度過了不少次夜晚，在電影院鬧出那樣的事情之後，近一個月內尹熙謙甚至幾乎都住在鄭載翰家裡，每天早上各自出門上班，晚上再回到這個家，這已經成了家常便飯了，可儘管如此，他還是想隱瞞自己睡不好覺的事實，這副樣子有多麼可愛啊。同時，尹熙謙也因心疼而感到難受，他抓住鄭載翰的臉頰，吻了幾下。

「……你不是說你明天一早要出門嗎？」

他一邊呼出稍微變熱的氣息，一邊低聲耳語的聲音很低沉，尹熙謙卻感到口乾舌燥。他稍微把距離拉開，看向表情變得慵懶、直勾勾盯著自己的眼睛。泛著紅暈的臉頰，沒有聚焦的眼神。每次接吻時，尹熙謙都會對鄭載翰的表情心跳加速。雖然鄭載翰在面對自己時，還有些許尷尬或不信任，但其背後卻隱藏著連他自己都無能為力的愛。

儘管這對尹熙謙來說就像是某種拷問，但他終究沒能放棄鄭載翰。即便他總是把令人苦痛的話說得若無其事，隨意地玩弄他人，為人帶來傷害，可尹熙謙還是抱著眼前的他也許是愛著自己的期望。

鄭載翰總是以模稜兩可的態度讓自己陷入混亂。儘管如此，尹熙謙直到最後也沒有放棄，是因為鄭載翰只要一和他接吻就會變得迷離的眼睛在訴說，他是愛自己的。

時隔五年再次見面，第一次被打了耳光，第二次全身上下都被毆打了一頓，但尹熙謙並沒有太傷心。不，他反倒覺得這是情有可原的。既然鄭載翰說他什麼都記不得了，就表示他當時已經是處於喝醉和嗑了藥的狀態，不，其實尹熙謙當時就知道鄭載翰醉得連身體都支撐不住了，所以這無異於強行與無法抵抗的人發生了關係，換句話說就是強姦。尹熙謙認為鄭載翰完全有資格對自己發火。

臉腫得很厲害，肚子上也有瘀青，疼痛持續了相當長一段時間，但可笑的是，每當尹熙謙感覺到刺痛，心裡就會浮現出一種瘋狂的想法。疼痛會讓他想起臉漲得通紅，慌慌張張逃跑的鄭載翰背影，還有吞噬手指的滾燙內壁的觸感，以及在自己嘴裡無法抑制興奮而膨脹的性器味道，也會接連浮現出來。

『要再繼續嗎？我們去床上吧。』說完這些話，鄭載翰的臉就變得更加通紅，全身發著抖，好不容易拉上褲子才逃跑。他那個樣子怎麼能說不可愛？因為鄭載翰表現出的憤怒比尹熙謙想像得還要強烈，所以他的心情其實也有些複雜，但是每當他想起鄭載翰在自己的愛撫下顫抖呻吟的樣子，心臟就會搔癢得快要爆炸。

雖然表現出那種樣子，但在為《洪天起》的投資事項開會時，看向自己的冷淡視線和嘴角掛著的微笑就像換了個人般。自己不得不接受他幫助的處境，讓尹熙謙無法阻止地感到悲哀，但同時也讓他想起了第一次在那個毒品派對上看到的情景。愉快地笑著的鄭載翰，還有他那面具下的倦怠和虛無。想像著除了我以外沒人看過的那張臉，實在是太甜蜜了。就這樣，會議在悲慘和激動共存的奇妙狀態下繼續進行著。

就連他在通風不好，沒有一個人抽菸的辦公室裡，自己一個人悠然自得地抽著菸的樣子也非常性感。尹熙謙並不知道當時的鄭載翰其實是想再次毀掉自己的電影，只是不停心動著。

想撫摸他，想親吻他，想擁抱他。這些欲望沸騰著，讓尹熙謙不停地想起鄭載翰，但他完全不知道要怎麼做才能擁有他。別說是擁有了，就連見一面都見不到。既沒有連絡的名分，也沒有理由，更不知道鄭載翰會有怎樣的反應。

但是，喜歡他的心情果然不會消失，也有過覺得必須放棄他而感到絕望的時候。雖然在第一次見面的派對上，自己餵了毒品給他，滿足了自己的欲望，但在那之後連連繫都連繫不上了。雖然ＴＹ、ＴＹ地把話說得輕鬆，但從各處聽到的他，其實是處於尹熙謙絕對無法觸及位置的人。總有一天，ＴＹ這個集團會成為鄭載翰的東西，雖然不清楚未來接班人所具有的意義，但尹熙謙隱約知道其意義，是大到他難以承受的。

尹熙謙非常喜歡鄭載翰，喜歡到一整天都在想著他。儘管如此，他還是覺得自己應該放棄。尹熙謙覺得自己是活在與他完全不同世界裡的人，所以自己是絕對抓不住他的。

本來是這樣想的。

可鄭載翰卻自己走進了尹熙謙的懷裡。

在實在不想參加的酒席上意外與鄭載翰相遇，對尹熙謙來說是幸運的。鄭載翰不會知道在他酗酒之後，說要開房間的話語讓尹熙謙多麼心動、充滿了怎樣的期待。雖然也想過他可能並沒有那樣的意圖，但當尹熙謙在為抱著馬桶嘔吐的鄭載翰拍背的時候，他其實有因為自己的期待不過是妄想而感到失望。

然而，那是為時過早的失望。

『……是你勾引我的。』

當醉到眼睛都睜不開的鄭載翰，用模糊不清的發音喃喃自語地吻過來的時候，尹熙謙真切地感受到了什麼叫心臟停止跳動。雖然喝得酩酊大醉，醉得連舌頭都動不了了，但嘴對著嘴將舌頭伸進自己口中的行為，彷彿是在央求著自己——於是尹熙謙即使怒罵著自己沒有良心，還是沒有拒絕送上門的可口大餐。偶爾能透過表情或動作看出他對被男人上的行為的反感，然而尹熙謙就像第一次抱他的那天一樣，假裝自己也醉了，無法自制，無視了鄭載翰的反感，貪圖著鄭載翰的身體。說是假裝無法克制，實際上也的確不能自制了。雖然腦子裡總想著要為他著想，要節制一點才行……

但尹熙謙還是因為接納自己的裡面太舒服了，腰部動作無法控制地變得快速又激烈。

『啊、媽的，輕一點，輕點……！』

之所以能好不容易清醒過來，都是因為被壓在自己身下，勉強忍住呻吟的鄭載翰皺著眉說出的話。看到他閉上眼睛咬緊牙關的表情，尹熙謙拚命克制自己，好不容易才把腰的動作停了下來。被滾燙的內壁包裹的性器像快要爆炸般難受，眼角也火辣辣的，可既然鄭載翰都說不舒服了，那他肯定不能執意去滿足自己的欲望。

就這樣，把腰的動作停下來一會兒。當尹熙謙努力抑制著自己的性欲，調整呼吸的時候，鄭載翰睜開了眼睛。雖然只是剎那，但目光相遇了。對於張開腿被男人上而感到驚慌，但同時也沉浸在快樂中的眼睛短暫地動搖了。

鄭載翰馬上又閉上了眼睛，可是在看到那樣的眼神後，尹熙謙再也忍不住了。

『……會痛嗎？』

他出於禮貌這樣問道，但他的腰其實已經重新動起來了。勉強控制住分散的自制力，淺淺地、溫柔地在裡面進出。心情好到就快要瘋了，溫暖地包裹著性器的內壁，為尹熙謙帶來了自從意識到自己是同性戀後，經歷各種性愛以來，第一次感受到的快樂。他感覺自己的性器似乎在鄭載翰的體內融化了，不對，應該是他的存在本身在融化，有種與鄭載翰融為一體的滿足感。

鄭載翰可愛得讓人無法忍受。尹熙謙不得不吻向同時感受到痛苦和快感，雖然反感，但還是不得不忍受自己的行為，不自在地張著雙腿的男人。想要從頭到腳全都咬過、吸過、舔過一遍。他不斷在心中反覆強調要克制，然而腰的動作還是止不住地變得激烈。把性器快速拔出，用力插進去，然後再次抽插的瞬間……

『啊、輕——』

雖然鄭載翰渾身顫抖地說道，但尹熙謙裝作沒聽見，用自己的嘴巴堵住了他的嘴。為了不讓他叫自己輕一點，尹熙謙堵住他的嘴抽插著，讓鄭載翰就這樣動彈不得，在快樂和痛苦中掙扎。直到達到高潮為止，他一直都在活動著腰部，然後把性器埋在最深處射精，在那裡經歷了最棒的高潮。

尹熙謙不相信剛剛經歷的事情真的存在於這世上，便把還沒失去生氣的性器埋在鄭載翰的體內，撫摸著他的身體準備進行第二次。

對尹熙謙來說，這是個非常神奇的經歷。因為自從五年前抓住醉酒的鄭載翰，滿足自己欲望的那次性愛之後，尹熙謙就變得毫無性欲了。在過去的五年裡，除了偶爾想著鄭載翰自慰之外，五年來還是第一次做愛，對象甚至還是自己夢寐以求的鄭載翰。過去五年裡沒什麼感覺到的性欲似乎累積在了某處，剛才明明已經射過精了，陰莖卻還是硬了起來。五年來累積的性欲因鄭載翰而打開，現在已經泛濫到尹熙謙就快要無法承受的程度了。

然而，並沒有做第二次，因為鄭載翰就那樣睡著了。尹熙謙無可奈何地獨自冷卻著體內沸騰的熱氣，呆呆地望著睡著的鄭載翰。

自己果然還是很喜歡他，光是在一起就非常高興，尹熙謙感覺自己是絕對無法放棄他了。要叫他忘記已經嘗到的那身上的炙熱，實在是一件殘酷的事情。雖然鄭載翰睡著了，但他還是想遵從自己的欲望，盡情地抽插下去，甚至還產生了想要永遠繼續下去的衝動。

喜歡，鄭載翰……真的太喜歡了。可是你又在想些什麼呢？你是怎麼看待我的呢？

尹熙謙整晚都在想這些，燃起的性欲無法平息，一直望著鄭載翰，直到凌晨也沒能入睡，直到該出門的時間快到了，他才進到浴室洗了澡。

而當他以疲憊至極的狀態從浴室出來的時候。

鄭載翰剛剛睡著的床是空的。看到空床時的那種驚慌失措，豈能用語言來形容呢？甚至連尹熙謙整理好的衣服也不見了，只留下掉在地上的一條領帶。就像灰姑娘的玻璃鞋一樣，鄭載翰只留下一條領帶就消失了。

這難道就是我和他的結局嗎？這種想法讓尹熙謙嘗到了慘痛的絕望感。

然而，神是站在尹熙謙這邊的。

他偶然間望向窗外，看到自己居住的社區內停著不可能會出現的高價進口車時，那一瞬間的心情是怎麼樣的呢？雖然想不起來，但心臟感覺就要爆炸了。心想著「不會吧」、「該不會是他吧」下樓去的時候，心臟感覺真的要跳出來了。鄭載翰正靠在那輛車上抽菸。

尹熙謙邀請鄭載翰進入自己簡陋的家裡，一起過了夜，而鄭載翰並沒有拒絕，不，其實他很明顯是為了做愛而來的。在被一次高潮席捲過後，睡著的他實在是太可愛了。雖然想整晚黏在他身邊，啃咬、吸吮他的身體，但由於床不大，尹熙謙擔心他會不舒服，於是把自己的床完全讓給了鄭載翰。光是他在自己空間內這件事，就讓尹熙謙感覺擁有了全世界，非常滿足。

與鄭載翰做愛的次數還不多，但尹熙謙一次也沒有和他一起迎接過早晨。每次睜開眼睛一看，他就已經消失不見了。尹熙謙擔心這件事擔心得徹夜難眠，可最終還是成功挽留住鄭載翰了。一邊聽著他洗澡的聲音，一邊準備早餐的時候，尹熙謙的心情好得都要哼起歌來了。簡陋的家連飯桌都很簡陋，所以讓鄭載翰坐到飯桌前的時候，尹熙謙其實很緊張。但出乎意料的是，鄭載翰吃得很香，看起來非常美好。他知道鄭載翰有點尷尬，為了改變氣氛，便說了各式各樣的話。雖然很不自在，但誠實回答的樣子也太可愛了。

邊吃飯邊聊天的過程中，鄭載翰一直在觀察尹熙謙，而尹熙謙也很享受他觀察自己的目光。兩人的關係雖然沒有親密到一起吃飯時不會感到尷尬的程度，但尹熙謙有預感，他們之後會變得很好。鄭載翰明顯對躺在男人身下張開腿的行為感到反感，卻還是找到尹熙謙家的這件事就是個非常好的證據。當還沒有完全接受和男人發生關係的鄭載翰以有人打電話來為藉口，像是有急事一樣離開的時候，雖然有些遺憾，但尹熙謙還是期待著之後的發展。

而且，沒有辜負尹熙謙的期待，鄭載翰甚至還去了拍攝現場。說實話，之前鄭載翰說尹熙謙好像瘦了，還來到現場關心工作人員的吃飯狀況，這讓尹熙謙非常感動。如果看不出這一行動的理由，應該就和傻子沒兩樣了吧。和楊絢智親戚一起喝酒的場合、自己家，還有拍攝現場，這種程度的話，只能理解為鄭載翰已經充分表達了自己的心意。尹熙謙確信這些期待不是徒勞，也並非妄想。現在輪到我向他走近了，這麼想著的尹熙謙對鄭載翰說自己會連繫他，而鄭載翰也點了點頭，這讓他有非常好的預感。

週末，尹熙謙在首爾的一家飯店與鄭載翰重逢。那天的氣氛和他們之間的關係非常甜蜜，帶有紅酒味道的吻和性愛，幾次的見面和性愛讓不自在感越來越減少。直到和他一起決定要吃什麼的時候為止，對尹熙謙來說都還是天堂。他忍不住親吻鄭載翰，每當他說些什麼，尹熙謙就會吻向他的嘴唇。雖然看起來有些驚訝，但鄭載翰並沒有推開尹熙謙，尹熙謙認為他是因為還沒習慣這種身體接觸而覺得尷尬。濃濃的愛意讓他心潮澎湃。

等等吃完飯，要趕緊上來喝他帶來的紅酒，然後再度過一個火熱的夜晚就好了。因為這種期待，讓尹熙謙心跳加速，總是忍不住勾起嘴角。在電梯裡對飲食偏好進行了瑣碎的對話，鄭載翰「噗哈」一聲笑出來的時候，尹熙謙的開心和幸福簡直無法用語言來形容。激動又心癢，高興又幸福。

直到遇到李景遠那個男人為止。

尹熙謙對向自己熱烈求愛的這個男人感到非常有壓力。雖然他從演員時期開始就是自己的粉絲，也因喜歡電影而向自己表達過稱讚和愛意，但他知道對方想表達不只這些，所以無法輕易接受。不僅如此，他們從一開始就不合。雖然韓柱成向他抱怨過「你是不是活得太天真了？」，但尹熙謙即使想拍電影，也絲毫沒有要靠關係來拍電影的想法。一部分是由於自身的個性，但也有一部分是因為他對電影的熱忱，是那麼得單純又有潔癖。雖說蓮花會在骯髒的池塘裡盛開，但尹熙謙希望自己的電影不是在池塘裡盛開的蓮花，而是在潔白的雪地上綻放的梅花。他還相信，只要努力生活，總會迎來那樣的一天。

因此，對於經常拿著自己的劇本，進行他並不想要的宣傳和遊說的李景遠，尹熙謙感到無比得負擔。特別是，如果這些幫助都是出於某種愛慕之心的話，那就更讓人有壓力了。由於李景遠本身並不是會讓尹熙謙產生欲望的類型，更沒有想要接受他，所以尹熙謙正在努力與李景遠保持距離。

老實說，李景遠被尹熙謙看不順眼另有其他理由。

『想拍電影的話，透過鄭載翰是最快的，所以我才準備了這個局。』

李景遠激動地說鄭載翰正好來了，要讓尹熙謙見他一面。

『那傢伙就是個神經病、瘋子，說不定會發完神經就直接走了。不過他跟我關係還滿好的，應該不至於那樣……反正很難說啦。』

從李景遠說他們關係很好，要拜託他協助拍電影，卻在別人面前用神經病、瘋子、發神經等詞語形容鄭載翰的那一刻開始，尹熙謙就變得不喜歡李景遠了。因為他認為即使是事實，也不能在人前說他們是朋友，卻在人後說那樣的話。想利用對方的心思不會太明顯了嗎？鄭載翰的身邊都是這種人嗎？胡亂猜測鄭載翰之所以會有那些過激的行為，可能有著這樣的理由，這讓尹熙謙變得更加厭惡李景遠了。

『……不要跟鄭載翰太親近，那傢伙真的就是個瘋了的變態，他喜歡挖陷阱給人跳，在背後捅人一刀，再嘻嘻笑著看他們受苦。受害者不只一、兩個，所以一得到投資，就別跟他往來了吧。』

最後，李景遠對尹熙謙提出了這樣的忠告，但對他來說那不是忠告，而是毫無意義的多管閒事。在尹熙謙眼裡，那就只是李景遠自爆自己是個多糟糕的人的閒話而已。

因此，尹熙謙和李景遠保持著距離。可不知道鄭載翰到底是誤會了什麼，居然說要三個人一起吃飯。這讓他的心情頓時變差，而這也是沒辦法的。明明到剛剛為止都那麼甜蜜，尹熙謙是真的搞不懂鄭載翰在想什麼，只想盡快送走李景遠，與鄭載翰單獨相處。他下定決心要和鄭載翰說清楚，不管你誤會了什麼，我都是喜歡你的。

然而，炸彈卻在其他地方引爆了。

『人夫至少都不用再去相親了。賢珍過得還好嗎？』

人夫。因為剛剛說的都是結婚的話題，所以無可否認這個詞就是意味著鄭載翰是有婦之夫。尹熙謙轉頭望向鄭載翰，可鄭載翰卻只看著李景遠。

『……她過得很好。』

『你們怎麼還沒有要生小孩的消息啊？不管傳聞如何，你們其實還挺恩愛的不是嗎？」

這句話……對尹熙謙來說無疑是一種打擊。

『……鄭理事已經結婚了嗎？』

這個提問對於一個小時前還在床上打滾，赤身裸體地互相吸咬、磨蹭的對象來說，實在是太諷刺了。

『結了。』

『他算是比較早結婚的，大概結婚兩、三年了吧。』

尹熙謙只能感覺到腦子裡一片空白，心臟在無底洞墜落。瞬間，他受到讓眼前變得一片漆黑的衝擊。結婚，他說他結婚了。從五年前開始就占據尹熙謙心底的男人，在自己度過人生最糟糕時期的期間結婚了。成為了另一個女人的丈夫，正在制定生孩子的計畫。

之後的對話完全傳不進尹熙謙的耳裡，也不知道自己正在吃的東西是什麼味道，只是不斷地感到打擊。這真的是現實嗎？長年以來心儀、思念、心愛的男人竟然是個有婦之夫。

在鄭載翰打翻器皿，李景遠離開後，尹熙謙認為他是為了和自己單獨談談才把李景遠趕出去的。他不知道該說什麼，所以只是看著鄭載翰。然而，出乎尹熙謙意料的是，鄭載翰跟著李景遠出去了。在只剩自己一人的包廂裡，尹熙謙體會到了什麼叫精神崩潰，真的就快要瘋了。

那你為什麼還要跟我上床？尹熙謙最先想到的是這個。為什麼要吻我？為什麼會來我家？為什麼要來拍攝現場？為什麼點頭同意說可以連繫？為什麼要訂飯店房間？為什麼要做愛？這些疑問湧上心頭，揮之不去。

這是不應該發生的事情。鄭載翰在尹熙謙不知情的情況下，讓他成為了第三者。家裡有妻子在等著，卻和自己發生了關係，這讓尹熙謙無法原諒自己。也許這對鄭載翰來說不算什麼大事，但對尹熙謙來說卻是無法容忍的事情。不該開始的，這種悔恨動搖著頭腦和內心。

但即便知道他是有婦之夫了，自己就能輕易放棄這段感情嗎？能推開被男人的性愛所吸引而找上自己的鄭載翰嗎？

不，絕對做不到。即使良心受到譴責，也無法停止。最終，尹熙謙的感情變成了對鄭載翰的怨恨。怎麼能結婚呢？怎麼能和別的女人——

尹熙謙把獨自回來的鄭載翰拉回了包廂。憤怒和怨恨混雜在一起，若不追究，似乎會無法忍受。我這麼喜歡你，這麼愛你，當我覺得應該收回這分情感的時候，就應該讓它停下的。隱瞞自己是有婦之夫，直到感情發展到無法控制的地步，才告訴別人自己有妻子了，這讓尹熙謙無法忍受，怒火中燒，埋怨著鄭載翰。

而且這些還不是他親口說的。不是自己告訴他，而是被他發現了。尹熙謙看到鄭載翰手背上的傷口後，不難推論出是鄭載翰懲罰了李景遠，讓他為洩露秘密付出代價。尹熙謙經常聽說鄭載翰的個性很差，也親自經歷過不少事情，而他確實是個糟糕的人。

但是，鄭載翰的脾氣超出了尹熙謙的想像。

各式各樣的話刺穿了心臟。委屈加之在憤怒和怨恨之上，尹熙謙站在原地，感覺眼前發黑，在感情的海嘯中，連聲音都在顫抖。最讓人生氣的是，鄭載翰把自己想得和其他人一樣。

不幸的，也許鄭載翰身邊就只有想利用他的人，但尹熙謙並不是，他從來沒有想過要利用鄭載翰。可鄭載翰卻諷刺地說他也是有什麼想望，才會纏著自己的。尹熙謙就是個必須按照鄭載翰所言而行的弱者，徹底的乙方，不——

『嫖資。你不知道什麼是嫖資嗎？媽的。』

是男妓。

不就是這樣的存在嗎？

『別樹立無謂的自尊心了，尹熙謙先生。出來賣了還自命清高，還真是難看啊。』

這根本算不上失戀。到目前為止，他和鄭載翰在一起的時間、身體接觸、對話等一切都只是尹熙謙的錯覺。你只不過是收了我的錢，為電影賣身的存在而已，鄭載翰是這麼說的。

鄭載翰用三寸不爛之舌對尹熙謙造成的傷害，是非常深刻而痛苦的。生活中再三經歷了波折，成為了有前科的人，即使債臺高築，也從未因他人而如此痛苦過。他一旦成為了藝人，他的身體就會是商品。即使尹熙謙一直回避那樣的場合，也依舊有人會明目張膽地要求性關係作為報酬，以提供金援贊助，把他當作男妓一樣對待。老實說，雖然不是沒有經歷過，但是受到鄭載翰那樣的對待，真的是無法洗刷的傷痛。

聽到這樣的話之時，因為太痛、太生氣又太絕望了……尹熙謙甚至覺得這段關係不能再繼續下去了。即使會遇到導演的位置被換掉，不得不放棄電影的狀況，他也要與鄭載翰斷絕關係。就算如此，只要能證明自己並不是為了電影，不是為了利用鄭載翰才與他發生關係，那就足夠了。

不，就算這樣好了，不管採取什麼行動、說些什麼，這樣鄭載翰就能理解我的真心了嗎？如果沒有了電影和投資，兩人之間還會有什麼連繫嗎？

與尹熙謙的意志無關，鄭載翰說過的話時時刻刻都會在腦海中浮現，讓他感到絕望。向著自己說出尖銳話語的冰冷表情，一直在腦海裡揮之不去。那時的眼神是怎麼樣的？他的眼神真的就像是在看男妓般輕蔑嗎？

但在那之前流露出的顫抖眼神又是什麼？尹熙謙每天都會想起鄭載翰，感到受傷、痛苦、混亂……每次在拍攝期間獨自陷入沉思時，尹熙謙就會想起鄭載翰。不知該如何是好，只有一片黑暗。鄭載翰的事情控制著思想，自己卻無法停止。

尹熙謙和鄭載翰再次重逢是在喋喋不休、毛病也很多的挑剔女演員楊絢智的生日派對上。因為個人的私事，甚至連拍攝日程都想干預的楊絢智讓尹熙謙很頭痛。雖然一方面她父親有投資，但一方面也覺得她形象不錯，所以才選擇了她，可她的演技沒有達到尹熙謙的期待，還把身為投資人的父親當作靠山，隨心所欲地在拍攝現場搗亂。

就連那天也是，拍攝時程都已經很趕了，她還說不能讓自己的生日就這樣過去了，要求要休假，甚至還強迫尹熙謙參加。雖然真的不想去，但周圍的人都對自己與演員楊絢智的關係感到擔憂，所以尹熙謙不得不去。因為是藝人的生日派對，預計也會有很多藝人到場，楊絢智說不定是期待會出現怎樣的情況，才把自己叫去的。

尹熙謙本來覺得不管聽到什麼都不會對自己造成打擊，實際上也是如此，畢竟他已經從鄭載翰那裡受到了用人的語言能受到的最大傷害。除此之外的冷嘲熱諷，都不過是小孩子的耍嘴皮子罷了。文秀仁這個演員對尹熙謙來說也不會成為什麼刺激。

但是鄭載翰似乎不喜歡這樣。接到電話後出來的尹熙謙，作為禮物，他收到了衣服。那是尹熙謙即使是在藝人時期，如果不是贊助的話，自己是不願意花錢買的高檔西裝，他沒理由收下這種東西。他又把我當成什麼了？因為有了這種想法，尹熙謙連一句謝謝都說不出來。坦白說，他也不覺得感謝。

看到穿著西裝乾淨俐落地走出來的自己，鄭載翰一時看得出神，這也讓尹熙謙無法接受。換裝遊戲，自己好像成了鄭載翰換裝遊戲中的人偶。

『尹熙謙先生……你真有惹惱別人的本事呢。趁我好聲好氣說話的時候，快點閉上嘴上車。』

對那天的事隻字不提，反而賊喊捉賊地發脾氣的鄭載翰真的很讓人無言。雖然經常聽說他個性很差、很不好，但這也太嚴重了吧？無法向鄭載翰發洩的憤怒在腦海中沸騰起來。在這種情況下，坐上他的車的自己也像個白痴一樣。尹熙謙生氣了。因為喜歡他、愛他，所以更加氣憤，可是他沒有將之表達出來的方法，才會心焦如焚。

『……尹熙謙先生。』

在沉重的靜默中，到達尹熙謙家門前時，尹熙謙本想直接回家的，鄭載翰卻抓住了他。還有，鄭載翰用更加柔和的語調說出的話，說實話有點出乎尹熙謙的意料。

『……我的婚姻並不像普通的婚姻一樣有意義。』

鄭載翰的辯解。

『……還有……尹熙謙先生。那天……是我……說得太過分了。』

還有道歉。

當然，雖然是沒有「對不起」、「是我錯了」等字眼，不像道歉的道歉，但對於那個由自尊心和傲慢融合而成的存在來說，這也許就是最好的道歉了。對尹熙謙來說，原本對誰都不會道歉的人，因為怕與自己的關係會結束而說出的道歉，就像是一種希望或餘地。

如果鄭載翰不留給他任何餘地，尹熙謙說不定就能放棄了。不，應該說就必須放棄了。但是鄭載翰分明還保有感情的碎片，留給了尹熙謙餘地，他有時甚至會在自己也不知道的情況下流露出那樣的訊息。特別是眼神，鄭載翰看向自己的眼神……

『唉……』

尹熙謙無可奈何地嘆了一口氣。

無法理解，他真的不懂鄭載翰。本來不想看向他的，鄭載翰卻把尹熙謙的下巴轉過來，讓他和自己對視。尹熙謙真的不知道該怎麼辦了，對於說了那樣的話，卻以一句「是我說得太過分了」作為道歉的這個人，他真的不知道該拿他們之間的關係，還有這種沸騰著即將氾濫的感情怎麼辦了。真想就這樣牽著他的手，把他帶進家裡抱住，想和鄭載翰做愛的感覺就像本能一樣。

然而，理性說著「這樣是不行的」，抑制了本能。當初兩人的感情相通，關係的延續也許只是一種錯覺，令鄭載翰惋惜的大概只有性愛而已。意思是我們之間的關係可以僅僅透過做愛來維持下去嗎？即使那是鄭載翰所希望的，也絕對不是尹熙謙想要的。尹熙謙想要的是他的心、他的情、他的愛，想要鄭載翰的一切，也想把自己的一切獻給鄭載翰。

曾有一段時間，鄭載翰的行為讓尹熙謙產生了誤會，尹熙謙便認為他想要的東西和自己是一樣的。此時的鄭載翰也像是在觀察尹熙謙的臉色，用柔和的表情和顫抖的視線凝視著尹熙謙，讓他再次陷入混亂。

我可以相信鄭載翰的眼神嗎？這會是他真正的心意嗎？就算自己相信了他那個眼神，鄭載翰是否也會相信自己呢……尹熙謙無法知曉。

在那之後的一個月裡，尹熙謙再也沒能見到鄭載翰，聽說他去美國出差了。尹熙謙在這段期間度過了相當痛苦的時光，這都是因為楊絢智和楊源一社長。

楊社長主張電影劇情走向錯誤，而且沒有大眾性，絕對不會賣座，打算將電影徹底改過。而有這樣的父親作為靠山的楊絢智，在拍攝現場並不配合，她本來就只能勉強站在及格線上的演技也因此變得更加沒誠意。可即便如此，尹熙謙也絕對不是會輕易妥協的人，所以拍攝只能停滯不前。

後來甚至連拍攝也開始逐漸受到干擾。楊社長以「反正都要修改劇本了，再繼續拍下去也沒有任何意義」為由，追到拍攝現場折磨著尹熙謙，或是不管尹熙謙是不是正在拍攝，都要求他馬上到首爾見自己。即使是尹熙謙，也很難不感到疲憊。

但是他無法放棄，都已經被鄭載翰誤會了，他是絕對不能放棄正在拍攝的電影的。如果要放棄，那就是鄭載翰再次把自己當作男妓的時候。他不可能因為別人而改變自己的意志。

當飽受折磨的韓柱成來找自己商量，要向鄭載翰請求幫助的時候，尹熙謙非常生氣地阻止了他。甚至還威脅說「如果哥真的這麼做了，那我以後就再也不見你了」。結果韓柱成還是在尹熙謙不知情的情況下去見了鄭載翰，並且請求了他的幫助，但尹熙謙完全沒有介入這件事。與其說是沒有介入，不如說只要鄭載翰或韓柱成都沒有開口，尹熙謙是永遠都不會知道韓柱成單獨去找過鄭載翰的。

在尹熙謙不知情的情況下，韓柱成和鄭載翰見面的那天，尹熙謙在聽到楊社長的最後通牒後，在製作公司的辦公室裡見到了楊社長。

『尹導演，去修改劇本，這不是勸告，而是命令。』

楊社長趾高氣揚地說。

『否則我會另找一個編劇來改編。』

『電影，我會照我的劇本拍到最後的。』

『喂！你年紀輕輕的怎麼就這麼死腦筋啊？我看拍攝的部分也沒有拍得很好啊，而且現在連拍攝也都一直拖著不是嗎？』

『……拍攝時程被推遲是事實，但這並不是劇本的問題。』

『演員跟不上的劇本怎麼會沒有問題！』

尹熙謙很清楚用邏輯和理性溝通是行不通的，再加上他是楊絢智的父親，所以也知道責怪楊絢智只會刺激楊社長。

『我叫你改就改!!怎麼能把那種亂七八糟的東西當作故事來寫啊？』

然而，如果說楊絢智是楊社長的孩子，那電影就是尹熙謙的孩子。楊社長以高壓的態度提高了嗓門。就像是覺得以自己的年齡和位置，完全可以壓制住尹熙謙這樣的人，甚至還侮辱了尹熙謙視如己出的電影。

『因為演員的能力不足就要修改劇本，您覺得這像話嗎？』

『什麼？尹導演，你說什麼！』

周圍的工作人員阻止了本想抓住尹熙謙衣領的楊社長，而尹熙謙毫不掩飾地用輕蔑的目光望向楊社長。

『我的電影沒有問題，也不需要修改。』

『你這沒教養的東西！』

辱罵和非敬語。但比起這個，楊社長突然大聲吼出的下一句話才是問題所在。

『不然就把導演換掉！』

那是一句讓尹熙謙無法動彈，絕對無法抗拒的，像項圈一樣的話。

『換掉導演，也把製作公司換掉！你以為合約會保護你是吧？臭小子，付錢的人可是我啊，是我為電影提供資金的！聽說你們把命運寄託在這部電影上了？我看你們就是要等電影失敗，變得負債累累了才會打起精神來吧！』

以鄭載翰的投資來為電影做保證，以楊絢智擔任女主角為前提而投資的楊社長，導演是尹熙謙，製作公司是韓謙影視。雖然合約上有很多這樣的條件，但尹熙謙其實也知道這是多麼有利於投資人的合約。抱著承擔這些風險的心情，懷著「就算那是他女兒，他應該也不會做出什麼吧？」的想法簽訂了合約。準確來說，除了這樣就沒有其他辦法了。

『……我知道了。』

最終，尹熙謙只能屈服。就像過去五年裡的幾次經驗一樣，讓他下跪的最終還是錢。慘遭摧殘的自尊心現在連形體都消失了。連對電影抱持的信念也受挫，一切都變得無常。在修改劇本的過程中，尹熙謙喝下的酒變多了。因為不得不放棄而放棄了，能夠撫慰無法消失的痛苦的，就只有酒了。只有酒，尹熙謙曾是這樣認為的。

直到某天晚上，他因為無法忍受痛苦而喝了酒，可是連酒也不夠喝，所以再次出去買酒的時候，在回來的路上看到停在自己破舊家門口前的進口車。

進到自己家裡，面對面坐著觀察自己的眼神中透出的擔心和溫暖，會是錯覺嗎？

當男人眼神顫抖地說出自己是來安慰他的瞬間，尹熙謙再次刻骨銘心地明白，自己是無法從鄭載翰的身邊逃脫出來的。即便鄭載翰這個男人曾經傷害過自己，但在那一瞬間，對尹熙謙來說，鄭載翰的存在本身就是一種安慰。

這是時隔一個月的做愛。雖然在言語和表情上絲毫沒有表露出來，但從熱情的擁抱，以及用全身歡迎自己的鄭載翰身上，尹熙謙讀到了思念之情。不得不放棄自尊心，再次找上自己的那種心情，除了愛，尹熙謙無法想像還能是別的什麼東西。

看到停在自己家門前的車子的瞬間，尹熙謙明白了在沒有與他相見的一個月裡，憤怒、怨恨和痛苦已經減輕，取而代之的是思念。在因為楊絢智和楊社長而感到辛苦和痛苦的時候，自己也非常想念他。明明是個性那麼差的壞男人，自己卻還是很想他，無法控制自己的心。心想著在某天肯定還是會受到傷害，兩人之間沒有未來可言，自己應該放棄才對，可最後還是會很思念他，甚至覺得被傷害什麼的都無所謂。

時光流逝，回想起的反而是他做著荒唐的解釋和笨拙地道歉的模樣，還有從美容院出來時，他呆呆地看著自己的失神表情。不是說最後都是愛得更多的那方落敗嗎？連正式的道歉都沒有，只因為時光流逝就原諒了他，像這樣時隔一個月出現，就足以讓自己滿足，不得不去愛他。

在那之後的拍攝雖然也讓他很辛苦，但還算過得去。隨著工作人員之間的氣氛變得低迷，演員們也受到了影響，拍攝過程並不順利，但尹熙謙並沒有放棄。即使劇本被修改過，尹熙謙還是為了拍出好畫面而竭盡了全力。當然，他也有過疲憊的時候，但是透過偶爾見面的鄭載翰，尹熙謙得以喘息，獲得了精神上的安慰。那時是與鄭載翰關係最好的時期。

但是那些時光就像暴風雨前的平靜一般。

有一天，一個自稱是鄭載翰前妻的女人來到了拍攝現場。這個意想不到的客人讓尹熙謙嚇了一跳。他並不知道鄭載翰已經離婚了，坦白說，其實到那時候為止，他已經完全忘了鄭載翰的婚姻，陷入和他的關係之中。因為覺得內疚，他感覺連頭都抬不起來了，然而安賢珍並不是來指責兩人的關係的。從她嘴裡說出的話，讓尹熙謙感到衝擊又驚愕。

『尹熙謙先生，你被騙了，鄭載翰就是個惡魔，是他把毒品放進你家裡的。你當時應該連繫不上自己的經紀人吧？就是鄭載翰給他錢，指使他做出那種事的。還有緩刑？那也不是鄭載翰想要的。鄭載翰對你的人生已經完蛋了這件事感到很滿意，是鄭載翰的下屬出於惻隱之心，才幫助你被判成緩刑的。你是被騙了，明白嗎？我現在之所以跟你說這些……是覺得你太可憐了，我擔心你會像我一樣被他拋棄，擔心你淪落到我這樣的下場。雖然不知道鄭載翰在打什麼算盤，他似乎在你身上下了不少功夫，但請不要相信他，毀掉別人的人生可是他的興趣啊。說實話，我不在乎你會不會因為鄭載翰而完蛋，我只是無論如何都想讓他吃吃苦頭罷了。不管鄭載翰在策劃什麼事情，我都要妨礙他才能甘心……！』

說著這樣的話使壞的女人好像對尹熙謙和鄭載翰的關係並不知情，還是她都已經知道了，所以才說不要相信他的嗎？當時的尹熙謙並不知道答案。因為腦子裡太亂了，連電影都拍不好。雖然很想立刻和鄭載翰見面、詢問他，但他認為在那之前，必須先整理一下自己的想法。在得知自己的人生因鄭載翰而變得不順之後，尹熙謙感到憤怒、怨恨和挫折。結果過了三天，還是什麼都沒有整理好，就這樣回到首爾，見到了鄭載翰。

雖然嘴上問著是不是真的，但尹熙謙其實已經確信那是事實了，也預料到鄭載翰絕對不會給他好的反應。但按照常理來說，鄭載翰不應該反過來生氣，也就是說，他不應該像自己沒有做錯一樣，昂首挺胸地質問自己。受到傷害的是尹熙謙，應該大吼大叫並發火的人也是尹熙謙，而不是鄭載翰。所以那時候他差點就打了鄭載翰，因為他真的說了很多讓人想揍他一拳的話。

然而就在那一瞬間，尹熙謙也意識到自己實在太愛鄭載翰了。明明心痛得不得了，卻怎麼都不忍心打他。雖然因為他臉上寫著「你乾脆打我吧」而生氣，但還是無法揮動停在空中的拳頭。

尹熙謙想要的就只是一句道歉，一句「對不起」而已，甚至也不需要解釋過去他是出於什麼想法才那樣做的，只要承認自己有在後悔就好。尹熙謙緊抓著他僵持了半天，只盼著他能這麼說。在對話結束、只剩下沉默的氣氛中，等待著他能請求自己的原諒。

然而，鄭載翰直到最後都沒有說出一句「對不起」。

那是他們第一次離別。

如果有人問尹熙謙是否後悔去那個毒品派對，現在的他可以回答並沒有。因為去了那場派對，他的演員生涯徹底結束了，還被迫成為有前科的人，負債累累，度過了五年地獄般的時光，但這個嘛，尹熙謙並不想讓在那次派對上遇到喝醉酒和嗑了藥的鄭載翰，還有抱過他的事情變成沒發生過的事。即使連派對也是鄭載翰為了毀掉他的人生而舉辦的，即便他們的第一次性愛實際上是強姦也好，尹熙謙都不想抹除與鄭載翰結下緣分的第一步。

鄭載翰真的是個壞人，不僅結束了他的演員生涯，還想方設法不讓他拍電影。甚至就連尹熙謙也忍不住懷疑，鄭載翰之所以投資《洪天起》電影的拍攝，其實也是為了毀掉尹熙謙作為導演的職業生涯而訂立的某個計畫的一部分。雖然那件事順利解決了，但如果鄭載翰不喜歡自己，又會變成怎麼樣呢？光是用想的就讓人毛骨悚然。

相信一切吧，相信並愛他吧。既然他說了他喜歡我，那就只相信這一點向前看吧。可即便這樣下定了決心，尹熙謙也無法阻止心中偶爾出現的懷疑和不安。不過他總是會調整心態，因為只要看到鄭載翰偶爾會對尹熙謙在這個家裡感到尷尬，就能感覺到對方到現在都還沉浸在不安和懷疑之中。他現在已經厭倦了互相試探，擅自去猜測對方的心了。

「一起回去睡吧。」

在無數次的親吻後，尹熙謙把鄭載翰從椅子上扶了起來。鄭載翰面帶淺笑，默默地跟在他身後。尹熙謙回到剛剛睡的房間床上，讓鄭載翰躺下，自己脫下睡袍，赤身裸體地爬到床上，斜躺在他旁邊，歪著頭再次親吻了他。有時只是輕輕地咬住嘴唇吸吮，有時則是調皮地用舌頭觸碰他的舌尖，然而所有的輕吻都是非常甜蜜的。

「我來哄您睡覺吧。」

尹熙謙輕輕地把鄭載翰抱在懷裡，閉上眼睛，「啾、啾。」嘴唇落在了眼皮上。蒼白的皮膚柔軟地觸碰到嘴唇的感覺非常美好，讓他無法抗拒地不停落下嘴唇。當然，鄭載翰炙熱的舌頭和含著舌頭的柔軟嘴唇是最美妙的，但也無法放棄他的肌膚。鄭載翰就像奶油一樣又軟又甜，吻起來又甜蜜又美味。

尹熙謙總是想從頭到腳把鄭載翰吃乾抹淨，只要親吻、感受彼此的體溫，體內就會開始慢慢產生令人發癢的熱氣。

「……你明天一早不是就得出門了嗎？」

「熬一夜再出門也沒關係。」

可能是因為尹熙謙的興奮傳達了過來，鄭載翰的臉上也泛著紅暈。每當總是沉浸在疲憊中的蒼白臉蛋這樣泛紅起來，就會有種與平時截然不同的感覺。如果說平時的性感是冷淡而知性的，那麼在他紅著臉投來慵懶的視線時，感覺肉欲就會滿溢而出……

尹熙謙再次把自己的嘴唇貼上去，突然「噗嗤」地笑了。直到把鄭載翰帶到這個房間以前，他還真的沒有想要做愛。他知道像野獸一樣撲上去，讓他筋疲力盡是哄他睡覺最容易的方法，但是真的到剛才為止，他都沒有想用那種方法，而是想投入甜蜜的愛意，溫柔地哄他睡覺。

「把腿打開。」

所以說……尹熙謙絲毫沒有故意要說出讓鄭載翰感到羞恥的詞彙，戲弄和欺負他的想法。

尹熙謙看著鄭載翰因羞恥而發紅的臉，表面上裝作沒什麼感覺，但內心其實非常開心，他接著從床頭櫃裡拿出潤滑液和保險套。

他脫下鄭載翰的衣服，最後把內褲都脫掉，腿慢慢地張開了。他連視線都不敢與自己對上，眼角和臉頰都染上了非常好看的紅色，那可愛的樣子讓人心潮澎湃。

最終，尹熙謙忍不住低聲笑了出來，低著頭吞下了鄭載翰的性器。

＊＊＊

電影《洪天起》正在電影院熱播中，但尹熙謙已經在為下一部電影做準備了。

尹熙謙辭去演員的工作後債臺高築，不管是什麼工作幾乎都有做過。他有在工地當過工人，也有當過修理冷氣的師傅。雖然非常偶爾也會接到電影圈的工作，像是導演或剪輯的工作，但那並沒有為他帶來太多的收入，所以他不得不再多打一、兩份工。尹熙謙也曾懊悔「要是當時有把大學讀到畢業就好了」，但那都已經是過去的事了。

在這種情況下，尹熙謙還是抽空構思了電影。如果到鄉下工作，他就會利用休息日去附近晃晃，思考電影的背景，也會畫下來，甚至把遇到的人又或是接觸過的一切都當作電影素材。《洪天起》這部電影也是這樣寫出來的。

而他現在想拍的是韓國奇幻電影。是一個以現代為背景，發生了和鬼怪、鬼魂有關的事件，警察為了解決事件而東奔西走的過程中，一個事件的相關人士兼完全不信邪的平凡男人，最終承認了鬼怪的存在，並解決了事件的故事。

「因為和《洪天起》的氛圍太不一樣了，所以投資人們好像沒什麼信心。無論是你的出道作還是《洪川起》，其實都是成長型的作品，整體來說都很平靜。」

韓柱成瞟了尹熙謙一眼，看著他的臉色說道。這次同樣決定由韓謙影業負責製作，但籌集投資人並不容易。雖然尹熙謙的出道作品很不錯，《洪天起》也很賣座，但導演是否有能力消化與之前作品相差甚遠的作品，還是未知數。

「演員們還是比較友好的。聽說朴世英對你讚不絕口呢，而楊絢智因為無話可說，所以也安靜得沒說話，那些曾經看你不順眼的人，現在也都迫不及待地想出演你的電影呢。」

以韓柱成來說，這些都是安慰的話。聽完他的話，尹熙謙「噗嗤」地笑了。其實他一點都不關心其他演員有什麼騷動，因為他本來就知道那些人的態度會隨著人的發展而改變，還有，他也知道由於他演員時期建立的形象，有很多演員都不喜歡他。

「我當演員的時候有這麼討人厭嗎？」

聽到這句話，韓柱成突然說不出話來。如果他要這麼問，那答案當然是沒錯。不，準確地說，與其說是演員時期討人厭，不如說現在也一樣……

「嗯……你的個性本來就比較特別嘛。」

「我有那麼難相處嗎？」

「因為你只要覺得不好，就不會讓人接近你，所以看起來多少有點那樣嘛，特別是在工作上。」

韓柱成好像說得很直接，但其實他表達得很委婉，尹熙謙基本上不是個對他人很寬容的人。那個人工作做得不好，但人品很好，這種藉口對尹熙謙來說是行不通的。他不喜歡那些做不好自己工作的人，如果要說有多不喜歡的話，應該就是連周圍的人都會發現尹熙謙在無視他的程度。

尹熙謙認為作為一個演員，演技就應該要很好。因為並不是只有演員能夠演戲，歌手或偶像也都可以演，所以只要適合作品，演技又不錯的話，那些就都沒有關係了。但是在演技差的情況下，只靠著經紀公司和人氣就加入劇組，破壞現場氣氛的行為是尹熙謙所輕蔑的。對於本業並非演戲的偶像和歌手來說也是如此，尹熙謙對待演技不好的演員們，有時甚至會表現出並不把那些人當人看的態度。要是那樣的演員還有包養人，那尹熙謙的話語和行為中就會透露出對他們的失望。他會不怎麼和他們說話，連偶爾說出的話都很毒舌，所以別人要不討厭他才比較奇怪吧？

不僅是演員，工作人員也一樣，如果在他身邊馬馬虎虎地工作，或是無法做出他想要的成果，他也會絲毫不留情面。因此從演員時期開始，不管是與其他演員，還是工作人員，甚至是與製作人也經常發生摩擦。當時人們罵他有大頭症，但其實那並不是事實，尹熙謙就只是個性糟糕而已。

「不過，誰都會喜歡工作能力出色的人嘛。」

不管怎麼說，這都是對尹熙謙的辱罵，所以韓柱成將這個話題大概作結，轉移了話題。事實上，他也另有要事要說。

「那個……你不打算投到TY嗎？」

「那裡就算了吧。」

「喂，消息已經傳得滿天飛了，鄭理事在重新拍攝電影上投入了巨額資金，還超過了損益平衡點，如果下一部電影鄭理事不投資，別人會覺得很奇怪的。即使鄭理事離開電影圈了，我們不連繫一下TY還是不太好……」

「我都說不用了。」

回答得太斬釘截鐵了吧？韓柱成有些氣急敗壞，連珠炮似的說：

「不是啊，既然鄭理事離開了，那我們不是應該能更無負擔地把劇本投給TY嗎？怎麼？鄭理事有說什麼嗎？你有給他看過劇本了吧？他覺得不怎樣是嗎？」

尹熙謙沒有回答。

有沒有把劇本給鄭載翰看過？沒有。雖然他有向鄭載翰提到跟製作公司有會議要開，也有去見韓柱成，但尹熙謙並沒有跟鄭載翰說，自己正在為下一部電影進行各種事前工作。如果真的能拍電影了，他應該會簡單地說一下進行的事項和行程的安排，但是尹熙謙完全沒有想要得到他的幫助，又或是徵求他對電影的意見。

畢竟鄭載翰到現在也還在懷疑尹熙謙是為了電影才和自己交往的，也擔心尹熙謙會隨時從背後捅他一刀。就算他並不希望鄭載翰投資，但只要把劇本交給了他，他又會在腦袋裡想些什麼，這不是很明顯嗎？

「……你們私下不是也會連繫嗎？」

韓柱成猶豫地看著他的臉色問道。尹熙謙沉默了一會兒，點了點頭。

「我們住在一起。」

回答很簡短。

「……什麼……？」

卻是毀滅性的。

「我說我們同居了，我住進鄭理事的家裡了。」

句子更長的確認語句，讓韓柱成驚愕不已。他沒有聽錯，同居，韓柱成終於聽懂了那句話，並不是指兩個男人單純住在一起。

從以前開始，業界裡就有人說尹熙謙是同性戀，而韓柱成也覺得有可能，因為他從沒見過尹熙謙跟女人交往的樣子。這個圈子裡有不少雙性戀或同性戀者，所以他本以為自己就算聽到尹熙謙說他和男人生活在一起之類的，也不會太受打擊。可那個對象居然是鄭載翰，這不是太過分了嗎??

「等等，是從什麼時候開始的？喂，你，那個──」

看著受到打擊而說不出話來的韓柱成，尹熙謙微微聳了聳肩膀，沒什麼大不了似的說：

「自從在演員時期的某一次派對上遇到他之後，我就一直喜歡著他。」

「……」

韓柱成現在已經不是說不下去了，而是連嘴巴都張不開了，一連串的事情如走馬燈般在腦海中閃過。在李景遠的店裡見到尹熙謙和鄭載翰的時候，鄭載翰不是呼了他一巴掌嗎？之後把他的臉打得血跡斑斑的人也是鄭載翰。然後他有一次來拍攝現場，兩個人說有話要說，回到宿舍後，尹熙謙一個人出現時，他的臉頰上有明顯的手印，嘴唇也裂開了，那肯定也是鄭載翰的傑作。所以說尹熙謙被暗戀了五年以上的對象打了幾次，還一直喜歡著他，喜歡著他嗎……？

「……原來你……這麼……純情的嗎？」

純情，他們之間的感情既黑暗又糾纏不清，應該不能用這種令人心癢的詞語來形容。尹熙謙再次聳肩，轉移了話題。

「總之，我不想在工作上有所牽扯。」

「……」

面對斷然拒絕的尹熙謙，韓柱成再也無話可說，不，他其實有很多話想說。戀人之間幫點忙又不會怎樣，不給他看劇本的話，他反而會更難過吧。你們是什麼時候開始住在一起的？他的個性這麼糟糕，你到底是喜歡他哪一點等等……

「所以以後在我面前提到鄭理事的時候請注意一點。」

既然尹熙謙都這麼說了，韓柱成自然是沒辦法問了。我剛才應該沒罵到鄭理事吧？當然，雖然很感謝他讓他們重拍了《洪天起》，可畢竟都親眼看見他打了尹熙謙，還聽說過各種傳聞，所以韓柱成有點擔心自己會不會在不知不覺間說了鄭載翰的壞話。

不對，但是現在一想。

「天啊，所以是因為這樣，才能重拍《洪天起》嗎??」

突然醒悟過來的韓柱成問道。

聽到這個問題，尹熙謙的表情瞬間變得僵硬。

尹熙謙從演員時期開始就徹底拒絕所有的贊助。他是個會對別人拉攏贊助者以獲得角色，或是以此隨心所欲的人們感到失望的人。另外，製作電影的時候又是如何？從剛開始把劇本投給投資人時開始，就堅決拒絕使用權宜之計，甚至還疏遠了想利用人際關係進行遊說的李景遠。到現在為止，那個想法都沒有改變，因為尹熙謙本身就是這種個性。

因此，韓柱成的問題直擊了尹熙謙的痛處。

比任何時候都美麗的春天和炎熱的夏天，對尹熙謙來說都是殘忍的時光。用修改後的劇本繼續拍攝的同時，沒有一件事是容易的。因為突然的修改，之前演員們對飾演的角色走向和情感都無法很好地延續下來，演技也不自然，拍攝並不順利。修改劇本的根本原因楊絢智也是個問題，她之前演過的角色都是浪漫喜劇的女主角，原本以為她對於愛情戲的表現會很好，但由於電影的背景是朝鮮時代，而她一直以來詮釋的愛情演技都比較接近現代，所以她沒能很好地消化。製作費不足、拍攝推遲，再加上尹熙謙的個性又無法妥協，導致工作人員全都很疲憊，拍攝現場的氣氛演變成最糟糕的狀態。拍攝結束的時候，大家都帶著厭倦的表情，一頓飯都沒吃就各自離開了。

之後則是不斷地剪輯再剪輯。就連這部分也因楊社長的各種干預，沒有一件事能順著尹熙謙的意，這個不要、那個也不要。不過無論怎麼剪輯，作品也不可能是好的。因為中間突然失去活力的演員們的感情和演技，即使使用了還算不錯的鏡頭，但只要一連接在一起，最終也只會變得一塌糊塗。因此，甚至還出現了「所以我才說不能用沒有經驗的導演」、「是不是該把剪輯另外委託給別人？」等各種侮辱性的言詞。

後來尹熙謙每一天都過得無比煎熬。雖然他是不太會在意他人目光和看法的個性，但是他對於自己工作抱持著無可奈何的完美主義。他不僅受到自身的性格所擾，在別人的干涉、妨礙，甚至催促之下，即便是尹熙謙也不可能好受。他失去了食欲，感覺不到飢餓，取而代之的是酒喝得越來越多，迫切地懷念起很久以前就戒掉的香菸，無法入睡。於是他一天比一天消瘦，整個人也變得越來越犀利。隨著夏天到來，天氣逐漸變得潮溼，他的嘴唇卻總是乾裂，就像冬天被寒風吹過的嘴唇一樣。

那時，尹熙謙的人生中除了工作以外沒有別的了。沒有必要為了忘記某件事或某個人而埋頭工作，因為工作擄獲了他，他便也無暇考慮其他事情。

不，是必須無暇考慮其他事情才對。

然而，可笑的是，在這艱難的時間裡，他時不時就會想起鄭載翰。在無法入睡的日子裡，即使想著電影，意識也會向鄭載翰流去。在有喝酒的日子裡更是如此，一種讓心臟變得緊繃，刺痛著內心，就快要爆炸的感情持續著。那與因電影而帶來的痛苦不同，在艱難忍受著的痛苦中積累的感情，是思念。

他的人生是因為誰才變成這樣的，他不得不去埋怨的那個男人，雖然是那種連道歉都不道歉的厚顏無恥的男人，但就連那張臉他都很想念。明明知道吐露著激烈的情感、發著火的尹熙謙想要的就只是一句道歉，明明知道只要道歉，不管什麼問題都能解決，卻始終不肯道歉的那分自尊心，現在就連那個，尹熙謙都覺得與他無比相襯，令他思念不已。他覺得自己肯定是瘋了。

那時他也是用眼神在說話。鄭載翰無法開口挽留自己，但他顫抖的眼神卻在低語著「不要走、不要生氣」。如果這一切都是尹熙謙的錯覺，那也太過悲傷了，但尹熙謙想相信，鄭載翰在行動和眼神中隱藏不住的感情是真的。

好想見他，但是還會有這樣的機會嗎？在思念的盡頭，等待他的是殘酷的絕望感。

最後楊社長累了，電影也終於完成了。雖然會以相關人士為對象上映，但這不過是毫無意義的行為。不管會得到什麼評論，尹熙謙都沒有餘力再進行剪輯了，畢竟也不是只要這麼做就能把這部電影救活。不僅是參與剪輯的工作人員氣氛低迷，就連在拍攝現場分開後首次見面的其他工作人員也面露陰沉的表情。坐在那個位置上觀看變得亂七八糟的電影，這件事本身對尹熙謙來說是一件非常痛苦的事情。但是不管是誰怎麼介入、怎麼搞砸的，最終都是尹熙謙自己親手製作的電影，就算再爛也是他的孩子。

『真是一部非常好看的垃圾啊。』

對於像尹熙謙親骨肉般的電影，鄭載翰的評價只有一句，漂亮的垃圾。

雖然他既是投資人，也是企業家，具有評價電影的冷靜眼光，可他真的是個壞傢伙。然而，尹熙謙無法否認他無情的評價。心情錯綜複雜又痛苦，但是為何在那一瞬間，會感覺有什麼東西在心裡豁然開朗，似乎可以放下了呢？在此過程中，楊社長面如死灰地跟在鄭載翰後面，氣喘吁吁地跑了出去，這讓尹熙謙的心裡有點痛快。

『……鄭理事應該會幫忙吧？』

當人們離開，只剩尹熙謙和韓柱成兩人單獨在一起時，韓柱成深深地嘆了口氣，喃喃自語道。尹熙謙連這樣的發言都感到嫌惡，所以沒有回答。以前鄭載翰也說過這樣的話，楊社長夢想著讓女兒楊絢智和他結婚，所以如果鄭載翰說話了，那他就不可能無視。雖然鄭載翰經常說婚姻對他而言沒有任何意義，但尹熙謙並不理解那個世界的策略婚姻，只覺得他不應該向有那種企圖的楊社長提出請求。比起電影以這副慘狀上映，尹熙謙更討厭楊社長以此為藉口來糾纏鄭載翰。

『……話說回來。』

『嗯？』

『鄭理事不是跟一個女人一起來的嗎？他剛剛好像很著急地把她送走了。』

『啊啊，聽說那是新源集團的大小姐。』

『她看起來年紀很輕呢，是這個圈子裡的人嗎？』

『好像還不是，她似乎是對電影業很感興趣，鄭理事才帶她來的。雖然不知道他是為什麼要把她送走……噗哈，你剛才應該看看楊絢智的表情的，她抖得超厲害的，哇，真的很好笑，但也很可怕耶。』

接著，韓柱成輕描淡寫地補充道。

『那位小姐好像正在和鄭理事談婚事。』

他完全不知道這句話會為尹熙謙帶來什麼樣的影響。這對韓柱成來說只是茶餘飯後的話題，但對尹熙謙來說是不可能這麼輕鬆的。

談婚事，這句話重擊了尹熙謙的心臟，那甚至無法跟漂亮的垃圾相提並論。尹熙謙的眼前瞬間變得一片漆黑，精神恍惚，聽不到韓柱成說了什麼話。

說他們在談婚事？已經結過一次婚，在遇見自己後離了婚的鄭載翰又要結婚了??不知道他是不是因為我才離婚的。有可能是有其他原因需要整頓，又或是為了另一段婚姻而離婚的，雖然理智上這麼想，但尹熙謙實在是無法忍受。他怎麼可能有辦法想像別人站在鄭載翰身邊的模樣呢？

尹熙謙自己到現在都還沒能放下這段已經結束的關係，但鄭載翰似乎已經頭也不回地離開了。愛意和傷痛全由尹熙謙一個人承擔，看來鄭載翰是想若無其事地離開，這讓尹熙謙非常生氣，氣得都快受不了了。

他到底為什麼會這麼反覆無常？當鄭載翰投入自身資金，說要重拍電影的時候，還有因為尹熙謙想要，就把隱居的朴世英找出來，讓她在出演合約書上蓋章的時候，尹熙謙都處於對鄭載翰非常生氣的狀態。

他不理解鄭載翰的意圖。是覺得投資金太浪費了嗎？還是說他就要離開娛樂公司了，不想留下汙點？或是想要徹底結束與尹熙謙的關係，想補償他，讓自己變得輕鬆一點？

『您在盤算什麼？』

『什麼？』

『重新拍攝。』

『我不是說過了嗎？我不想浪費那個劇本。』

說謊。他裝作一副若無其事的樣子，但鄭載翰就是在說謊，否則不可能會有那樣的表情，那樣的眼神。雖然他在別人面前都表情淡然，但尹熙謙明白他那張面具下的眼神。在門口相遇的瞬間，他分明看到鄭載翰的眼神動搖了，尹熙謙也知道他剛才是怕那副面具破裂，所以才躲到廁所裡的，必須是這樣才行。希望鄭載翰對自己懷有無法忍耐的感情，而不是尹熙謙自己的妄想，尹熙謙想這樣相信。

『隨尹導演的便吧。』

『……』

『既然你想好好拍電影，那就好好拍吧。如果你想搞我的話，大可以隨便亂拍。』

但是尹熙謙真的不曉得，無法理解鄭載翰平靜說出的那些話的真正含義。他不禁開始懷疑，自己在此之前是如何相信鄭載翰的感情的。

『尹導演想怎麼做就怎麼做吧，無論怎樣我都無所謂。』

事實上，這時的鄭載翰已經明白了自己一直以來否認的感情，承認自己喜歡尹熙謙了，但諷刺的是，鄭載翰的這種態度讓尹熙謙變得更加混亂，無法相信。

『為什麼？』

尹熙謙追問著理由。

『為什麼？為什麼突然要這麼做？』

鄭載翰沉默了一下。不可能，鄭載翰一次也沒有表露過那樣的表情，他看起來很惆悵。

『這個嘛……』

就連悄悄流露出的微笑，也不如平時那樣的笑容。

『至少我不是為了讓你再吃一次苦頭才這樣做的。如果你不相信，那我也沒辦法了。』

那你到底想做什麼?尹熙謙想當場做個了結，然而卻有個妨礙的人，而鄭載翰則趁機像從指縫中溜走的沙子一樣逃走了。

不道歉，沒有想解除誤會，也不解釋，不，是連說明都沒有，所以尹熙謙非常生氣。有多喜歡他，有多愛他，就有多火大。說是正在談婚事，卻總是表現出某種轉圜的餘地，鄭載翰那張別人絕對不會知道的表情，總是會被尹熙謙發現。

是為了整理兩人之間的關係，作為補償才讓我重拍電影的?不，如果是那樣的話，只給錢了事，之後再完全不給予關注才是正確的，但是鄭載翰總是在尹熙謙周圍打轉。因為尹熙謙對鄭載翰傾注了所有心思，所以不可能會不知道。

無論怎麼想，他都覺得鄭載翰是喜歡自己的。

然而，尹熙謙很害怕那又是自己的妄想或錯覺，心裡非常鬱悶，甚至想抓住他的衣領逼問他到底在想什麼，卻還是沒能做到，這是因為他害怕鄭載翰會說出其他的話。

在鄭載翰訪問拍攝現場時，尹熙謙也一直在生氣。然後又害怕會永遠失去鄭載翰，便更加生氣了。

『理事。』

因為鄭載翰是習慣一定會來拍攝現場一次的人，有可能是為了觀察現場的氣氛或鼓勵大家而來的，不一定是來看自己的。雖然尹熙謙這麼想著，還是把鄭載翰推到了牆上。即使對方在自己的懷裡驚慌地抵抗，身心卻還是不由得崩潰，一直積累在心裡的怒氣爆發了。

『您給的嫖資太多了。』

不，這種感覺說不定並不是憤怒。

『付出了多少，就該拿多少。』

用不中聽的話傷害他的理由，是因為難過，是因為想念得讓人生氣，是因為每當覺得已經結束的時候，就會感到黯然失色，無法呼吸。

果然，失去了他，自己好像就活不下去了。只要抱在懷裡親吻，心中堆積的東西就會慢慢融化，被另一種心情填滿。喜歡他，喜歡到無法用愛以外的詞彙來表達，無法放棄他。

因此，尹熙謙下定決心要誘惑鄭載翰。

結婚？如果他還沒結婚，尹熙謙就打算讓他結不了婚。即使鄭載翰結婚了，尹熙謙也會讓他離婚。如果鄭載翰想要的是跟尹熙謙的性愛，那他就打算做到讓鄭載翰瘋狂的程度。就算他想要的只有尹熙謙的身體，那也只要不停地用這副身軀誘惑他，讓他無法離開自己就可以了。

從推到牆上開始的性愛，乍一看可能對鄭載翰很粗暴，但尹熙謙其實非常克制自己。好不容易抑制住了想要強行進入、把他弄得亂七八糟的衝動，愛撫著鄭載翰，希望他能感受到疼痛以外的其他東西。

尹熙謙的企圖成功了。即便是在他強迫自己的情況下，鄭載翰也沒能將他推開，而是因快感而顫抖著。鄭載翰反而主動撫上他的手，與他十指緊扣，緩慢的腰部動作似乎是在要他繼續這一行為，而那個反應讓尹熙謙變得更加自信了。如果說對鄭載翰行得通的只有性愛這個方式，那麼尹熙謙決定欣然接受，並貫徹這種方式。

光在鄭載翰體內射滿精液還不夠，尹熙謙把他拉到床上，讓他張開雙腿，自己則是含住他的性器，又咬又吸，讓他興奮起來，然後用手指攪弄滿含精液的後穴。尹熙謙知道鄭載翰喜歡被這樣的裡外調戲，被壓在自己身下瑟瑟發抖的反應也讓他非常滿意。

就連在自己嘴裡，像要爆炸般腫脹的性器也很可愛。尹熙謙用臉頰蹭了蹭沾滿唾液的東西，望向鄭載翰。充斥著淫蕩的強烈視線中盡是誘惑，目光對視，鄭載翰的臉漲得通紅。

啊啊，早知道就不說那些難聽的話了，不該提到嫖資、代價之類的。不該使壞的，應該一開始就把自己的存在刻在他身上，讓他無法離開床的。就這樣，尹熙謙一邊後悔，一邊按照自己的決心再次抱了鄭載翰。雖然從中途開始，尹熙謙也失了魂，只埋頭於對鄭載翰的痴迷之中。

直到在自己懷裡喝了水，昏厥似的睡著為止，尹熙謙都用全身誘惑了鄭載翰。

不是那樣的，我跟他是重新拍攝後才在一起的。

雖然這樣回答了韓柱成，但尹熙謙的心情其實很複雜。以結果來說，算是很好地解決了。電影如期上映，票房大賣。多虧如此，不僅是投資人們，鄭載翰也沒有損失，製作公司一部分的債務得以解決，而尹熙謙作為導演的評價也有所提升，下一部電影也能拍了。當然，募集投資人並不容易，但也不是沒有人表現出友好的反應。

但是，最後這還不是跟靠關係沒有兩樣？電影並不是靠尹熙謙自身的力量守住的，而是因為有喜歡自己的鄭載翰，電影才得以復活。尹熙謙無法想像，如果當初沒有和鄭載翰糾纏在一起，自己就不會這麼辛苦地走到這裡，心情非常苦澀，所以也不想用鄭載翰的錢來拍之後的電影。如果自己的情況或個性能夠欣然接受，讓他發揮影響力幫助自己就好了。

尹熙謙為了拋開這些想法，再次確認了與鄭載翰來往的訊息。他們互相詢問有沒有吃午餐，接著告知對方下午有什麼事、什麼時候才能結束，持續著這樣瑣碎的對話。鄭載翰的工作可能會比尹熙謙晚一點結束，尹熙謙便說要去找鄭載翰。因為有很多雙眼睛在看，尹熙謙本想著鄭載翰說不定會拒絕，他卻欣然地答應了。尹熙謙因此乘著地鐵，正在去鄭載翰公司的路上。

韓柱成說要載他過去，但是尹熙謙拒絕了，這也是為了鄭載翰。雖然鄭載翰一直假裝不在乎，但他的嫉妒心其實很強，就算只是聽到尹熙謙因為工作需要與韓柱成見面，眼神馬上就會變得尖銳起來。回想起來，他對韓柱成的態度比其他人更加尖銳和冷淡，居然還會吃上了年紀的中年大叔的醋。他知道鄭載翰生來從沒有與人分享過自己的東西，所以並不是不能理解他強烈的占有欲，但從尹熙謙的立場上來看，鄭載翰的嫉妒確實有些過分。

之前對金柳華的誤會也是。

他與金柳華在尚不懂事的年少時期喝了很多酒，不省人事地進行了一次毫無意義的、為了解決性欲的性愛。這件事真的沒有任何意義，以致於很快就從記憶中抹去了。金柳華就只是個有能力卻沒能開花結果，讓人感到惋惜的後輩而已。

在尹熙謙的記憶中，金柳華是一個充滿熱情且善良的人。他在單親家庭中長大，後來因夢想著成為藝人，很早就與父親斷絕了關係，獨自艱難地生活，是個非常了不起的青年，而且也是個有實力的人。尹熙謙非常中意於金柳華的演技。雖然是年紀比自己小很多的後輩，但金柳華的演技非常出色，有很多值得尹熙謙學習的地方。

他在《洪天起》片場的演技也非常精彩，尹熙謙對他的感情也沒有什麼太大的變化。對他來說，金柳華仍然是個讓他非常滿意的、希望他能一切順利的弟弟般的存在。經過五年重逢後，他還背負著對金柳華的罪惡感。

僅此而已。如果他對金柳華還有其他感情或欲望的話，他就不可能冒著被鄭載翰發現的風險選上金柳華。尹熙謙為了勾引鄭載翰竭盡全力，也曾覺得做出違背鄭載翰決定的事情不會有任何好處而苦惱過。

但是，這是為了這部電影必要的選角。尹熙謙很滿意於金柳華的演技，因此並不想為了那個角色再重複做邀請其他演員的動作。跟時程方面也有關係，但這種行為是在浪費鄭載翰投資的製作費。

尹熙謙有想過鄭載翰可能會不高興，但還是認為他會理解自己，這是因為他覺得鄭載翰當初會結束金柳華的演員生涯，並不具有什麼很重大的理由。金柳華說過「我之前冒犯過鄭理事，被他痛毆一頓後，他就讓我別再想當演員了」，而尹熙謙並沒有繼續過問是犯下了什麼過錯。因為當時的他認為對象是鄭載翰的話，是有充分的可能性會這麼做的。

尹熙謙就是被鄭載翰這樣對待的犧牲者之一。鄭載翰受害人聯盟，這個詞不是再適合不過了嗎？即便在李景遠的酒吧裡沒有發生那些事情，經紀公司也因鄭載翰以尹熙謙為目標做出的事情而倒閉了，金柳華的生活也連帶陷入了困境。

這件事不能說是尹熙謙的錯，但是他突然產生了罪惡感，或者說是想補償的心情。他把苦惱拋到腦後，選擇了金柳華，歸根究柢也是出自這個原因。

另外，尹熙謙也相信鄭載翰即使感到不快，他也會守護自己的電影。明明知道他是個會對小過錯進行殘酷懲罰的人，卻還是對他有那種莫名其妙的信賴感。

鄭載翰與楊社長不同，不管尹熙謙想要什麼都會滿足，但他本人完全不會干涉。在製作電影的過程中，尹熙謙隨心所欲地做了不止一、兩件事，可他還是默許了一切。

尹熙謙沒想到，在他隨心所欲做出的事情中，唯獨金柳華的選角會成為問題。雖然曾想過鄭載翰可能會生氣，但他絲毫沒意料到選擇鄭載翰想要封殺的金柳華，會觸動到他的自尊心，甚至於讓他開始干涉電影。

戀愛和工作對尹熙謙來說都是各自獨立的事情。即使鄭載翰可能會感到不愉快，但「他應該能理解選角的事情吧」和「鄭載翰應該會很累，所以我要回首爾見他」的想法，完全是兩回事。

因此，當來到拍攝現場的鄭載翰將這兩件事結合在一起，曲解了尹熙謙的意圖，甚至誤會尹熙謙與金柳華有任何更大的陰謀，表現出背叛感時，尹熙謙只能感到驚慌失措。在氣氛變得火熱的時候，突然看到他那張變得冰冷的臉，尹熙謙憑直覺意識到了是金柳華的問題，只是沒想到他會這麼生氣。

即使說不是那樣的，鄭載翰也不相信，因此反而是尹熙謙感到鬱悶。尹熙謙並不是怕鄭載翰會在拍攝現場遇到金柳華，才把他帶回宿舍的。在看到鄭載翰的瞬間，之前一直壓抑的欲望就在心裡沸騰起來，這對尹熙謙來說是理所當然的事情。即使沒有時間做愛，也想撫摸他、和他肌膚相親，他的想法只是那麼得單純。

但是太巧了。明明真的不是那樣的。

尹熙謙後悔的是，當鄭載翰感情用事，並要求自己換掉演員的時候，自己也變得感情用事了。本應該進行充分的解釋，卻在瞬間想起自己從楊社長那邊受到的侮辱。如自己親骨肉般的電影被撕成碎片；演員把投資人作為靠山，不聽從指示；就連剪輯也無法按照自己的想法進行。這種無能為力的狀況接連浮現在腦海中，怨恨瞬間指向了鄭載翰。

再加上鄭載翰忍不住對他動手，這時候連尹熙謙也不得不變得氣憤。動不動就先動手的脾氣真的是很有問題。於是他生氣了，自尊心也受到了傷害，所以就產生了好勝心。

『……現在可以幫您含了嗎？』

『……什麼？』

『您不是很喜歡嗎？打了人之後，再讓對方幫您口交。』

其實尹熙謙的性格也不一般，他無法停下自己的惡言相向，感情已經受盡了傷害，最終還是說出「那你就試試看啊」的鄭載翰，讓尹熙謙變得更加感情用事。這樣下去好像真的要做出無法挽回的事情了。各種衝動和憤怒交織在一起，動搖了尹熙謙。

『……媽的……』

讓尹熙謙停下的是鄭載翰。王八蛋，媽的，這樣的髒話接連不斷。鄭載翰似乎也抑制住了自己的情緒，他的呼吸在顫抖。鄭載翰皺起眉頭，閉上眼睛，連看都不看向尹熙謙的表情很不尋常。

『媽的，隨便你吧。』

直到鄭載翰說出一句冷冰冰又無法掩飾顫抖的話語時，他才清醒了過來。

儘管尹熙謙抓住了鄭載翰，想要向他解釋，但鄭載翰還是走了。這段時間他為了誘惑鄭載翰付出了多少努力，但那天的一次激動，讓一切都化為了泡影。鄭載翰離開了，甚至在很長的一段時間裡，尹熙謙都見不到他了。

剛開始尹熙謙也覺得很委屈、很生氣，對連話都沒有好好說，就那樣離開的鄭載翰感到很氣憤。覺得事情不順自己的意，就看也不看對方一眼直接離開的行為，跟小孩子沒什麼兩樣。

但是當尹熙謙刨根問底地向金柳華詢問了當天在李景遠店裡發生的事情，聽到真相後，他感到非常難過。尹熙謙也知道EMP娛樂公司的社長無異於為藝人和包養人牽線的中間人的傳聞，他也不認為鄭載翰會無緣無故地爆發。如果傳聞屬實，那麼不用想也知道EMP娛樂公司的朴社長在那段時間裡，肯定塞了一堆藝人給鄭載翰，要求他贊助。就連金柳華也是其中的一員這件事，不可能讓尹熙謙不震驚。即便尹熙謙不是因為和金柳華認識，而是因為實力才選擇了他，對鄭載翰來說，金柳華也已經是為了得到贊助而賣身的藝人了。尹熙謙這才理解為什麼鄭載翰會如此反感。

然而，現在已經不是可以挽回的情況了。為了解開誤會，尹熙謙一直試圖連絡鄭載翰，但他完全不予理會。也不知道那個漂亮的腦袋到底在想些什麼，一想到這裡，心情就無比灰暗。儘管如此，鄭載翰仍然不接電話，尹熙謙也束手無策。

但是如果真要像鄭載翰所說的，現在換掉演員重新拍攝的話，製作費也是個問題，而且尹熙謙也有作為導演的自尊心。不管金柳華對鄭載翰來說是個怎樣的演員，尹熙謙都確信金柳華的外貌和演技都能很好地撐起洪天起的養子這個角色，所以才選擇了他。假如能證明自己的眼光，那他就不想放棄，不想讓自尊心受到傷害。

因此，尹熙謙懷著一半「萬一鄭載翰就這樣不消氣該怎麼辦？」的不安感，一半「等他看到成果，應該就會消氣了吧」的自信心，強行完成了作品。雖然隨著鄭載翰不理會他的連繫的時間越來越長，不安感也越來越強，但尹熙謙還是努力調適心情，結束拍攝後投入了剪輯。那個時期的尹熙謙真的就像個痴迷於電影的瘋子，因為即便是為了說服鄭載翰，那部電影也必須完美。

接著，到了內部試映會當天。尹熙謙聽說鄭載翰從未缺席過這樣的場合，便覺得他一定會來，然而還是擔心他沒來的話該怎麼辦，便傳了封訊息給鄭載翰。本想進去等待，可因為心裡著急，所以連放映室都沒能進去，但是在放映室剛轉黑的時候，他確定了鄭載翰有來，當時不安的情緒正達到了頂峰。

該不會再也沒有機會了吧？鄭載翰不會已經完全放棄自己了吧？只是因為生氣才沒有理會自己的連繫的吧？

在電影播放的期間，尹熙謙一直沒能進入放映室，只能在剪輯室焦急地等待電影結束，度過了無比焦心的時間，就連之前展示亂七八糟的作品時，他也沒這麼焦慮。儘管對第二次展示的作品很有自信，他還是沒有信心和其他人一起坐在那個放映室裡，聽取鄭載翰的評價。

從結果上來看，尹熙謙認為當天的解釋很成功。在黑暗的剪輯室裡，看到沒能推開不分青紅皂白強行地把他推到門上的自己，被自己抱在懷裡的鄭載翰，尹熙謙確定了他們的關係還有轉圜的餘地，連鄭載翰看向自己的動搖視線也是如此。而且，當鄭載翰在他家裡說打算繼續這段關係時，尹熙謙感到放心，不知道有多高興，比電影拍得好還要高興好幾倍。要說有多高興的話，因為緊張感的消失，尹熙謙甚至沒能等到鄭載翰洗完澡就先睡著了。

就這樣獨自入睡的那個夜晚，尹熙謙相信自己的解釋成功地讓鄭載翰消氣了，然而他立刻接到了令人震驚的電話，與鄭載翰的關係再次惡化。

在各種想法之下，尹熙謙不知不覺間來到了TY的總公司大樓前。警衛擋在他面前，問他有什麼事時，他說自己和鄭載翰理事約好了，就被帶進了管理人員專用電梯裡。尹熙謙還沒按下樓層，電梯就開始動了。然後沒過多久，電梯門就向兩側打開了。

「啊。」

然後，意想不到的面孔站到了他面前。對方也一樣，剛想走進電梯就僵住了。那是由一個中年男人和一個稚氣未脫的纖弱女人組成的組合。他們後面還站著一個像熊一樣高大的男人，以及一個熟悉的男人。

「尹導演，你來得真早呢。」

站在最遠處的男人就是鄭載翰。穿著筆挺西裝，頭髮也梳得整齊俐落的他，雖然和早上看到的樣子一模一樣，但可能是因為第一次在公司這個空間裡見到他，尹熙謙突然就覺得心跳加速。雖然人很多，但尹熙謙的眼裡只看得到鄭載翰。接著他走出電梯。

「啊，這位就是《洪天起》的導演嗎？你是跟他約啊？」

以裝熟態度搭話的是那個中年男子。

「是的，關於下一部作品有些事情想討論，所以我就請他過來了。尹導演，你先進去吧，我馬上就過去。」

乍一聽是恭敬文雅的語氣，但很明顯能感覺出鄭載翰不喜歡那個中年男人和尹熙謙延續對話。鄭載翰甚至不給中年男子向尹熙謙道別的時間，向他說了些什麼。

尹熙謙一瞥，和看著自己的鄭載翰對視了一下，就直接走進了他的辦公室。可能是坐到剛剛才離開的人喝的，桌子上放著兩個漂亮的茶杯。房間裡滿是好聞的咖啡香味。

可以在主人不在的房間裡隨便坐下嗎？尹熙謙站了一下，在房間裡徘徊，這時，門隨著敲門聲打開了，一個女人走了進來。拿著托盤進來的女性是鄭載翰的祕書。

「請您坐著稍等一下，理事很快就會回來了。」

在她的勸說下，尹熙謙也覺得自己在房間裡東張西望很可笑，就在桌子的一側坐了下來。祕書把咖啡杯移到托盤上，擦了擦桌子。尹熙謙呆呆地看著她收拾，畫著粉紅色花瓣的漂亮杯子上沾著粉紅色的口紅印。和剛才電梯門一打開就看到的那個女人的嘴唇顏色一模一樣。

他有在某處見過一次這個女人，不知怎的覺得有些面熟。因為是在鄭載翰的辦公室前遇見的，所以如果以前也有見過，那應該也是和鄭載翰在一起的時候見到的。但是在尹熙謙的記憶中，他從來沒有在自己面前和其他女人在一起過。是誰啊？是在哪見過的？

「您要喝咖啡嗎？還是紅茶或綠茶？」

「不用，沒關係。」

尹熙謙執著於那個女人，甚至毫無誠意地回答了祕書的問題。不知怎的，感覺心情非常不愉快。是誰？是誰啊？就在尹熙謙這樣回憶著的時候。

「你來得真早呢。」

鄭載翰進來了。

「我看您剛剛有客人，我是不是打擾到您工作了？」

「沒有，他們才是不速之客。」

「如果是這樣就太好了，我還想說是不是在家等您比較好呢。」

「沒關係，是都說有約了，還不管三七二十一就闖進來的人的錯。跟工作無關……剛才那個人是我叔叔。」

不管怎麼說，這都是第一次來到鄭載翰的公司，所以尹熙謙處於有點緊張的狀態。也許是因為他明顯有些過度反應，鄭載翰便輕描淡寫地說明了情況。

「因為他從以前開始就愛做一些麻煩事，就算你沒來，我也會讓他離開的。」

「那他旁邊的那位小姐是您的堂妹嗎？」

鄭載翰很輕易地說出中年男子是自己的叔叔，尹熙謙便心想他應該也會很輕鬆地說出女人的身分。讓他有些在意的東西沉重地壓在心頭，讓尹熙謙不得不問。

「啊啊，不是這樣的。我叔叔這次跟其他公司合作開展了一項事業，她是那間公司高層的女兒。」

為什麼要把那樣的女人帶進辦公室？尹熙謙完全無法理解。

「你不用在意。不過，在我工作的地方看到你，感覺真是新鮮。」

鄭載翰淺淺地笑著說道，伸手輕輕撫摸尹熙謙的臉頰。尹熙謙感受著貼在自己臉上的溫度，也露出了微笑。

「你怎麼不喝點什麼？就像我剛才說的那樣，因為剛剛被打擾了一下，我有一份文件還沒看，等我十分鐘。」

「好，喝的就不用了，我喝過咖啡才來的。」

「好，那你等我一下。」

鄭載翰從沙發上站起來，走到自己的辦公桌前坐下，然後用左手輕輕托著下巴，翻開文件開始閱讀。尹熙謙就這樣看了鄭載翰一會兒，巨大的原木桌上放著他的名牌，頭髮梳得很整齊，露出的額頭給人一種端正的氛圍。雖然把頭髮放下來的樣子也很好看，但穿著西裝把頭髮往後梳的樣子看起來果然知性又性感。微微皺著的眉頭也是，集中精神的表情讓尹熙謙非常心動。

也許在這個世界上，最適合閱讀報告書、進行批准並下達命令的人就是鄭載翰。尹熙謙這樣想著，盡情欣賞了平時看不到的「在公司工作的鄭載翰」模樣。他在家裡即便也經常工作，但隨意的穿著與繫著領帶的完美理事打扮有著完全不同的魅力。雖然對尹熙謙來說是與眾不同的，但那其實就是鄭載翰平時的樣子。

然而，因鄭載翰平時的樣子而心動也只是暫時的，尹熙謙突然覺得鄭載翰變得比平時更遠了。不是在家裡，也不是在約會時看到的樣子，而是見到他在公司的模樣。就好像在告訴自己鄭載翰究竟是個怎麼樣的男人。

他是總有一天會掌握TY這個龐大集團的男人，是個擁有無法想像的財富和權力的男人，尹熙謙以前完全不知道那是什麼意思，但今天似乎隱約明白了，所以才會覺得鄭載翰看起來很遙遠吧。雖然他若無其事地說那是他的叔叔，但鄭泰允其實也是一家大型子公司的董事長，這樣的鄭載翰該怎麼向那樣的鄭泰允介紹尹熙謙呢？是因為這樣，鄭載翰才不讓自己跟鄭泰允對話得太久的嗎？尹熙謙很清楚以他的個性來說，這麼做只是為了避免麻煩發生，即便不是這樣，他也知道站在鄭載翰的立場上來說，和尹熙謙的關係對他而言絕對是弱點，所以也沒有必要感到可惜。可不知怎的，尹熙謙總覺得有點失落。對鄭載翰來說，這段關係是絕對不能讓任何人知道的。

但是他突然間想到，也許未來的某天，鄭載翰會為了向外界展示而建立起另一段關係。不，即使不是那個問題，身為繼承人的他也需要一個繼承自己的接班人。可鄭載翰既沒有與前妻生下孩子，尹熙謙也無法為他生孩子。

尹熙謙不打算讓他結婚。在心靈相通之前，哪怕是用身體綁住他，尹熙謙也不想讓鄭載翰離開自己。他本以為那是完全做得到的事，如果不這麼做，感覺尹熙謙就要死了。

可不知為何，今天的心情感覺就像撞上了現實這面牆一樣。鄭載翰的婚姻，那真的是尹熙謙連想都不想去想的事情。

「……啊。」

結婚。在不停想著這些的瞬間，尹熙謙想起剛才和鄭泰允董事長一起來找鄭載翰的女人是誰了。她就是《洪天起》首次內部試映會時，鄭載翰帶來又直接送走的那個女人。

「尹熙謙先生？」

聽到尹熙謙因突如其來的察覺而不自覺發出的聲音，鄭載翰抬起了頭。

「怎麼了？發生什麼事了嗎？」

「……沒什麼。」

尹熙謙搖著頭回答，但他陷入了無法言喻的狀態。就是那個女人，據說是新源集團的大小姐，和鄭載翰論及婚嫁的那個女人。鄭泰允其實帶了個並非業務相關人士的女人來到了這裡。雖然不知道婚事進行到什麼程度了，可鄭載翰難道真的在籌備結婚的事項嗎？不會吧？對尹熙謙隻字不提？

當被問及和他叔叔一起來的女人是誰時，鄭載翰進行了解釋，但他並沒有提到對方是和他正在談婚事的女方，最後只以「不用在意」結束了話題。補充的那句「不過，在我工作的地方看到你，感覺真是新鮮」，其實是為了轉移話題才說的嗎？

「我都好了，走吧。」

鄭載翰從座位上站起來說道。穿上掛著的西裝外套和大衣的他和平時沒有什麼不同，就連看向他的目光也和往常一樣。

「尹熙謙先生？」

鄭載翰歪著頭再次呼喚他。這時，尹熙謙才意識到自己還坐在沙發上，根本沒有起來。於是他站了起來。

「怎麼了？」

「……不，沒什麼。」

尹熙謙之所以揉著臉轉移話題，是因為不知道該怎麼開口，他想問鄭載翰現在是什麼狀況，那個女人是不是就是他論及婚嫁的對象，你叔叔把那個女人帶來這裡的理由是什麼，你們正在做什麼。

如果這樣問了，鄭載翰又會怎麼回答呢？對方可是鄭載翰，就是那個鄭載翰。

「你身體不舒服嗎？」

「……」

尹熙謙感到很混亂，無法整理好任何思緒，不知該如何是好。可以不管三七二十一地直接追究這件事嗎?如果不那樣做的話，是不是就只能等到鄭載翰哪天親口說出來呢?尹熙謙不知道，只覺得受到了打擊。各種情緒開始沸騰，更加無法正常思考了。

在這種情況下，他好像生氣了，不，是生氣了沒錯。要結婚?鄭載翰，你要結婚是嗎??

「我們回家之後談談吧。」

這不是可以一個人苦惱的問題。尹熙謙想起自己知道鄭載翰是有婦之夫時受到的打擊，他就是這種個性，覺得沒必要說，也就沒有說，因為他認為即使自己結婚了，這段關係也不會有所改變，所以也無所謂。鄭載翰曾經說過這些話，他就是這般的偉人。即便事後知道，也只有尹熙謙一個人覺得快瘋了。就連他與普通人所擁有的常識不同到會說出這種話這點，也讓尹熙謙瞬間變得憤怒不已。

「……談什麼?」

「我不能在這裡說。」

「……」

鄭載翰微微皺著眉頭看向自己，露出感到莫名其妙的表情，但是尹熙謙已經知道自己與鄭載翰所擁有的常識是不同的了。如果尹熙謙生氣的話，鄭載翰說不定反而會賊喊捉賊地發怒說「那是需要生氣的事嗎?難道你要我為了自己的一個同性戀人放棄一切嗎？」不，這難道是常識嗎？然而這不是尹熙謙能接受的常識。

如果已經論及婚嫁，是連家中長輩都已經介入的情況，那至少應該告訴尹熙謙吧。

「回家吧。」

鄭載翰看著尹熙謙僵硬的臉，目光變得冷淡起來。看著那個眼神，「嗡嗡」的耳鳴聲在尹熙謙耳邊響起。心臟好像就要爆炸了。

兩人在沉默中回了家。起初對尹熙謙突然改變的態度感到驚訝和擔心的鄭載翰，如今也顯露出生氣的神色。一進到家裡，鄭載翰就把西裝外套和大衣隨意扔到沙發上，解開領帶問道。

「是什麼事？」

鄭載翰提問的語氣很神經質。

尹熙謙早就料到他會這樣了。鄭載翰生來本就不會原諒那些挑戰自己權威的人，但尹熙謙好歹是他的戀人。無論何時立場都該是平等的對象，卻被用像對待他人一樣的施壓態度對待，這大大刺激了尹熙謙的神經。是啊，明明說是戀人，卻如此對待他，所以才沒想過要提結婚的事吧。思想都延伸到這個地步了，尹熙謙現在處於非常不理性的狀態。

「我問你是什麼事啊?你要說我才能知道不是嗎?」

現在就連鄭載翰看著自己的臉色，小心翼翼地詢問他為什麼要這樣，尹熙謙也無法保證自己能好好說話了，面對鄭載翰質問般的態度，尹熙謙只能感到無奈。他緊閉著嘴看著鄭載翰，而鄭載翰也用冰冷的目光看著他。尹熙謙搞不懂鄭載翰是因為猜到了是什麼事，態度才這麼厚顏無恥，還是因為猜不出來，所以反而生氣了。如果他在不知道尹熙謙生氣的理由是什麼的情況下，僅僅因為尹熙謙對他發火就跟著生氣的話，那真的會非常令人失望。

經過長時間的對峙，鄭載翰先開口了。

「是電影的事嗎?」

而且那個問題深深擊中尹熙謙的要害。

「因為找投資不順利，你就覺得是我私底下動了手腳是嗎?」

鄭載翰並非沒有去猜測尹熙謙生氣的原因，只是猜錯了，而且錯得離譜。他究竟在臆測什麼，又自己在生氣了?

「哈，是啊，畢竟我有過前科，你會懷疑也在所難免，但你為什麼不連繫TY?」

「……理事，你派人監視我了是嗎?」

「就算沒有派人監視你，電影圈裡的消息也都會傳進我耳裡。」

「您這話說得可真奇怪。沒錯，我今天是去和投資人們開會，然後都被拒絕了，但消息未免也傳得太快了吧？」

鄭載翰沒有回答，只是閉上了嘴。哇，就算真的有懷疑過，也不曾想過會是真的。居然派人監視自己，由此得到關於自己一舉一動的報告。鄭載翰絕不會否認，本想用巧妙的話術避開，卻被逮個正著。尹熙謙意識到自己之前想的事情是真的，感覺脊背上都起了雞皮疙瘩。

「請您普通一點地直接問我吧，您只要問了我就會說，為什麼要做出這種事？」

「我總要明白事情是怎麼發展的，才能知道要問什麼吧?再說了，我問了你就真的會全都告訴我嗎？」

這就是賊喊捉賊，明明自己就已經承認有派人監視了。而且鄭載翰那罪惡的嘴怎麼能專挑尹熙謙想說的話說呢，真是神奇。

「那鄭理事您呢？」

「我怎麼了？」

「是因為我沒有問，您才不跟我提起結婚的事嗎？」

在那瞬間，鄭載翰半張著嘴，就這樣停住了。面對這種反應，尹熙謙不禁怒火中燒。看啊，看看他，他根本沒有想過要說。

「我結什麼婚啊。」

「哈。」

正如鄭載翰所說的。問了就都會說嗎？這反而是尹熙謙想問的問題。我都問到這個地步了，你還想裝蒜？

「今天來過理事辦公室的那個女人。」

在那瞬間，尹熙謙確實看到了。鄭載翰顫動了一下。

「不就是之前跟您論及婚嫁的人嗎？」

「……」

「上次在《洪天起》內部試映會上，您也有帶她來。」

尹熙謙尖銳的追問讓鄭載翰啞口無言。鄭載翰幾次想說些什麼，嘴巴張闔幾次，卻馬上把頭轉了過去。他用手揉著臉，但臉上充滿了困惑。

「是誰說的？說我跟新源談過這種事？」

為什麼又變成這樣了？尹熙謙有種似曾相識的感覺。在某種既視感面前，感情的波濤湧來，眼前變得一片漆黑。聽誰說的？當尹熙謙得知毒品事件，追問鄭載翰的時候，鄭載翰也這樣問過。不是根據尹熙謙生氣的根本進行解釋，而是想藉由責怪別人來迴避情況。對不起，說這樣一句話就這麼難嗎……！

「是楊絢智說的嗎？還是韓柱成說的？」

「那個現在重要嗎？」

「哈。」

面對尖銳的反問，鄭載翰冷笑了一聲。那是他感到無言的反應，有什麼好無言的？是因為有人把他要結婚的事告訴了尹熙謙？還是因為尹熙謙不服氣地用非敬語回應？不管是哪個，現在都不是鄭載翰可以做出那種反應的情況。該生氣的應該是什麼都不知道，還差點被人從背後捅一刀的尹熙謙才對。鄭載翰的這種反應進一步點燃了尹熙謙的憤怒。

「那都已經是過去的事了，結婚的事也已經泡湯很久了。」

鄭載翰如此簡短解釋，而且這也是事實。鄭載翰此前不僅沒有和李奎雅見面，甚至連一次的連繫都沒有。如果今天鄭泰允沒有突然帶著李奎雅闖進來，那他們就永遠不會再見到面。

但是，由於他先前用不太好聽的語氣問是誰說的，尹熙謙已經處於不理智的憤怒狀態，沒有辦法就這樣接受鄭載翰的話。

「我實在是不太懂你為什麼會這麼生氣耶？雖然她確實和我談過婚事，但是都已經結束了，我事後再跟你說不是也很搞笑嗎？」

不知道我為什麼要生氣？尹熙謙感到非常荒唐，他不禁回想起來到拍攝現場，看到金柳華之後，大發雷霆要求換掉演員的鄭載翰。難道不聽自己的解釋，鄭載翰無理取鬧地發火的記憶沒有留在他的腦袋裡，只被尹熙謙記住了嗎？從尹熙謙的立場來看，現在這個問題更加嚴重。

尹熙謙和金柳華真的什麼關係都沒有。不管有過什麼事，那都是五年前的事了。但是現在，鄭載翰和那個女人在不久前談過婚事，而且連家裡的長輩都知情，尹熙謙該如何把他們看作是已經結束、什麼都不是的關係呢？這可是關係到「結婚」的問題啊。

「不然您是打算什麼時候告訴我？等定好結婚日期之後？」

彼此都處於情緒激動的狀態，說出的話語犀利，回覆的語句自然也只會變得凶狠。事實上，尹熙謙並不知道鄭載翰面對自己的情緒也有所積累，只認為對方的語氣是因為惱羞而變得粗魯。

「你這是什麼意思？尹熙謙先生，你現在是想跟我吵架嗎？你難道就有把一切都告訴我嗎？」

「我又有什麼事沒跟你說過了？」

「你為什麼要藏著電影劇本不給我看？」

藏？只是沒跟他說而已，尹熙謙並沒有隱瞞，而且也有不說的理由。要是在意那個，直接問不就行了嗎?如果他這麼做，這個問題就能順利透過對話解決了。

「我可是業界中最厲害的人，不僅擁有製作公司、發行公司和電影院，錢也多得是，你為什麼不把劇本給我看?你壓根不把劇本投給TY，不是很荒唐嗎?」

現在反而說得像是尹熙謙做錯了，真讓人無言。而鄭載翰明明很在意，卻一句話也不說，藏在心裡，表面上裝得若無其事的樣子，更讓尹熙謙覺得氣憤。

「哈，要是我請你幫我看劇本。」

鄭載翰對待人的方式存在著很多問題。如果好奇就應該問，而不是派人監視，又不相信別人說的話，只會自己在心裡胡思亂想。就算如此，尹熙謙也沒有像鄭載翰一樣做過有損信任的事情，尹熙謙認為自己肯定沒有這麼做過。他非常露骨地誘惑著鄭載翰，雖然沒有說出口，但他的行為中充滿了感情。如果鄭載翰連這個都不知情，直到最後都還是懷疑他的話，那真的會很冤枉。

「原來是想要求我幫忙投資、發行啊，原來是想利用我啊，你肯定會這樣想不是嗎?難道我說錯了嗎?」

「……」

「我不打算用您的錢來拍電影，也不想沾您的光。因為說了幾次您都不相信，總是會先懷疑我，所以我才不提這件事。但是理事呢?」

鄭載翰沒有說話，好像是無話可說了。哇，原來他真的是這樣想的啊。尹熙謙既生氣又難過的內心又加上了一層委屈。

「不跟我說結婚的事是不是太過分了？」

他的意思難道是他對我一點信任都沒有，想用你不用在意，都已經是過去的事了，這幾句話要我乖乖相信，閉上嘴巴嗎？

「……」

「……」

一陣激烈的感情風暴席捲過後，陷入一片沉默。不知從何時開始，鄭載翰閉上了嘴巴，說話的只剩尹熙謙。兩人喘著粗氣看著對方，與其說是看，不如說是在瞪著對方。你都做了什麼好事，竟敢用那種眼神看著我？就連那個眼神都助長了尹熙謙的憤怒。

他應該無話可說吧。因為要害被擊中，所以無話可說。對尹熙謙來說，新拍電影的事在這種情況下根本不重要，他覺得自己一點錯都沒有，甚至覺得鄭載翰是為了模糊焦點才把這件事說出來的。會不會是因為提到了結婚的問題，他想迴避，所以才提出了其他可能會是尹熙謙有錯的話題？

「……我說，尹熙謙先生。」

過了很久，鄭載翰打斷這片沉默，說話的聲音變得很低沉。雖然假裝鎮定地吐出話來，那道聲音卻是破碎的。

這是因為鄭載翰真的生氣了。就像尹熙謙氣憤、傷心、委屈一樣，鄭載翰也嘗到了同樣的感情。

然而，尹熙謙不是鄭載翰，沒辦法知道他是用怎樣的心情去壓抑感情的。

「我不會結婚，我跟那女人的關係還沒開始就已經結束了，我也沒有其他女人。」也無法相信。

鄭載翰從尹熙謙的臉上、眼神、沉默中讀出了不信任。

「你要是不相信，那我也無話可說了。」

所以他放棄了對話，背對尹熙謙回到了房間。

「……」

如果這時就這樣結束對話，那以後該怎麼辦？客廳裡只剩尹熙謙一個人呆呆地站著。

感情，感情變得太躁動了。尹熙謙感覺到自己比平時激動了好幾倍，為了讓自己平靜下來，他做了深呼吸。對話不能就此結束，什麼問題都還沒解決，如果就這樣結束對話，今後也沒辦法前進了。兩人的感情都受了傷，尹熙謙自己也認為應該緩和一下情緒，但是面對鄭載翰突然走進房間的態度，他還是非常生氣。

尹熙謙在客廳裡踱步、深呼吸，接著停下來閉上了眼睛。從太陽穴到眼角都很刺痛，他用手使勁壓著閉著的眼睛，時而揉眼角，時而揉著臉。

他都說不是了，也沒有要結婚，和那女人已經沒有關係了，也說沒有其他女人了不是嗎？按照常理想吧，就算鄭載翰是個再爛、再沒有常識的傢伙，如果他即將和那個女人結婚，也不可能讓她和尹熙謙見到面的啊。

可是他會不會是這樣打算的，但與他的意圖相反，還是撞見彼此了呢？所以他就慌了？感覺當時他們無暇互相打招呼、介紹，鄭載翰就急忙把尹熙謙趕了進去，然後送走他叔叔和那個女人了……

不，尹熙謙知道胡亂猜測是沒有任何意義的。相信，要去相信鄭載翰。他下定了決心，即使他說謊，也會相信他、愛他，不斷發誓再發誓，並走到了這裡。

突然，尹熙謙想起了剛才在鄭載翰公司裡感受到的距離感，這種距離感帶來讓人心驚的不安感。鄭載翰是個隨時都可以離他而去的人，而這一旦成真，那無論尹熙謙怎麼伸手去抓，他都會處於無法觸及的位置。

而且會有其他人立足於他身邊。一個二十多歲的年輕女人挽著鄭載翰的手臂，纖細端莊的女人站在像刀尖般散發銳利氣息的鄭載翰旁邊，看起來非常般配。甚至連尹熙謙自己都這麼認為。

尹熙謙非常生氣。從剛才在辦公室裡記起那個女人的那一刻到現在，都處於憤怒又難過，就快要瘋掉的狀態。然而，深埋在那情緒底下的是不安感……還有嫉妒。

在意識到自己的感情真面目的瞬間，尹熙謙忍不住了。他猛地打開鄭載翰剛剛進去的房門，走了進去。站在窗簾敞開的窗邊看著窗外的鄭載翰，吃驚地看向尹熙謙。

「鄭載翰。」

尹熙謙抓住了鄭載翰的手臂。

「放手。」

但是鄭載翰拒絕了他。尹熙謙的腦子裡瞬間冒出了怒火。

「鄭載翰……！」

呼喊的聲音很迫切，但鄭載翰還是甩開了他抓住自己手臂的手。然而，尹熙謙再次抓住了他的雙臂，緊緊握住試圖掙脫的有力臂膀，這次並沒有放開他。

「我相信。」

「……媽的，我叫你放手。」

「我想相信你。」

「媽的。」這句髒話又從鄭載翰的嘴裡蹦了出來，但是尹熙謙絕對不想放開他。如果放手了，尹熙謙感覺自己一定活不下去。不管鄭載翰與自己之間有什麼差別，有什麼隔閡，也絕對不能錯過他。尹熙謙不願去想像其他女人，甚至是其他並非自己的人立足於鄭載翰身邊。

「我想相信你」這句話是尹熙謙的真心話。尹熙謙想相信他不會離開自己，不會讓別人陪在他身邊。

「所以讓我相信你吧。」

說完，尹熙謙便把鄭載翰僵硬的身體推到床上。

「神經病……！」

鄭載翰破口大罵，推開爬到自己上方的尹熙謙，尹熙謙卻用自身的體重壓制住他，解開了他的皮帶。鄭載翰不忍心打尹熙謙的頭和肩膀，只想扭動著身體推開他，但皮帶鉤一瞬間就鬆開了。

「放開我，媽的——」

在那瞬間，鄭載翰對尹熙謙感到恐懼，脖子甚至都起雞皮疙瘩了。尹熙謙的眼神看起來已經完全失去了理智。在這種心情、感情下，鄭載翰不可能會想要做愛，但現在的尹熙謙似乎會不管不顧，隨心所欲地做出任何事情。

當尹熙謙壓在鄭載翰身上的力量稍微鬆懈下來的瞬間，鄭載翰用盡全力推開尹熙謙，扭動著上半身，他用手臂扶著床，下半身也轉過來呈現匍匐的姿勢，試圖從尹熙謙的身下擺脫出來。如果能爬到床的另一邊，鄭載翰和尹熙謙就會變成隔著床對峙的狀態。

「呃！」

但是，鄭載翰爬不到床尾，因為尹熙謙迅速解開了鄭載翰的褲頭釦子和拉鍊，抓住想逃跑的鄭載翰的腰，猛地拉向自己。皮帶雖然鬆開了，但鄭載翰的身體也一起被拉走了。與此同時，褲子和內褲往下掉，鄭載翰的屁股露了出來。

「!!」

裸露的皮膚上觸碰到炙熱的體溫，瞬間就讓鄭載翰的背上起了雞皮疙瘩。還沒來得及想到要躲開，上半身就反射性地猛地彈了起來。

「呃!!」

然而，他就連這也做不到，因為尹熙謙從後面猛地把鄭載翰的肩膀壓到床上，連完全抬起的時間都沒有，身體就倒下了。鄭載翰的姿勢因此變得非常危險，褲子和內褲掉到了大腿中間，露出臀部，用膝蓋撐著床，胸部和頭部都被壓在了床上，只有屁股翹了起來。之後，好不容易從解開的拉鍊中掏出性器的尹熙謙貼了上來。緊貼後背的體溫、在髖骨上滑動的肉塊，讓鄭載翰的臉一瞬間熱了起來。

「你這混蛋！」

尹熙謙猛地壓在掙扎的鄭載翰身上，用性器蹭著他的會陰。原本軟軟的肉棒一下子就硬了起來。

鄭載翰透過自己的身體直接感受著它，脊梁冒出了冷汗。我要強姦你，尹熙謙以前確實有說過這種話，但是，不會吧？他媽的，尹熙謙不會真的要強姦我吧？

尹熙謙好歹也是鄭載翰的戀人，強姦是不可能發生，也是不能發生的事。更何況，鄭載翰從未受過別人的強姦威脅，不僅因為自己是個男人，他的地位也讓他沒有理由去想像自己會遭遇那種事情。打從一開始，鄭載翰就不是「會被別人怎麼樣」的存在。

第一次，他從來都沒想過自己甚至會以戀人為對象來經歷這種事情，只有一步之遙，這種情況足以讓鄭載翰陷入恐慌。

「媽的，滾開，你這個瘋子——」

鄭載翰的嘴裡爆出髒話。這一瞬間，鄭載翰失去神智，滿腦子只想要保護自己，不能讓接下來的事情發生。他掙扎得更激烈了，甚至擺出一副要打尹熙謙的架勢，就算真的要打，也必須擺脫他才行。

但是，在那一瞬間。

「我愛你。」

尹熙謙抱住被壓著的鄭載翰低語道。

「我愛你。」

在兩人都喘著粗氣的情況下，鄭載翰聽到了意想不到的話。那與其說是耳語……

「鄭載翰，我愛你。」

這句話聽起來就像是……在哀求著「所以也請你愛我吧」。

「我愛你，載翰，我愛你啊……」

就像中邪一般，身體動彈不了。鄭載翰無法呼吸，心裡發悶，即使幾秒前才想著「我必須保護自己」、「我不能遭遇這種事」而失去理智，陷入恐慌。

「我愛你……」

聽到他在耳邊做的告白，感覺全身都沒有力氣了。怦通，怦通，怦通，從剛才開始就跳得飛快的心跳，感受起來似乎變得不一樣了。頭暈得眼前發黑。

我愛你。不停低語著的這句話是尹熙謙的哀求。不要離開，也不要去到別人身邊，不要拒絕，不要推開，請愛我吧。這是尹熙謙懇切的請求。

「唔……！」

吻著被汗水浸溼的後頸，尹熙謙將自己的性器頂端貼在鄭載翰的穴口上，開始慢慢推進。

「呃……！啊……！」

因為沒有用潤滑液或軟膏，性器勉強撐開又乾又緊的內壁，開始往裡面鑽去，讓鄭載翰的嘴裡發出了痛苦的呻吟聲。尹熙謙抱著的身體開始間歇性地顫抖，但是尹熙謙停不下來，他的心已經被不安和無盡的嫉妒染成了黑色。如果不抱著這個彷彿就要從指間溜走似的男人，尹熙謙就感覺自己岌岌可危的神經線快要斷了，因此更加強烈的、緊緊抱住了鄭載翰的身體。

「……!!」

肉柱一下子就滑了進去，鄭載翰像是受不了似的打了個寒顫。不由自主地伸出手，一把抓住了床單。尹熙謙把手疊在他的手上，像是要把白皙纖長的手指弄碎似的，與他十指緊扣，將下半身往前挺去。

「啊，唔……！」

充滿痛苦的呻吟聲在空中散開。肉和肉完全貼合在一起，乾澀的入口艱難地接受了尹熙謙的性器。滾燙的內壁絞得他發痛，這時，尹熙謙才感覺到自己被黑暗充斥的內心變輕鬆了。

但是還不夠，感覺自己依舊快要瘋掉了。尹熙謙自己也不知該如何是好。

「呃唔！」

把填滿裡面的性器一口氣拔出來時，鄭載翰急促地咽了口氣。聽到那個聲音，尹熙謙再次將自己的性器往內側深深頂進去。

「啊！」

「載翰。」

鄭載翰的呻吟中充滿了痛苦，但尹熙謙無法停下他的腰，他再次把性器拔出一半。

「我愛你。」

「啊！」

肉與肉碰在一起，「啪！」的一聲，深深頂了進去。

「呃！咳呃！」

就這樣，尹熙謙好幾次吐露著自己的愛意，把自己的性器釘進了鄭載翰的體內。

＊＊＊

時光倒流到約五十天前。尹熙謙來到醫院，他進到的地方是一間單人病房，也就是金柳華住院的病房。包括腦出血、頭蓋骨骨折、面部骨折在內的全身骨折，甚至連進過手術室的醫生們都搖了頭。尹熙謙無法想像包滿全身的白色繃帶下的身體會是什麼樣子。

「……」

尹熙謙低頭看著那張臉看了好一陣子。

在金柳華出事住院後，尹熙謙經常在百忙之中抽空來醫院。周圍的人知道這件事後，都懷疑兩個人的關係是不是原本就有那麼好。當然，大家都知道過去尹熙謙和金柳華是在同一家經紀公司的前後輩，在拍攝以外的時間也有過親密的對話。

因此，人們一開始也認為尹熙謙是因為過去的緣分才選擇了金柳華，甚至有其他演員或工作人員稱他為「空降演員」，對金柳華抱持著反感。但是金柳華的演技平息了所有不滿，就像尹熙謙所說的，如果沒有實力，就算過去關係再好，他也不會選擇金柳華。

不僅如此，拍攝時兩人之間的關係就只是導演和演員而已。尹熙謙就是這樣的人。在拍攝現場，尹熙謙不是任何人的熟人，只是一名導演。雖然偶爾也會親切地與演員們交談，但大部分都是為了緩解演員的緊張感。金柳華也很清楚尹熙謙的這種個性，所以不僅沒有強調自己和導演的交情，反而還很低調。光是能在電影中扮演角色，他就已經謝天謝地了。

為了不突兀地融入在拍攝現場中，金柳華自身也付出了很多努力。他真的很努力地照顧周圍的人，為了在這個世界上立足，金柳華真的非常拚命。

連這個樣子都令人憐憫，但並不是因為金柳華對尹熙謙來說有著很大的意義。當然，尹熙謙確實將金柳華視為希望他能夠一帆風順的後輩，但尹熙謙之所以執意要幫忙，原因還是因為內疚。

金柳華的處境會變成現在這樣，歸根結柢是因為鄭載翰。那個事實沉重地壓在尹熙謙的心頭。

即使鄭載翰對金柳華沒有任何歉意，尹熙謙也想替他補償，甚至因此感到內疚。這件事要是被鄭載翰聽到，他可能會嗤之以鼻，但尹熙謙還是愛著那個能夠輕易對人們做出惡行的鄭載翰。

在那種心情下萌生懷疑，難道不是無可奈何的事情嗎？

說實話，尹熙謙很不安。從鄭載翰在見到金柳華，大發雷霆地要求換掉演員，卻因為事情不如意而一臉憤怒地離開的時候開始，不安感就在尹熙謙的心裡蔓延開來，在心裡擔心著鄭載翰會不會對金柳華做出什麼不好的事情。

在這種情況下，尹熙謙還是茫然地認為鄭載翰不會對電影出手，他不覺得曾說過「無論要隨便亂拍，還是好好拍都隨便你」的鄭載翰會推翻自己的話。

然而，金柳華又是另一個問題。

因為太礙眼了。鄭載翰之所以讓尹熙謙變成吸毒犯的理由，是因為鄭載翰覺得尹熙謙很礙眼，可金柳華不僅僅是礙眼。

金柳華也知道《洪天起》是用鄭載翰的錢重新拍攝的電影，他想出演這部電影，便連絡了尹熙謙。當然，這是出自過去的交情，也抱持著抓住救命稻草的心情，但對金柳華來說，這更是一次冒險。如果鄭載翰說要重新拍攝，那就表示他對作品和導演非常信任，金柳華肯定有過這樣的盤算，尹熙謙明知如此，也還是接受了他。

『怎麼？你是擔心我會做出什麼事嗎？』

鄭載翰沒有看向自己的臉，憤怒地顫抖著說道。

『早知道我就直接把那混蛋的臉毀了。』

老實說，鄭載翰低語的表情讓尹熙謙很害怕，因為鄭載翰是真的看起來很後悔，看起來是真的想要馬上毀了金柳華的臉。

在知道了鄭載翰和金柳華之間發生過的所有事情之後，尹熙謙也開始疏遠金柳華了。先不說對金柳華的失望，光是為了讓鄭載翰成為金主而誘惑他這件事，就是尹熙謙絕對無法接受的行為。可儘管如此，他也還是不希望金柳華受傷。

鄭載翰不會這麼做的，他不會對自己周圍的人也這麼殘忍，尹熙謙那樣相信，並努力壓抑著。對當時的尹熙謙來說，另有其他事情更重要，鄭載翰不接自己的電話，向他解釋清楚才是當務之急。累積的思念，以及他們兩人不知是否會就此結束的不安感增加了幾倍。雖然有時會產生「金柳華會不會出什麼事？」這種令人毛骨悚然的想法，但無論如何，直到剪輯結束並舉行內部試映會為止，金柳華都毫髮無傷。

當自己的解釋被鄭載翰理解，尹熙謙聽到鄭載翰說要繼續維持關係的時候，他感到非常高興，同時也放心了，因此他根本沒有想到金柳華的問題，只是樂觀地想著既然解釋過了，那金柳華的問題肯定也會被解決。

因此，當他在那個凌晨接到金柳華因車禍而生命垂危的電話時，只能陷入恐慌。不會是鄭載翰吧？老實說，他最先想到的是這個。當鄭載翰以沉著的態度送尹熙謙去醫院的時候，尹熙謙一點精神都沒有。可能是因為剛睡醒，腦袋裡一片空白，難道他懷疑的事情變成現實了嗎？鄭載翰出手了？他居然能做出這麼殘忍的事？不，他有什麼做不到的？尹熙謙原本認為鄭載翰接受了自己的解釋，但那並不代表他不會進行任何報復。因為鄭載翰完全有這個能力，他的脾氣就是這樣。

『……是您做的嗎？』

尹熙謙不得不這麼問道。

『……理事，難道是您……』

腦子轉不過來。尹熙謙害怕真的是鄭載翰做的。雖說人活著不可能不犯罪，但傷害人的性命這個問題並不單純。另一個駕駛死了，金柳華也有可能會死。這樣的狀況讓尹熙謙不得不去懷疑是鄭載翰做的，對他來說，這是一場悲劇。愛上一個自己認為非常有可能做出這種事情的人，對尹熙謙來說是非常艱難的事。他只希望是自己看過太多狗血電視劇，是自己在妄想就好了。

『……我怎麼了？』

鄭載翰露出了感到莫名其妙的表情。

『……理事。』

『你現在是在懷疑我嗎？』

鄭載翰反問的聲音非常冰冷。

『如果我否認，你會相信嗎？』

假如鄭載翰否認，尹熙謙是想相信的，這就是他最真實的心情。

『是，我會相信您。』

我想相信您。雖然在腦海中的某個角落裡，他的理智低聲向他說著「你怎麼能相信那句話」，但尹熙謙還是想相信。

『……這個嘛。你想怎麼想就怎麼想吧。』

然而，鄭載翰是這樣回答的。

但是，從那個回答中，尹熙謙察覺了鄭載翰的感情。說得好像一點都不期待他信任自己的鄭載翰，分明是在隱藏著傷口。

「……柳華。」

在想起當時看到的鄭載翰表情的瞬間，尹熙謙緊緊閉上了眼睛，輕輕咬住臼齒，這是因為某種劇烈的疼痛敲打著心臟，讓他不得不那麼做。

他讓鄭載翰受傷了，自己的不信任傷害了鄭載翰。尹熙謙覺得自己肯定是瘋了，否則在一個人就快死去的情況下，怎麼還會為了不該問出「是不是你」這個問題而瘋狂後悔著呢？

不管是不是鄭載翰做的，尹熙謙都不該懷疑他。

「……對不起。」

「對不起，柳華……」

反正怎樣都無所謂。

即便這場意外真的是鄭載翰為了殺死金柳華而主導的，尹熙謙也依然愛著鄭載翰。因為他絕對無法放棄他。

雖然這也轉化成了內疚，壓抑著尹熙謙的良心，讓他痛苦不已，但他還是無法停止不去愛鄭載翰。

「對不起。」

因此，就連向金柳華的贖罪，也無異於偽善。即便鄭載翰把你變成這樣，我還是愛著鄭載翰的謊言。

尹熙謙不求原諒。

為了把金柳華的意外和對鄭載翰的疑慮都埋在心裡深處，只為了與鄭載翰廝守。

只是這樣自私的贖罪罷了。

＊＊＊

「啊……！啊……！啊！」

鄭載翰不停搖晃著，無奈地呻吟著。因為頭腦發熱得太厲害，眼睛都看不清了。被照得明亮的房間，天花板上閃爍的燈光在眼前晃動。「啪！」每當尹熙謙向體內捅去，鄭載翰的身體都會像要向上彈起般晃動，但又會被用力握著骨盆的手抓住，身體再次被拉回去。肉和肉再次「啪！」地猛烈相撞，性器深深往裡面頂去。

「呃！」

聽到鄭載翰的喘息聲，尹熙謙抓住鄭載翰快要從自己肩膀上滑下來的腿，再次放到自己肩膀上。他沒有把鄭載翰的骨盆放下，反而還把他兩側的大腿合起來，用手臂抱住。鄭載翰的膝蓋在他胸前併攏，小腿搭在肩膀上，想滑下來都沒辦法，他的腰半浮在空中，處於碰不到床的狀態。

「啊！」

當尹熙謙再次抬起腰時，鄭載翰的後腦杓用力壓在床上，扭動著身體，被束縛住的腿為了重回自由，試圖從尹熙謙的手臂裡掙脫出來，可尹熙謙反而緊緊抱住他，快速動起腰部，再次把性器插了進去。

「……!!」

鄭載翰連聲音都發不出來，只能掙扎著，但是尹熙謙不可能會放過他。由於雙腿併攏的姿勢，性器一直在臀部之間的肉裡摩擦，在為了接納尹熙謙，一度發熱腫脹的穴口中迅速進出著。每當這時，「啪！啪！啪！」拍打肉的聲音就會夾雜在喘息聲之中。

尹熙謙用被欲望染成黑色的眼睛，把鄭載翰的一切都裝在了眼裡。泛紅的臉頰，在臉上流淌的汗珠，痛苦和快樂交織在一起的臉和緊皺的眉頭等，他特別看著那強忍著呻吟，緊閉著的嘴唇看了半天。

「哈啊、唔、啊！」

為了吐出湧到下巴前端的氣息，鄭載翰張開嘴唇，鮮紅的舌頭在那之中一顫一顫地動著。每個人都擁有紅色的嘴唇和舌頭，但尹熙謙每次看到鄭載翰的唇舌，都會情不自禁地感到欲罷不能。無論何時，那些紅色的東西看起來都像是這世上獨一無二的甜蜜果實。

「呃！」

忍無可忍的尹熙謙轉頭咬了咬鄭載翰搭在自己肩膀上的小腿內側。用「咬」這個詞來形容有些過於可愛了，他的牙齒都陷入皮膚裡了。

「啊！」

感覺到強烈疼痛的鄭載翰發出尖叫般的呻吟聲。尹熙謙再次咬向剛才咬過的地方的旁邊。如果將皮膚咬破、喝下血液的話，這彷彿要燃燒起來的口渴就能有所緩解嗎？他甚至有了這種衝動。

皮膚沒有破裂、流血，但尹熙謙用力吸吮著他咬過的地方，像狗一樣舔著嘴裡鼓起的肉。與此同時，他的下半身在鄭載翰的身上迅速抽打，性器胡亂地進出著下面。

黏稠的聲音從不斷摩擦、蹭過的接合處傳來。尹熙謙的體液、精液和彼此的汗水都流淌著。但插入的過程還是不會像使用了潤滑液時那樣柔和、順滑，因此所有摩擦的部位都讓鄭載翰疼得不得了。

「唔呃！」

然而鄭載翰沒有餘裕去感受到那種痛苦，因為比這更強烈的感覺震撼著他的全身。

尹熙謙終於放開了鄭載翰的大腿，取而代之的是將鄭載翰的腿搭在自己手臂上，用手撐著床。由於體重壓下來的關係，鄭載翰的身體被完全折成了兩半。

「啊!!」

隨著「啪！」的聲音，尹熙謙的性器將鄭載翰貫穿。因為陰莖插得太深，尹熙謙的睪丸甚至擠壓在了鄭載翰的會陰處。太深了，即便如此他還是擊打般地在內壁上滑動，下腹部的內側很痛，同時又像是吞了火球般炙熱。

「呃、唔呃、啊、呃！」

不顧鄭載翰身體的顫抖，尹熙謙再次將性器插入他的體內。每當他腰部的動作接連不斷時，「噗嗤噗嗤」的摩擦聲就會在耳邊響起。插入的動作又快又深，毫不留情地持續著。每當堅硬的性器穿透內壁時，鄭載翰的眼前就會一片漆黑，閃爍不已。痛，明明很痛，卻感覺要瘋了。

陷入不知是痛苦還是快樂的感覺之中時，鄭載翰才意識到尹熙謙一直以來在床上都很照顧他，總是在忍耐。在此之前，他們之間的性愛都是親密又激烈，溫柔又粗魯的。像是要把人體內的體液全都抽出來似的，在下面不停翻攪。難免會伴隨著一點疼痛，但在那些性愛中，快樂還是占了更大部分。在今天之前，尹熙謙獻給鄭載翰的性愛總是那麼火熱、多情、激烈又溫柔。

但是今天糾纏著自己的尹熙謙像是失去理智般，與以前大不相同。他的動作非常激烈，甚至到了會讓鄭載翰感到疼痛的地步。每當他將性器插入體內，都像是在打樁一樣，甚至連前列腺都會感到疼痛，全身不由自主地扭曲，連舉在空中的腳都彎了起來，太過強烈的快感反而令人痛苦。儘管如此，現在的性愛也在強硬地把被貫穿的痛苦轉變成快感。

「唔呃……！」

就像在跑馬拉松一樣，呼吸變得急促起來。肺都開始痛了，連用嘴喘氣都很困難，尹熙謙卻將自己的嘴唇貼在鄭載翰的唇上，無論上唇還是下唇都被他吸吮著。尹熙謙咬了咬他的唇瓣，胡亂蹭著嘴唇親吻著，再深深疊在一起，用舌頭在嘴裡翻攪，接著再次吮吸下唇，牙齒壓住了紅腫的嘴唇。

在此過程中，腰部動作仍在不斷持續。又快又猛，讓鄭載翰無法回神。被強加於全身的快感、電流般的刺激感在指尖和腳尖飛馳，身體不由自主地彎曲，連嘴都被尹熙謙的嘴唇堵住，無法正常呼吸，感覺真的要死了。

由於缺氧，胸腔開始疼痛，心臟好像快要爆炸了，眼前發暈。鄭載翰打了個寒顫，扭動身體。為了能夠好好呼吸，只能躲著尹熙謙的嘴唇把頭轉過去，但是尹熙謙的嘴唇還是執著地貼在鄭載翰的唇上。

「呃!!」

火辣辣的痛感在被咬住、吸吮、咀嚼的嘴唇上蔓延。當尹熙謙的嘴唇碰到刺痛的地方，鄭載翰就會感到一陣疼痛。果不其然，他在鑽進自己嘴裡的舌頭上嘗到了血腥味。

「呃呃！呃！啊！」

舌尖上掠過的鹹味和腥味，尹熙謙因為這種味道，連好不容易抓住的最後一絲理性也面臨著即將斷掉的危機。光是鄭載翰緊緊咬著自己的內壁，就讓他快要死了。拋棄理性，只忠於欲望，毫無顧忌地在裡面抽插時，包括征服欲都得到了滿足。儘管如此，鄭載翰也在感受著快感這一事實更讓他瘋狂。每當鄭載翰皺著眉頭呻吟、包裹著性器的內壁抽搐時，精神就會恍惚得像頭頂被雷擊中一般。太刺激了，心中黑壓壓的不安感似乎也消失了，可是嫉妒變得更加強烈了，占有欲沒有得到滿足。不能讓給任何人，我必須擁有他。因此，尹熙謙更加迫切地糾纏於鄭載翰身上。

每次吸吮鄭載翰被咬破的嘴唇時，微鹹的液體就會從尹熙謙的牙齒之間滲進來。好像那是自己的生命之泉般，尹熙謙舔著、喝著，接著又將傷口撕開，血滲了出來。即便鄭載翰因為疼痛而搖著頭，他也依舊緊咬著嘴唇不放。他不能放。

「唔、呃，啊！啊！」

即便是在親吻的過程中，不，是在吸吮唇上凝結的血的過程中，尹熙謙也沒有停下腰部的動作，反而越來越快，讓鄭載翰痛苦不已，就連蜷縮著的身體都讓鄭載翰痛苦無比。腰部痠痛，胸部被壓著，肺部緊縮，呼吸不順，在這種情況下，血液卻像瘋了一般在血管中飛馳，心跳得飛快。胸口、心臟好像就要爆炸了。

「呃啊……！」

尹熙謙因達到頂峰的射精欲望，更加劇烈地活動著腰部，性器快速地在鄭載翰體內進出。每當肉與肉之間粗暴地碰撞時，大腿上就會出現紅色的痕跡，臀部也會抽搐。想馬上把體內積累的東西噴發出來。一旦爆發，好像就不會再感受到比這更強的快感了。

但與此同時，尹熙謙也不想離開如熔爐般融化自己的這片熾熱，至死都想和鄭載翰結合在一起。即便是在這兩種心情之間搖擺不定的情況下，尹熙謙也無法停止腰部的動作。想把所有東西都射進鄭載翰的體內，又想繼續沉浸在這分快感中……

瞬間，眼前白茫茫一片。

「呃，呃啊……！」

射精的瞬間，全身的肌肉一口氣都僵住了。尹熙謙抵抗著，試圖忍住不射出來，但實在是忍不住了。到達的頂峰令他陷入恍惚，眼前一片茫然。

「哈……啊……！」

在全身飛馳的快感讓人難以承受。尹熙謙情不自禁地閉上眼睛，低下了頭。浸溼他額頭和頭髮的汗珠落在鄭載翰身上。眼前閃爍著形形色色的火花。

同時，尹熙謙的性器前端射出黏糊糊的精液，又白又黏的體液再次填滿了先前已經被液體弄髒的內壁。

「呼……嗚……」

令人暈眩的快感讓他不禁呻吟起來，甚至還打了個寒顫。尹熙謙抽出支撐鄭載翰的手臂，抱住了他的身體。因為連續的射精，身體不停顫抖著。尹熙謙將自己推進鄭載翰身體的最深處，抱著他溼漉漉的身體射精。第二次射精延續了很久，似乎把精液都掏空了。

在那之後，尹熙謙喘著氣，好一陣子都沒能從他身上爬起來。看著鄭載翰上上下下的胸膛，把臉埋在了他的脖子上，蹭著溼漉漉的額頭。

「哈啊……」

最重要的是鄭載翰的體香。尹熙謙將他流汗後變得更加濃烈的體香吸進肺部，調整著呼吸，直到像失控的列車般瘋狂跳動的心跳平息為止。在調整呼吸的過程中，他緩慢地將一隻手伸進自己和鄭載翰之間，摸了摸他的腹部。他摸到了比汗水更加黏稠的液體，將其塗抹在溼漉漉的皮膚上，尹熙謙逐漸恢復了正常。

就這樣過了多久呢？

「呼……」

一聲微弱的長嘆從鄭載翰的嘴裡傳了出來。

這時尹熙謙的呼吸和心跳都平靜了下來，精神也恢復到一定程度，於是他緩慢地、非常小心地從鄭載翰身上起身。他的身體往後，性器就從鄭載翰體內滑了出來，白色的液體順著性器簌簌流下，弄溼了床單。

被汗水浸溼的鄭載翰精疲力竭地躺在床上，全身無力，就算出力，說不定也只能勉強動一下手指而已。感覺全身的體液都流失了，頭腦發暈，無法打起精神。

下面火辣辣的，好像都麻痺了。雖然一開始很粗暴，用的是把人逼得喘不過氣的後背式體位，但如果只做一次就結束，也不會變成這樣了。因為做一次還嫌不夠，所以在第一次射精後，尹熙謙就擅自把鄭載翰的身體翻過來，他就這樣被尹熙謙折磨了很久，骨盆和髖關節都又痠又痛的，更不用說和尹熙謙身體摩擦過的臀部或大腿內側有多痛了。被盡情撐開的下面火辣辣地刺痛，再加上灼熱感，簡直無法用言語來形容。下方到現在似乎都還沒有闔起。

被尹熙謙執著吸吮的乳頭因紅腫而刺痛。除此之外，被他又咬又吸的皮膚上到處都是紅色的痕跡。留下吻痕還不夠，被牙齒咬過的地方好像瘀青了一般又刺又疼。

接受過令人無法呼吸的吻的嘴唇，狀態也十分淒慘，少許的血液最後乾涸在被他咬破的嘴唇上。

「……」

尹熙謙像個罪人一樣坐在鄭載翰身邊。回過神來一看，他才發現鄭載翰的狀態非常淒慘，令他有些不知所措。

「呃……」

聽到突然傳來的呻吟聲，尹熙謙猛地抬起了頭。鄭載翰正試圖撐起身子，尹熙謙心想著他都動不了了，為什麼還要起身，但還是馬上靠近，幫助鄭載翰抬起上身，然後在他背後放了很多枕頭和靠墊，好讓鄭載翰可以靠坐著。

「唉……」

雖然只是從床上起身坐好，但可能是因為感到非常痛苦，鄭載翰的嘴裡溢出了深深的嘆息。尹熙謙不知所措地望著鄭載翰。不久前還紅通通的臉上，紅暈不知何時已經褪去，臉色比平時蒼白了好幾倍，而且他的額頭上還冒出了冷汗。

然後，在他們對視的瞬間。

「！」

啪！

尹熙謙的臉轉向右邊。由於頭部的晃動，左臉頰的疼痛逐漸襲來。被打了，當他意識到左臉頰的疼痛時——

「！」

啪！

尹熙謙的臉這次轉到了左邊。打尹熙謙左臉頰的手，這次用手背用力抽打了他的右臉頰。

不過只打了兩下，尹熙謙的嘴唇就裂開，濺出了血。

「……」

被打了，但是尹熙謙沒有生氣。他連生氣的資格都沒有，因為即使鄭載翰把自己打死，尹熙謙也沒有辯解的餘地。

因此，尹熙謙沒能正視鄭載翰，低下了頭。強姦，雖然鄭載翰中途停止了抵抗，但這行為相當於強姦。即使不是強姦，都把人逼到這個地步了，尹熙謙還有什麼可說的？

「喂，尹熙謙。」

鄭載翰呼喚尹熙謙的聲音分岔得厲害，喉嚨啞得誇張，難聽的聲調混雜在了他的聲音之中。

「……」

尹熙謙緩慢地抬起頭來，然後努力看向鄭載翰的臉，跟他對上了視線。鄭載翰的臉色顯得疲憊不堪，不，他的臉色蒼白到似乎馬上就要死了，沒有什麼表情可言。那張臉讓尹熙謙好像聽到了自己的心臟掉在地上，粉碎了的聲音。

「唉……」

不知是嘆氣還是乾笑的聲音，從滿是血痂的鄭載翰嘴唇間傳出。尹熙謙靜靜看著那張臉，心情卻像是等待死刑判決的囚犯一般。

「尹熙謙。」

鄭載翰用聽了就讓人心痛的聲音說道。

「我也愛你。」

「……」

在那瞬間，尹熙謙不禁懷疑自己的耳朵，同時也懷疑自己的理解能力。是幻聽嗎？是幻覺嗎？但是就在眼前、直到剛才都還在自己懷中，自己不停感受著的這個男人，不管怎麼想都不可能是幻覺。

「我說我愛你。」

彷彿在說自己不是幻想，你也沒有幻聽般，鄭載翰斬釘截鐵地說道。那一刻，尹熙謙連呼吸都忘了，他實在是太驚訝了。

那是尹熙謙懇切希望聽到的話，同時也是絕對不可能從鄭載翰口中聽到的話。而且，連鄭載翰自己都沒想過他會對誰說出這句話，更沒想到對象會是男人。

看到尹熙謙望著自己的眼睛不停顫抖，鄭載翰嘆了口氣，接著說道。

「我不會結婚的。」

聽到斬釘截鐵的話，尹熙謙再次屏住了呼吸。現在想要呼吸、也必須該呼吸了，但因為內心激動不已，呼吸非常困難。

「我不知道你為什麼突然發神經，但我的婚姻問題我會自己看著辦。你只需要相信我，跟隨我就可以了。」

這是一段讓人無法相信的話。不知不覺間，尹熙謙已經變得不相信鄭載翰，變得這麼不安了，可現在他卻要尹熙謙相信自己，跟隨著他。尹熙謙很想相信，但這些話又讓他無法相信。

「我很愛你，所以我不會傷害你的。」

……這卻又是讓人不得不相信的話。

心臟怦通、怦通地跳了起來。說完那句話，鄭載翰像是用盡力氣般，深深呼出一口氣，閉上眼睛……真的帥得讓人喘不過氣。太帥了，尹熙謙感覺自己只要一開口就會尖叫，激動得胸口都痛了。被迷住了，明明已經喜歡得不能再更喜歡了，卻還是更加變得著迷。

「……」

尹熙謙咬著嘴唇，低下了頭。鄭載翰實在太帥了，令他不由得低下了頭。額頭碰到鄭載翰的胸膛，手臂抱住他的腰。因為太帥了，太漂亮了，太可愛了，讓人無法抗拒地鑽進他的懷抱。

「不要跟我撒嬌。」

鄭載翰沒有回應把手臂纏在自己腰上，把頭靠在自己胸前的男人的擁抱。他雖然沒有推開尹熙謙，但他那句「不要想用撒嬌來擺脫這一局面」的話非常嚴格。儘管動作沒有那麼撒嬌，但只要能感覺到是在撒嬌，似乎就已經錯了。

「我愛你。」

「哈。」

尹熙謙將額頭貼在因汗水而變得黏答答的胸口上磨蹭著，低聲說道。

鄭載翰乾笑了一聲。

「我真的是瘋了吧，被強姦了還在笑。」

事實上，鄭載翰比尹熙謙想像的還要更感到無言。畢竟他擅自誤解、懷疑鄭載翰，解釋說自己不會結婚，尹熙謙卻還是不相信，搞出了這齣鬧劇。重新一想，這真的不是尹熙謙該生氣的事情，該生氣的應該是鄭載翰。尹熙謙誤以為鄭載翰是因為權威被挑戰而生氣，但他生氣的理由，反而是對尹熙謙累積的不悅。

一想到新電影的事情，鄭載翰還是覺得很無言。說是擔心自己要是提到電影，鄭載翰就會曲解和懷疑他的意圖，所以才沒說？老實說，當尹熙謙毫不停歇地說要準備下一部作品的時候，他確實有過這種想法。因為懷疑別人對鄭載翰來說是無可奈何的事情。

但是鄭載翰想相信自己的戀人，所以也努力去相信了。他努力相信尹熙謙不是那樣的人，他是為了證明這個，才不與鄭載翰商量新電影的事，而是自己想盡辦法努力掙扎著的。

隨之而來的遺憾之情是意料之外的。雖然是戀人關係，但連自己的工作都不談，真的是一件非常可惜的事。對鄭載翰來說，感到遺憾的心情是很陌生的，但是從因為電影，需要和韓柱成見面而出門的尹熙謙身上感受到的感情，分明就是惋惜。

有生以來，鄭載翰第一次不問也不計較地努力去相信某個人，結果為了給予信任而努力的唯一一人尹熙謙，卻無法相信自己，這真的太令人遺憾了。儘管如此，鄭載翰還是忍耐著，等著尹熙謙自己先說出口。他確實派人監視了尹熙謙，但他為了相信，真的付出了巨大的努力。鄭載翰不顧心裡的遺憾，選擇相信了尹熙謙，可尹熙謙卻不知道他的努力，還說一些「你要結婚嗎」這種莫名其妙的話，把人逼到這種地步。

「我可以不拍電影。」

「……」

尹熙謙鬆開抱著鄭載翰腰部的手臂，把頭從他的胸前移開，並正對上他的視線。

「我可以放棄電影，如果您不相信我到要派人監視，那我願意放棄一切，待在這裡。如果要這麼做才能讓您安心，那我可以在這個家裡打點家務等待您。如果連這個都不願意，那我可以整天都待在床上。」

這些話是真心的嗎？「懷疑」是鄭載翰不得不面對的問題，但他還是想相信，希望尹熙謙是真心的。尹熙謙愛著自己，愛到甚至可以放棄比演員生涯更珍貴的電影。對尹熙謙來說，這個世界上最珍貴的就是鄭載翰，即便放棄其他一切事物，只要有鄭載翰，就可以活下去……因此，如果失去了鄭載翰，他就活不下去了。鄭載翰非常想相信尹熙謙說「愛自己」的這句話。

「我愛你。」

鄭載翰現在不得不相信……尹熙謙向著自己的、那麼熱烈的告白了。只因為一句話，鄭載翰就原諒了尹熙謙對自己做出的一連串行為，怎麼能不相信他呢？

「唉……」

啊啊，真是的，鄭載翰絕對不是這麼寬容的人才對啊。

「不要再做這種欠揍的事了。」

鄭載翰伸手摀住尹熙謙紅腫的臉頰，感覺到手掌下的熱氣。兩邊的掌印和血淋淋的嘴唇在帥氣的臉上非常顯眼。鄭載翰很慶幸自己有壓抑住將拳頭揮向他的情緒。

「因為我會捨不得，打了你之後我會很痛苦。」

在醉酒和嗑藥的情況下，兩人馬馬虎虎地做了愛，過了五年才重新開始了戀愛關係。給鄭載翰留下深刻的第一印象的，就是這張被自己的手打得血肉模糊的帥氣臉龐。當時看到那樣的臉，讓他性欲高漲，但現在怎麼就變成這樣了呢？一想就覺得很可笑。

「哈，真是……」

尹熙謙也會想到那時候的事嗎？剛才一直以痛苦的表情觀察著鄭載翰臉色，連聽到「我愛你」也笑不出來的尹熙謙，如今嘴角變得柔和，露出了淡淡的微笑。這是總會讓鄭載翰心動的，他最想要的東西。

「我愛你，鄭載翰。」

尹熙謙擁抱了鄭載翰。他緊緊抱住鄭載翰的身體，讓他都有點喘不過氣來了。

在相依的擁抱下，感受到彼此的心臟怦通怦通地共鳴著，鄭載翰也擁抱了尹熙謙。

後日談的後日談

尹熙謙睜開眼睛的時候，就像往常一樣，房間裡一片黑暗，這是一間完全隔絕聲音和光線的房間。在這個房間裡醒來已經不是一天兩天的事了，但如果要說尹熙謙還有什麼不習慣的，那就是對時間的感知。在意識朦朧的情況下，連自己睡了幾個小時，是不是到了該起床的時間都分不清了。因此，剛開始在這裡睡的前一個月左右，對他來說並不容易。尤其是在那個時期，他醒來的時候，總是自己一個人躺在床上。

最近比以前更可以感知到時間了，至少能分得清現在是該起床，還是可以再多睡一下的時間了。

那都是託靠在他懷裡呼呼大睡的男人的福。

那個男人就是鄭載翰。因為長期失眠，如果不借助藥物的力量，不，即便是借助藥物的力量，也睡不好覺的那個男人。他需要花很長的時間才能入睡，即使睡著了也很淺眠，對微小的噪音、光線和動作都很敏感，因此從沒和任何人共睡同一張床。

但這也都是過去的事了。現在的鄭載翰，即便在尹熙謙緊貼於背後，手臂纏在自己腰上的情況下，還是可以呼吸平穩地睡著。尹熙謙用力抱住鄭載翰的腰，側身吻了一下他的脖子，而鄭載翰仍然沒有醒來的跡象。

這是尹熙謙從前難以想像的事情。別說是抱著他睡覺了，就連小小的接觸，不，就連在碰到他之前，被子發出的沙沙聲，都能讓鄭載翰從睡夢中驚醒。而醒來之後，鄭載翰就會無法再次入睡，在輾轉反側後離開房間。因為知道鄭載翰一旦被打擾就再也睡不著了，所以要去碰睡得很好的他，是尹熙謙想都不敢想的事。

然而，難道是逐漸熟悉尹熙謙的存在了嗎？或者是和他同居，替鄭載翰帶來了心理上的安全感呢？他逐漸開始能夠在尹熙謙身邊睡得很好，以不久前尹熙謙的生日為起點，尹熙謙即便是在睡著的時候稍微摸他一下，鄭載翰也不會像以前那樣容易醒來。

尹熙謙曾有過因為這樣就滿足的時候，現在卻感到有點遺憾。房間裡太暗了。雖說是因為如果不在這樣的環境下，鄭載翰就無法入睡，所以才把房間弄得一絲光線都沒有的，但是不能看到戀人熟睡的臉，這真的讓尹熙謙感到非常惋惜。

「啾、啾。」尹熙謙在懷裡的鄭載翰後頸上吻了幾下，小心翼翼地扭動上身，摸索著床頭，這是因為再這樣下去，感覺就要把他吵醒了，如果時間太早，會不好意思叫醒他，所以想先確認一下時間。很快，調整至飛行模式的手機就被他握在手裡。尹熙謙擔心手機的光會照到鄭載翰，於是背對著他，打開調到最暗的手機螢幕，確認了時間。七點，如果是平時，鄭載翰早就醒了。

是昨天喝多了嗎？尹熙謙把手機螢幕翻過來朝下，放到床上，再次貼到鄭載翰身上。把鼻子貼在他的脖頸和肩膀上，聞著他身上的味道。在反覆吸氣和呼氣的動作中，酒精的味道似乎也逐漸升起。

真的好久沒聞到酒味如此濃烈的鄭載翰味道了。雖然有接到他有聚會，會晚回家的連絡，但他還是比尹熙謙預想的要晚回家很多。尹熙謙想等他回來，但因為他也從凌晨就開始拍攝了，十分疲憊，所以鄭載翰回來時他已經睡著了。他睡著的時候已經接近午夜，睡得正香之時，感覺到鄭載翰進房了。床的一側似乎有下沉的跡象，尹熙謙便伸出手臂，把對方拉進自己懷裡。回想起來，當時一瞬間醒來的時候，似乎也有聞到酒味。

尹熙謙最近很少看到他喝酒的樣子。他雖然會和尹熙謙一起喝個一、兩杯，但不會像以前那樣酗酒了。喝醉的鄭載翰有點可愛，抱著這樣傻乎乎的想法，尹熙謙認真摸起鄭載翰的身體，反正已經是得起床上班的時間了。

「……嗯……」

當尹熙謙的手滑到鄭載翰質感很好的襯衫上，撫摸他的胸口時，鄭載翰翻身低吟了一聲。可能是覺得很癢，鄭載翰試圖把尹熙謙的手拍掉。尹熙謙抓住他那隻手，揉了揉指節又撓了撓手指之間，再次親吻了鄭載翰的後頸，這次還故意用力吸吮了一下。

「該起床了。」

「……」

鄭載翰沒有回答。從他的反應來看，他確實是睡醒了，但似乎還想繼續睡。鄭載翰滿是起床氣的臉肯定很可愛，可惜尹熙謙看不到。尹熙謙猶豫了一下要不要打開床頭櫃的小燈，最終他低聲嘆了一口氣，鬆開了與鄭載翰十指緊扣的手，然後小心翼翼地下了床，沿著現在已經習慣了的路線，在黑暗中也沒有徘徊，直接打開房門走了出去。

當尹熙謙洗完澡出來時，家管人員正在準備早餐。現在通常是鄭載翰起床的時間，所以他們經常在這時間一起吃飯，但他今天沒有要起床的跡象。輕輕打開房門一看，鄭載翰還在睡覺，尹熙謙只好自己先吃了。雖然把他叫醒，餵他吃就行了，但鄭載翰比起吃，更重視睡眠，所以尹熙謙並沒有叫醒鄭載翰。

「您好。」

吃完飯後，尹熙謙在客廳回顧整理明天要拍攝的部分和剩下的場景時，金泰運出現在客廳，用眼神、也輕聲開口向他打了招呼。他是鄭載翰稱呼為金室長、金泰運，或是偶爾為了嘲諷他，而稱呼他為泰運哥的鄭載翰的心腹。

「您好。」

事實上，這個男人讓尹熙謙滿不自在的。像是同性戀人的兄弟一樣的男人？不，因為金泰運對鄭載翰來說不僅僅有那樣的意義，才會讓尹熙謙感到不舒服。沒有一絲血緣關係，只因為多年的輔佐，就連門鈴都不按，像進出自己家一樣進入家裡。就算是親哥哥，這樣都會讓人感到不快了，更別說金泰運作為一個外人，還經常像這樣進入這個家裡了。每當這時，尹熙謙都會覺得金泰運才是這個家的人，而自己是客人一樣。與其說是故意的，不如說在鄭載翰生活的世界裡，這是理所當然的事情，所以金泰運和鄭載翰都不會感到奇怪。

「請問理事在哪裡？」

「他還在睡。」

「哦。」金泰運甚至發出了這樣的聲音，反應很是吃驚。金泰運偶爾也會做出那樣的表情，主要是在鄭載翰早上起不來、睡懶覺的時候。但是，他既不會叫醒正在睡覺的鄭載翰，也不會因為他睡過頭而指責他。到鄭載翰自己起床為止，無論是幾個小時都會放任他睡。雖然鄭載翰是他的上司，金泰運從小就伺候著他，但尹熙謙一開始還是對金泰運放任鄭載翰因為睡懶覺而不去公司上班這件事，感到難以理解。直到後來他才想到鄭載翰會不會是有失眠症，所以他睡懶覺才會是那麼值得驚訝和開心的事。

事實上，多虧了金泰運，鄭載翰才發現自己患有失眠症。雖然睡不著覺，但鄭載翰從未表現出因為失眠而感到辛苦的樣子，所以尹熙謙在那之前，還認為鄭載翰是因為沒有和別人同睡一張床過，反應才會那麼敏感。當時他還會無緣無故地把鄭載翰抱在懷裡，把還沒睡醒的他叫醒，又咬又吸的，但是現在……

尹熙謙自己也明知那時是鄭載翰起床的時間，卻沒有叫醒他就出來了，最終還是變得像金泰運一樣放任他，並意識到自己不能因此說金泰運奇怪。

「嗯。」

因為關係尷尬，他們沒什麼可聊的。尹熙謙重新投入到原來的工作中。不，他本來是打算這麼做的，但是因為不斷看手錶，反覆打開手機看著螢幕的大塊頭男人，注意力變得散漫。

「要叫醒他嗎？」

「不用了，其他人會等他的。」

啊啊，這也是金泰運讓尹熙謙感到不舒服的事情之一。金泰運口中的鄭載翰，和尹熙謙認識的鄭載翰明明是同一個人，但不知為何，從金泰運那邊聽到的鄭載翰有時會讓尹熙謙覺得很陌生。

比如現在。金泰運所說的會議應該是只有公司高層才會參加的會議，金泰運卻說得像是就算鄭載翰睡懶覺而遲到，他們等著也是理所當然似的。尹熙謙偶爾會覺得他這是在劃清界線，告訴自己鄭載翰正是處於那種位置的人。

「理事昨天喝了很多酒嗎？」

金泰運短暫地猶豫了一下是要取消，還是延後早上的會議，並問道。對此，尹熙謙沒什麼好說的。

「我也不太清楚，他昨天很晚才回來。」

這是因為他也不知道。把爬上床的他摟進懷裡的時候，好像聞到了酒味，但他也不知道鄭載翰喝了多少。他最近的睡眠時間變長了，但他一般不會睡懶覺，如果能睡到這麼晚，那應該是喝了很多才對。不對，難道鄭載翰是那種酒喝得比較多，就能睡得比較多；酒喝比較少，就會睡得比較少的人嗎……

金泰運總是會像這樣，讓尹熙謙意識到自己對鄭載翰了解得並不多。真是個讓人不舒服的人。不，如果就此結束的話，尹熙謙就不會這麼在意了。

「啊啊，原來您先睡了啊。」

不知怎的，這話在尹熙謙耳裡聽起來就像是「我兒子都還沒回家，你還睡得著覺啊？」這般婆婆對他的刁難，難道是他被害妄想症太嚴重了嗎？因為他們之間的關係，尹熙謙不可能不跟他交談，偶爾在話家常的時候，尹熙謙都會有種金泰運像是對兒媳不滿意的婆婆的感覺，那和嫉妒之類的感情有點不同。不，尹熙謙不認為有妻兒、打從出生起就始終身為異性戀者的金泰運會對鄭載翰有那樣的心思。而且聽說因為鄭載翰和尹熙謙在一起後變得穩定又從容，也讓金泰運可以把更多時間花在家庭上，和分居的妻子關係也變好了。

「嗯，那看來您應該也不知道他什麼時候會醒來啊。」

果然就是有種不讓媳婦過好日子，用話語刁難人的婆婆的感覺。雖然不久前因為鄭載翰那句「就當我們結婚了吧」讓他非常感動，但是這樣的婆家生活不可能讓人高興，所以尹熙謙對金泰運感到很不舒服。

這時，小小的開門聲傳來。兩個男人的視線一齊轉向了鄭載翰的房間。鄭載翰頂著一顆剛睡醒、亂糟糟的頭髮，搖搖晃晃地走了出來。

「頭好痛。」

雖然只是訴說宿醉的簡短一句話，但尹熙謙和金泰運都嚇了一跳，甚至連說話的鄭載翰也非常吃驚。你的聲音是怎麼了?尹熙謙正要開口的瞬間。

「載翰。」

就像是被彈出去般，搶先一步向著鄭載翰走去的人是金泰運。金泰運一下子跑過去，用手摸了摸他的額頭，想看他有沒有發燒。發現摸起來沒有很燙後，他的臉上露出安心的表情，然後熟練地從落地櫃中拿出急救箱，再從裡面取出體溫計來測量體溫。

「沒發燒啊，是感冒了嗎？」

「就只是宿醉而已。」

「那你的聲音是怎麼了？」

他的聲音聽起來就像得了重感冒一樣，比平時低得多的聲音聽起來很不尋常。

鄭載翰不耐煩地推開了金泰運。當金泰運翻找藥箱的時候，鄭載翰走到沙發前，坐

「是因為喝酒後吐了，你去拿點藥過來。」

到了尹熙謙身邊。尹熙謙愣愣地看著來到自己身邊坐下的男人。

「睡得還好嗎？」

說實話，直到那時，尹熙謙才感覺自己心中不知是遺憾還是難過的心情稍微緩和了些。量體溫、詢問狀態都是尹熙謙該做的事情。如果鄭載翰出了什麼事，最應該跑過去的不就是身為戀人的尹熙謙嗎？但是在金泰運剝奪了他權利的情況下，他不可能會開心，甚至連鄭載翰理所當然地允許金泰運這麼做了這件事，也讓他不高興。

但是尹熙謙的心情稍有緩解的原因，是鄭載翰的態度有了一百八十度的大轉變。對待金泰運和對待尹熙謙的時候，即使聲音一樣沙啞，語氣和氛圍本身卻完全不同。

「嗯，理事呢？」

「我也好久沒睡懶覺了。」

鄭載翰瞟了手錶一眼，回答道。時間已經過了八點，即使現在漱洗完去上班也已經遲到了，鄭載翰卻一派輕鬆。明明自己是因為喝了酒晚睡、又睡過頭才遲到的。

「您昨天喝了很多嗎？」

「久違地喝得有點多，我本想早點回來的，但那個場合實在是很難先抽身。」

雖然不是什麼了不起的辯解，尹熙謙卻對這個辯解非常滿意。因為把讓人等待當作理所當然的鄭載翰，正在向尹熙謙解釋自己為何喝了這麼多酒，還這麼晚回來。

「喉嚨不痛嗎？」

「不痛，只是聲音有點怪。」

雖然鄭載翰說是怪，但該怎麼說呢？這跟平時低沉、沙啞的聲音比起來……莫名地有些性感。尹熙謙甚至想聽他發出各式各樣的聲音。啊，好想親他啊，真想在他的白皙的臉上亂親一通，但是在家裡隨意走動的金泰運真不是一般的討厭，要不直接親下去吧？要不故意在金泰運面前，狠狠地吻下去吧？

「請吃藥吧。」

打斷尹熙謙苦惱的，果然還是金泰運。尹熙謙實在無法用友善的眼光看向那個身材高大，溫順地拿著水和藥，站在那裡的男人。

「我幫您預約掛號。」

「為什麼？因為我的喉嚨嗎？」

「去醫院打個點滴，宿醉也會很快就消退的。」

「不用了，我只覺得頭痛而已。」

「不是說您吐過了嗎？不要空腹吃止痛藥，還是去拿個處方吧。」

「都說不用了，我待會就去上班，你去等著吧。」

鄭載翰終於不耐煩地低聲說道，但是金泰運似乎不想退讓，默默地站著看著鄭載翰。

這種程度的話是不是太保護過度了？尹熙謙會產生這種想法也是無可奈何的。雖然尹熙謙很愛鄭載翰，即使如此，他也從沒有想把他當作易碎玻璃般對待。也不是小孩子了，年過三十的男人為了工作而喝酒、喝太多吐了、早上宿醉，這些不都是很正常的事嗎？況且鄭載翰還曾是個一度沉迷於酒精和藥物的癮君子——雖然他本人說偶爾才會沉迷——曾經因為搖頭丸急性中毒而住院過，卻把宿醉弄得像大病一樣慌亂，說實話讓人很難理解。

「那我去請醫生來。」

「你他媽是聽不懂人話嗎……」

鄭載翰的表情變得凶狠起來，甚至吐出了可怕的聲音。對尹熙謙來說，他已經很久沒見到鄭載翰神經質的樣子了，空氣好像在一瞬間被凍得冰涼。雖然他的不耐煩不是在針對自己，尹熙謙的手臂還是起了雞皮疙瘩。

「……」

對於鄭載翰這樣的態度，金泰運只會感到為難，因此，他在空中短暫動搖的視線最終投向了尹熙謙。

「……」

所以說我為什麼非得接受你那「你丈夫現在病得這麼重，你怎麼還這麼無憂無慮？」的眼神啊？你想想辦法吧。留下這樣意味深長的眼神，金泰運最終離開了家中。

「……唉。」

遠處傳來門關上的聲音後，充滿緊張感的空氣才開始緩和下來。尹熙謙輕輕抱住長長吐出一口氣，不知是在嘆氣還是呼氣的鄭載翰。

「您該吃飯了。」

「……我沒什麼胃口。」

「這樣胃會壞掉的，我去幫您熱豆芽湯。」

早上為尹熙謙準備早餐的家管人員整理完後就離開了。在尹熙謙住進來之前，她會整個上午都待在家裡，打掃完家中才走，但自從鄭載翰開始跟尹熙謙同居後，家管人員就會自行迴避了。即便如此，家裡也總是很乾淨，通宵被弄髒的床單也是在他們外出、晚上回來時就換成乾淨的了。家管人員似乎是在兩個男人都離開家的期間回來打掃的。

尹熙謙最終還是把鄭載翰帶到餐桌前坐下，幫他熱好湯和小菜，準備了餐點。不知是不是因為嘴裡乾渴，鄭載翰沒能好好吃飯，但熱呼呼的湯似乎能讓胃舒服一些，他便不停舀著湯喝。

尹熙謙其實很喜歡看鄭載翰吃東西的樣子。他不僅個性刻薄，口味也很刁鑽，世界上各種珍貴、美味的食物他全都吃過，感覺不會去吃普通餐點的男人，無論給什麼都會吃，這讓尹熙謙感到有些神奇，也很欣慰。不是像這樣加熱現有的食物，而是吃尹熙謙親自做的飯菜，特別能為尹熙謙帶來幸福感。因此，當鄭載翰比較早下班時，他們雖然也會出去吃飯，但尹熙謙還是會經常在家裡做飯，然後一起用餐。

得益於此，鄭載翰比以前胖了一些。他以前常常都不吃早餐，但自從和尹熙謙一起生活以後，幾乎沒有不吃早飯的時候，這是因為尹熙謙為了讓他吃早餐，即便沒有要外出，他也一定會在鄭載翰上班的時間起床。午餐邊工作邊與人見面地解決，晚餐又和尹熙謙一起吃。剛開始鄭載翰還不怎麼長肉，但是最近因為睡眠量增加，便長胖了一點，看起來很不錯，連原本白皙的皮膚也不知怎的變得更白了。

尹熙謙看著鄭載翰咀嚼、蠕動著的臉頰，淺淺笑了一下。看著年過三十、個性差勁的男人還會覺得可愛已經很奇怪了，看著蠕動著的嘴唇和舌頭，和每次吞嚥時都會晃動的喉嚨，甚至會產生奇妙的欲望，更是讓人無言。居然會看著一個在吃飯的人而產生欲望。

「……你在笑什麼？」

雖然熱湯讓胃舒服了一些，但實在吃不下東西的鄭載翰放下湯匙問道。因為用熱湯潤過喉嚨，他的聲音比剛才更接近於平時了。

看起來並不是必須去醫院的狀態。尹熙謙強忍著想把他拉回床上的欲望，問道：

「您今天會去上班嗎？」

「會啊，怎麼了？」

「我想說您好像宿醉得很嚴重，應該在家休息比較好。」

「我沒事，喝了酒不都會這樣嗎？」

「您和我喝的時候不會這樣啊。」

「那是因為我跟你喝的時候，不會喝那麼多。」

「那您是跟誰喝酒了，才會喝了這麼多？」

被婆婆虐待的兒媳婦嘮叨丈夫是理所當然的事。雖然尹熙謙不認為鄭載翰會做出其他事情就是了。

「不是啊，工作的時候偶爾就是會遇到需要喝酒的情況嘛……」

這不就是男人典型的狡辯嗎？尹熙謙不禁在心裡噗嗤一笑。

「你今天不出門嗎？」

鄭載翰很自然地轉移了話題。因為本來就不是因為懷疑才提起那個問題的，所以尹熙謙也裝作沒發現，回答了他的問題。

「我今天沒有拍攝，本來想說要去製作公司一趟，但我正在考慮要不要去。」

「所以？」

「如果您要去醫院的話，我想陪您一起去。」

「我都說沒事了，沒必要去醫院。」

「吊點滴吊個兩、三個小時馬上就能恢復，沒必要不舒服到下午。反正昨天我們都沒有好好見面，今天就待在一起吧。」

尹熙謙在凌晨就早早出去拍攝，而鄭載翰則是在第二天的凌晨才回到家，所以兩人昨天算是一整天都沒見到彼此。當然，雖然只分開了不到二十四小時的時間，但這依舊讓人惋惜。訴說今天想在一起的言語非常深情，這些都是為了讓他去醫院，鄭載翰明明很清楚，卻還是只能輕輕嘆一口氣，點了點頭。

「我的狀態看起來那麼糟嗎？」

鄭載翰似乎是真的不想去醫院，還是留戀地問道。

事實上，就宿醉而言，鄭載翰的狀態看起來並沒有那麼糟糕。尹熙謙也認為鄭載翰沒必要去醫院，但是非要讓他去醫院的理由，都是因為金泰運。

與不喜歡金泰運無關，尹熙謙總覺得自己欠了金泰運些什麼。與其說是欠了他什麼，不如說是感激。因為在金柳華遇上車禍、死亡後，給了沒能見到鄭載翰的尹熙謙見面機會的，正是金泰運。尹熙謙無論如何都想見到鄭載翰，而去了他家，卻在一樓大廳被警衛阻止的時候，就是金泰運告訴他「鄭載翰現在一個人在電影院看你的電影，你去看看吧」。而那天又是怎麼樣的一天呢？那天是鄭載翰終於坦承了自己的心意，而尹熙謙也吐露了自己心聲的日子，所以金泰運對尹熙謙來說可說是恩人。

雖然是個讓人無法產生感激之意的恩人就是了。

「您從來不會在我面前表現出難受的樣子，但現在連飯都沒法好好吃……聲音也不太對勁。」

「啊啊，可是我的喉嚨一點都不痛啊。」

不知道是不是真的很討厭去醫院，就連無法放棄的樣子都讓尹熙謙覺得很可愛，而且也很性感。尹熙謙越過餐桌上方，俯身親吻鄭載翰的嘴唇，低語道：

「雖然您現在的聲音很性感、很好聽。」

「啾。」尹熙謙把雙唇貼得再深一點，然後離開，用舌頭緩慢舔了舔嘴唇。

「但是要是你的身體狀況不好，我就不好意思說要做愛了。」

「……」

事實上，不管金泰運說了什麼，他的本意打從一開始就是如此。

尹熙謙低聲笑著，再一次親吻了面向自己發呆的臉龐。

由於鄭載翰真的很不想去醫院，最終金泰運還是請了醫生到家裡為他看診。鄭載翰在床上吊著點滴，而尹熙謙躺在他身邊，「啾、啾」地吻了鄭載翰幾下。

「請您閉上眼睛。」

「幹嘛？」

「因為我想看您睡覺的樣子。」

「……真是的。」

在數落他的同時，鄭載翰還是閉上了眼睛，而尹熙謙盯著那張臉，偷偷地笑了。

尹熙謙本以為鄭載翰之所以會給人一種冰冷的印象，是因為他的眼神，但即使閉上眼睛，他那特有的氛圍似乎也沒有改變。雖然確實有變得比較柔和，但並沒有想像中那麼大的變化。無論如何，鄭載翰就是鄭載翰啊，這種想法讓尹熙謙笑了。

原本覺得他懶洋洋地眨眼時，搧動的睫毛很漂亮，但閉上眼睛垂下的睫毛，不知為何總讓他有種搔癢的感覺。尹熙謙吻了一下鄭載翰的眉間，又吻了他的雙眼皮，甚至用舌頭舔了舔他的睫毛。真想把他弄哭一次看看，他會哭嗎？雖然感覺很難從這雙眼裡看到淚水。

接著，尹熙謙順著鄭載翰的鼻梁吻了他，在碰到鼻尖時，用嘴唇含住鼻子輕輕吸了一下，然後用舌尖舔了舔剛才吸過的地方。可能是有點搔癢，尹熙謙身下的身體動了動。

「……你這樣我睡不了啊。」

鄭載翰用不滿的聲音嘟囔著，慢慢睜開了眼睛。明明像這樣睡到了早上，現在臉上卻又充滿了睡意。尹熙謙撫摸著鄭載翰的頭，親吻了他的嘴唇。

「那我抱著你就好。」

尹熙謙把手臂纏到鄭載翰的腰上，緊緊貼在他旁邊。鄭載翰喬好姿勢讓尹熙謙躺，然後把嘴唇貼到了他的額頭上，尹熙謙的頭髮隱約散發著淡淡的香味。

「早知道就不叫醫生了。」

尹熙謙一邊感受著碰到額頭和頭髮的搔癢氣息，一邊自言自語。雖然被宿醉折磨的鄭載翰有點可憐，但是宿醉本來就是會在痛快地流汗後好起來。明明就有能流最多汗的好辦法，卻硬是要請醫生來，似乎是判斷失誤了。

「金泰運擺臉色給你看了嗎？」

尹熙謙再次為鄭載翰察言觀色的能力感嘆。

「他就算不擺臉色也……該怎麼說呢？」

「嗯？」

「就是有種婆婆的感覺。」

「啊哈哈。」鄭載翰發出笑聲，居然說是婆婆。因為鄭載翰戲稱他為保姆，所以尹熙謙覺得他像婆婆，這一點完全可以理解。哪裡只是像個保姆啊，他還是個過於積極的保姆呢。鄭載翰之所以刻薄地拒絕他對自己的照顧，是因為金泰運不是像臣子對待主子，而是像騎士對待公主一樣。可能是從小一起長大的關係，金泰運總有那麼誇張的一面。即使鄭載翰以侮辱他的方式將他趕走，並對他施暴，金泰運的那種態度也沒有改變。

「要不把他炒了？」

「沒那個必要。」

「那看來我得叫他別來我家了。」

鄭載翰懶洋洋地笑著，吻了尹熙謙的額頭。尹熙謙靜靜地接受那充滿愛意的吻後，問道：

「……你那位妻子過得怎麼樣？」

「妻子？」

如今鄭載翰的戶籍上已經沒有可稱作妻子的人了。面對假裝沒聽懂的反問，尹熙謙更正了稱呼。

「……你的前妻。」

「她應該過得很好吧。」

當然，尹熙謙知道這個話題對他們兩人來說並不是個很好的話題，但是因為突然就想了起來，這件事就壓在了尹熙謙的心頭。她對鄭載翰來說只是名義上的妻子，但來找尹熙謙的安賢珍流露出的感情，並不只有那樣。她雖然不知道尹熙謙和鄭載翰真正的關係，但尹熙謙還是感到非常內疚，這是因為不管他們是否只是表面上的夫妻，尹熙謙確實都搶走了鄭載翰。

「請老實告訴我。」

尹熙謙抬起上身，俯視著鄭載翰說道。

「我都說了，她過得很好。」

他的聲音雖然平淡，但事實又是如何呢？尹熙謙並不認為那個即便沒有特別的理由，都能對他人做出殘酷行為的鄭載翰，會放過向自己揭露一切的前妻。這與其說是懷疑，不如說是因為了解鄭載翰的個性，他才能如此確信。

面對緊盯著自己的眼神，鄭載翰最終嘆了口氣，開口了。

「……我把她關在某個地方了，你不用操心。」

看吧。雖然在金柳華發生車禍的時候，尹熙謙對鄭載翰的懷疑有些過分了，但也不是沒有道理的。

「……我希望她能過得很好。」

「……」

「從結果來看，我們的關係也變好了不是嗎？而那個問題本來就是早晚都會爆出來的。」

「……」

鄭載翰似乎不太滿意，表情變得嚴肅起來。尹熙謙靜靜俯視著他那張臉，「啾」的一聲，吻了一下他微微皺起的眉頭，然後嘴唇再次落在鄭載翰臉上各處。「啾、啾。」聽著讓人耳朵發癢的聲音，讓鄭載翰再次嘆了口氣。

「我會送她去國外的。」

就連鄭載翰自己都覺得他對尹熙謙太心軟了，根本招架不住他的枕邊風。光是看到也許是因為聽到了想要的答案，微笑起來的臉龐，就產生了「不過就是安賢珍，原諒他不就好了？」的想法。鄭載翰吸吮著疊到自己唇上、柔軟而溫暖的嘴唇，慢慢撫摸著爬到自己身上的尹熙謙後背。舌頭溫柔地伸到嘴裡，蹭著鄭載翰的舌頭，嘴唇和嘴唇之間互相舔咬，悠然的親吻持續了很長一段時間。這是一個讓人連內心都發癢的甜蜜之吻。

過了很久嘴唇才分開，這時尹熙謙和鄭載翰的臉都紅了。白皙的臉上，兩頰染成了粉紅色，非常漂亮。尹熙謙低頭看著那張臉，「唉」地嘆了口氣。

「……真不想讓你睡。」

鄭載翰已經用睡意朦朧的表情，像是快要睡著的人一樣緩慢地眨著眼睛了。雖然有聽到他說不想讓自己睡，但鄭載翰還是裝作沒聽見，閉上了眼睛。尹熙謙愣愣地盯著他，看了好一陣子，最後還是從他身上下來，再次枕著鄭載翰的手臂，緊貼在他的肋下。鄭載翰的胸口平穩地上下起伏著。好想摸他的胸部啊，好想盡情地又搓又舔他那可愛無比的乳頭啊。因為鄭載翰穿著襯衫式睡衣，看不到裡面，感覺就又更想念了。鄭載翰到底為什麼要在睡覺的時候穿著睡衣呢？

「……尹熙謙先生。」

他突然用低沉而沙啞的聲音叫了尹熙謙一聲。

「嗯？」

「……尹熙謙先生你……」

我什麼？他到底是想說什麼呢？尹熙謙等了鄭載翰的下一句話很久，然而，他得到的就只有沉默。

「我怎麼了嗎？」

尹熙謙問道，但是鄭載翰沒有說話。

「……理事？」

就算叫了他，尹熙謙也只能聽到他平穩的呼吸聲。話說到一半，鄭載翰就睡著了。

吊了三個小時左右的點滴後，鄭載翰的身體輕鬆了許多，便從床上站了起來。他從房間出來的時候，尹熙謙正在準備午餐。除了家管人員做的小菜以外，尹熙謙也很喜歡用冰箱裡的材料做飯。因為他知道鄭載翰喜歡吃自己做的菜，也喜歡正在做飯的自己。

鄭載翰走到站在廚房的尹熙謙身後，把手臂繞到他腰上，親吻了他的脖頸。

「您起來啦？」

尹熙謙稍稍回頭，溫柔地說道。聽到那聲音，不知怎的，鄭載翰感覺自己的心臟都要融化了。這不就是在電視劇和電影裡看過的新婚夫婦的樣子嗎？新婚夫婦，鄭載翰以前對這個單字沒什麼興趣，現在卻不知為何會感覺這麼心癢。

接受鄭載翰用嘴唇在脖子和肩膀上替自己洗禮的尹熙謙也有同樣想法。背後抱真不錯，尹熙謙這樣想著，轉過身抱住了鄭載翰的肩膀。「啾、啾。」甜蜜的親吻接連不斷。得在燉煮白帶魚裡加點蔥才行，腦子裡雖然閃過了這樣的想法，但現在重要的是蔥嗎？不管白帶魚是煮乾了還是燒焦了，現在最重要的都是這雙唇瓣。

「有感覺很好吃的味道。」

他把鼻子貼在尹熙謙的脖子上，說出這樣的話，真的很讓人混淆，說的是燉煮白帶魚，還是尹熙謙呢？雖然鄭載翰故意說得很曖昧，但尹熙謙想自己下結論說是後者。他本想做飯的，但現在似乎不是時候。尹熙謙把鄭載翰推往餐桌邊，他便後退了幾步。無論是把他推到餐桌上做，還是翻過來做，都很吸引人。或是坐在椅子上，讓鄭載翰坐上來也不錯⋯⋯

「您的聲音好很多了呢。」

尹熙謙吻著他開始發燙的臉頰，低聲說道，接著試圖再次親吻他。這是他精心策劃之計畫的第一步，他要用更深更濃的吻讓鄭載翰沉迷，然後在餐桌上辦那檔事。

「……比較沒那麼性感了？」

鄭載翰卻說出了讓人很難懂的話。

「您突然是在說什麼？」

「聲音。」

尹熙謙一時跟不上對話的節奏。為什麼會突然談到聲音性不性感呢？他靜靜地回想了一下，過了好一會兒，才模糊地想起自己早上曾說過他「現在的聲音也很性感、很好聽」的記憶。雖然就是覺得他的聲音很性感才這麼說的，可是其實他平時的聲音、生氣的聲音、嘲諷的聲音、笑起來的聲音也都很性感啊，但他現在居然問是不是沒那麼性感了。

「您現在的聲音也很棒啊。」

「哼嗯。」

鄭載翰望向尹熙謙的視線不知為何有些微妙。

「突然是怎麼了？」

「沒什麼。只是、那個，尹熙謙先生你……」

尹熙謙先生你什麼？尹熙謙一直在等待下一句話，鄭載翰卻含糊其辭。

「沒什麼大不了的。吃飯吧。」

而且，他還輕輕推開了尹熙謙。這麼想來，剛才睡前鄭載翰也說了「尹熙謙你……」然後說著說著就睡著了。尹熙謙很清楚鄭載翰是想問自己什麼，又或是有想說的話，但是到底是什麼話，竟然會讓他這麼猶豫地說不出口呢？

「怎麼了？」

尹熙謙抓住想要離開自己懷抱的鄭載翰，這麼問道，但鄭載翰很自然地從他的手中掙脫出來，坐到了椅子上。

「都說沒什麼了，吃飯吧。」

「……」

現在是吃飯的時候嗎？尹熙謙抱著手臂站著，靜靜地看著鄭載翰。剛才明明氣氛正好，絕對不是適合吃飯的氣氛。開了頭、打亂了那種氣氛還不說清楚，也太過分了吧？

「……不是，我只是想問你是不是喜歡那種低沉的聲音。」

因為禁不住尹熙謙的視線，鄭載翰像嘆氣般喃喃自語道，讓尹熙謙不禁心想：「我喜歡的就是你啊，怎麼突然說這些？」

「所以我就說了沒什麼大不了的嘛。」

鄭載翰聳了聳肩，這是他在感到尷尬時會做出的微妙反應。尹熙謙一方面想著「不過就是問個喜好，為什麼會是那種反應」，一方面又覺得鄭載翰會不會只是想轉移話題而已，所以他仍然抱著手臂，一直盯著鄭載翰。

「你疑心病很重耶，我可是只為了你一人，付出了非常多的努力耶。」

結果鄭載翰反而用遺憾的語氣這樣說道。尹熙謙這時才覺得有點心虛，眼神放鬆了下來。尹熙謙知道鄭載翰正在壓抑著自己原本的個性，想最大限度地相信自己，並誠實地回答了。但他既然了解了鄭載翰的性格，不，他既然是人，會產生懷疑不也是沒辦法的事嗎？

「……不是這樣的。」

「如果你那麼不相信我，那我會很難過的。」

「……不是的，我相信您。」

並不是只有鄭載翰對尹熙謙心軟。尹熙謙刻薄的個性在演藝圈內非常出名，卻總是會退讓鄭載翰三分。

尹熙謙的氣勢進一步減弱，情況逆轉，現在變成尹熙謙開始看他的臉色了。鄭載翰嚴肅地說：

「你還是去做飯吧，我餓了。」

「……」

你就別管了，還是去做你的飯吧！這句臺詞是不是太經典了？雖然覺得自己被耍了，尹熙謙也只能按照鄭載翰的話去準備飯菜。

啊，應該在餐桌上做的。尹熙謙的心中滿是遺憾之情。

吃完飯，兩個男人悠閒地看了電影。

那是去年上映的電影，是一部尹熙謙一直很遺憾自己沒時間能看的作品。電影以「人的性癖」這種破格題材、破格的床戲場面和與之相配的破格結局躍為話題。演員們的演技都受到了好評，而尹熙謙也稱讚了他們的演技。

「宋景煥的表情和眼神真的很不錯。眼眶含淚，最後流下一滴眼淚的場面讓人印象深刻……理事？」

討論電影討論半天的尹熙謙發現鄭載翰沒有認真在聽自己說話，於是叫了他一聲。

「您在想什麼，想得這麼入神？」

「……沒、沒什麼。」

哎呀，又轉移話題了。

「您今天真的好奇怪。」

尹熙謙皺著眉頭說道。他聲音一沉，鄭載翰望著尹熙謙的眼神才開始有些顫抖。

「……那個，尹導演你也……」

「嗯，我怎樣？」

看來他剛才並沒有把話說清楚。他到底是想說什麼？這一次，尹熙謙抱著不會輕易上當的心態，皺著眉頭靜靜看著鄭載翰。

「……」

「……」

沉默了一會兒。鄭載翰露出了前所未有的為難表情。他到底是怎麼了？連尹熙謙都開始心跳加速了。

鄭載翰終於下定決心，以非常嚴肅的表情——

「你有什麼性癖嗎？」

這樣問道。

「……什麼？」

這是個令人意外的問題。

「……」

不，尹熙謙根本不知道對話的走向為什麼會變成這樣。是因為剛才看的電影題材嗎？還是他又想轉移話題，才會提出這個問題？

「不，我只是在想，你是不是有那種東西。」

看到他微妙的難為情反應，尹熙謙不禁懷疑鄭載翰是不是真的想問這個。這麼說來，鄭載翰剛才也有問自己是不是喜歡低沉的聲音，所以感覺真的是有什麼關聯。

「……沒什麼特別的？」

「啊，沒有嗎？」

他那個安下心的表情是怎樣？尹熙謙實在搞不懂鄭載翰到底為什麼要這樣。

難道鄭載翰是有什麼性癖好，所以才對尹熙謙有所期待嗎？如果是這樣，會猶豫好幾次才問出口也是可以理解的，甚至還會覺得他很可愛。鄭載翰在性事方面看似坦承，但到現在還是會表現出不自在，因此，光是用想像的，就覺得在床上提出要求的他會很可愛又很色情。

「那你有什麼性癖嗎？」

尹熙謙咧嘴笑著看向鄭載翰，聲音裡充滿了誘惑。

然而，鄭載翰的反應卻是——

「沒有。」

冰冷冷的，堅決到無情的程度。

不知怎的，這就像是鄭載翰要給尹熙謙糖果，在他眼前晃來晃去的，又突然拿走，不給他的感覺一樣。尹熙謙甚至感到很委屈。

「……那你為什麼要問我？」

「沒什麼。就只是在看電影的時候突然感到好奇而已，也在想萬一你有什麼癖好，那我該怎麼辦。」

「……」

不是啊，尹熙謙現在可是懷著不管鄭載翰有什麼性癖，都要滿足他的心情耶……!!

「出去兜兜風，晚餐就在外面吃吧。」

不知道他是否理解尹熙謙的心意，鄭載翰以一副若無其事的表情站了起來。

「去準備一下吧。」

就像是剛才沒有猶豫、沒有感到難為情一樣，他的聲音和平時完全一樣。

尹熙謙今天一整天，和鄭載翰在一起時都會感覺到，和狀態不好的鄭載翰整天待在一起是有點危險的。如果要說有什麼危險的，那就是尹熙謙的性欲。雖然他們並不是每天都會上床，但至少也是想做的時候就會做愛的關係。可就今天一天，尹熙謙已經不知道自己的欲望有多少次燃燒起來，又被冷水澆熄了。

所以在約會的時候，尹熙謙變得非常敏感，腦海裡總是會浮現出肉色的妄想。舉例來說，看著鄭載翰開車的樣子，尹熙謙就會陷入自己把正在開車的他的褲子脫下來的想像，又或是鄭載翰明明必須要好好開車，自己卻一直把手伸進他底褲裡把玩的妄想之中。如果是鄭載翰，那他肯定會難為情到大發雷霆吧，還是他會大方地享受呢？尹熙謙總是對那些感到好奇。

六月過半，夏天逼近。在綠樹成蔭的公園裡散步時，尹熙謙也沒能擺脫那種妄想。他當時心想道，在戶外做一次也不錯。在草坪上做、扶著樹做、坐在長椅上做……因為陷入了這樣的妄想中，所以就連他自己也記不清和鄭載翰進行了怎樣的對話，又是如何散步的了。

這些妄想甚至在吃飯的時候也接踵而至。在能同時享用生魚片、烤肉的餐廳裡，只是看著正在用餐的鄭載翰，就不知道自己正在吃的食物是進到鼻子裡，還是進到嘴巴裡了。剛才應該在餐桌上做的，尹熙謙滿心都是這樣的後悔和遺憾。

又不是精蟲上腦的十幾歲青少年，居然滿腦子都是這種想法，這像話嗎？尹熙謙也覺得自己的狀態讓人啼笑皆非，但無論他怎麼想，再怎麼想，都覺得這一切都是因為鄭載翰。難道不是因為鄭載翰讓尹熙謙餓了一天的關係嗎？

「我們喝杯紅酒再回去吧？」

對尹熙謙的這種心情並不知情，只知道談論紅酒的愛人實在是太無情了。不是啊，明明同是男人，也彼此相愛，為什麼就只有自己這麼欲火焚身，鄭載翰卻一點感覺都沒有呢？

「尹熙謙先生？」

尹熙謙望著呼喚自己的男人。在面對面的狀態下靠近一步，站到了鄭載翰的眼前。他輕輕碰了碰他的手，緊緊抓住後又放開。雖然只是小小的接觸，但鄭載翰的眼神逐漸發生了變化。鄭載翰似乎覺得口乾舌燥，用舌頭溼潤自己嘴唇時，兩人之間充滿了性方面的緊張感。

「要回家嗎？」

鄭載翰還有些沙啞的聲音實在是太色情了。尹熙謙用點頭代替了回答，心裡有點欣慰。尹熙謙感到很滿足，因為並不是只有自己一人被性欲折磨著。

當鄭載翰在開車的時候，尹熙謙一直看著鄭載翰，撫摸著他的手。他無緣無故地抓住他放在排檔桿上的手，十指緊扣之後，又用指甲在他的手背上磨蹭搔癢。這種行為在下了車後，進了電梯也持續不斷。等待用感應卡把門打開的這段時間彷彿成了永遠。口乾舌燥，熱氣在體內蠕動。

好想抱緊他，那時候的尹熙謙腦子裡只有想擁抱鄭載翰的想法。

「嗯……」

兩人進到家裡，門一關上的瞬間，尹熙謙就把鄭載翰轉過來吻向了他。軟軟的嘴唇相互摩擦，急切地互相吸吮著。舌頭和舌頭交織在一起，在嘴裡來回穿梭。鄭載翰也摟著尹熙謙的脖子，熱情地回應了他的吻。尹熙謙往前一步，鄭載翰就會後退，再往前走一步，鄭載翰就會再次後退。親吻毫不間斷，尹熙謙把手伸進鄭載翰的襯衫下，撫摸著他的後背，最終將他逼向了廚房。

餐桌，今天就是餐桌了。

「呼……」

但是，在走到一半的時候，鄭載翰停止了接吻，長長地吐了一口氣。抱著尹熙謙脖子的手臂也越來越鬆開。

「……那個。」

「嗯？」

尹熙謙呼著充滿熱氣的氣息，試圖繼續自己的行為，但是鄭載翰悄悄地把他推了開來。尹熙謙不知道鄭載翰為什麼會這樣，便看向他。

「……」

然後，他發現鄭載翰又露出了那個表情。所謂的那個表情，就是他今天已經做過好幾次了的那種表情。在問「你是不是喜歡低沉的聲音？」，還有看完電影之後，詢問「你也有什麼性癖嗎？」之前，他露出的就是這樣的表情。那副表情一副就是有話想說，所以如果問鄭載翰為什麼要這樣，他就會猶豫不決地說不出話來，接著又會說不是什麼大不了的問題。鄭載翰在問完問題後，看起來輕鬆了很多，所以尹熙謙也不覺得他是另外有什麼話想說。但是尹熙謙現在怎麼也搞不懂又是哪裡出問題了，為什麼他又要擺出這樣的表情。

「您今天到底是怎麼了？」

尹熙謙現在就快欲火焚身了，如果再停下來，他可能真的會生氣。

「……不，沒什麼。」

剛才也是這樣含糊其辭地問了問題，回答了問題，他就覺得輕鬆很多了不是嗎？他到底是想說什麼才會這樣的呢？鄭載翰的這種態度只會讓尹熙謙感到不安。

「……」

心臟好像突然咯噔一下，沉了下來。

難道是對於我們的關係有很重要的話要說嗎？譬如差不多該分手了之類的。不，應該不會是這種事。或是他必須要跟其他女人結婚了，家裡的人要他結婚，像這樣的話嗎？如果也不是這個，難道是他要去國外待很久？

光是用想的就覺得心驚肉跳。他們兩人的關係非常好，尹熙謙也在生日當天收到了貴重的禮物和不像求婚的求婚了，不是嗎？雖然之前有聽鄭載翰說過「我不會跟除了你之外的人結婚」，但那句話又和「就跟和你結婚了沒有兩樣」這句話不一樣了。在聽到「就當作我們已經結婚了」這句話的時候，尹熙謙所受到的感動是無法用言語來形容的。

但是現在，鄭載翰卻猶豫不決，雖然不知道是發生什麼事，但似乎是很難說出口的事情，不安的感覺瞬間讓內心變得焦黑。

「尹熙謙先生……」

鄭會長非常反對我跟你在一起，無論如何，我好像還是得結婚了。難道鄭載翰是想說這些嗎？他真的無法維持這段關係了嗎？說不定是鄭會長要他生孩子，不，比起「分手吧」，要他生孩子反而還比較好——

「你有什麼性幻想嗎？」

「……」

尹熙謙一時間沒能理解鄭載翰的話。

有……有什麼……？

「……等等，你這麼突然……是在說什麼……」

因為真的已經預想到了最糟糕的話，所以與其說是對鄭載翰的話放下心來，不如說是頭腦變得一片空白，無法接受這個情況。看著鄭載翰變紅、流露出尷尬之情的臉，尹熙謙再次感受到了似曾相識的感覺。問喜好、問性癖，然後現在要問性幻想？

「……為什麼要問這些？」

就跟呆掉的頭腦一樣，尹熙謙的提問也很生硬。也不知道該做出什麼樣的表情，所以一臉茫然。

「……不，就問問。」

「……那麼是理事有那樣的想像嗎？有想要我做的？」

「沒有，我現在就很滿足了。」

和剛才一樣的模式。我還好，只是想知道你有沒有那樣的傾向而已。

「因為我覺得我滿不滿足和你的滿足程度是否一致，是另一個的問題。」

「如果我說有，您會滿足我嗎？」

「……」

面對表情尷尬地閉上嘴的鄭載翰，尹熙謙真的感到非常混亂。現在已經分不清他是真的好奇才問的，還是因為想說別的話才這樣布局的。

「總之就是有嘛，你說說看吧。」

又沒有想要聽進去，真搞不懂為什麼要問。還沒整理好的思緒又溜走了。說說看嘛？在這種情況下，鄭載翰還催促著自己，尹熙謙陷入一片混亂。與其說是性幻想，不如說只是有想做的體位、想做的地點之類的，似乎沒有什麼宏大到可以稱之為幻想的東西，可他突然問起，自己又沒什麼好說的。不對，所以你到底為什麼會要好奇這個??

「……我最近表現得不太好嗎？」

這就是尹熙謙好不容易得出的結論。

「……嗯？」

「是次數太少了嗎？要每天做嗎？還是持續的時間太短了？太長了？」

「不是，你在說什麼……」

「是我做得太過火了嗎？我明明有克制每次只做兩次的啊，啊，還是覺得我最近太消極了？不可能啊，還是以後要更常做、做得更久一點？」

面對連珠炮般的提問洗禮，鄭載翰感到非常驚慌。而且，鄭載翰也不知道尹熙謙到底什麼時候克制過只做兩次了……

「還是體位讓您太累了？要經常換各種體位做嗎？」

「等等……為什麼問題會回到我身上啊？我都說了我已經很滿足了。」

「……」

尹熙謙面帶懷疑地看向鄭載翰。這樣的話，尹熙謙才想問呢，為什麼突然會熱衷於問他的喜好和性幻想。現在回想起來，他好像不止今天是這個樣子。鄭載翰有時候都會像有什麼想說的話一樣，呆呆地看著尹熙謙。要說是從什麼時候開始的話……

「我看你在你生日的那天……」

正如鄭載翰所說，好像就是從他生日以後開始的。就在鄭載翰第一次幫他口交，並坐在尹熙謙身上用騎乘式做愛的那一天。

「……好像很開心，所以想先問看看。」

「……」

含糊其辭的鄭載翰的臉比剛才更紅了。這與其說是難為情，不如說是害羞。要說出這句話，對鄭載翰來說是非常令他難為情的，所以一整天，不，從他生日以後到今天，他都一直在苦惱著該不該說，足足苦惱了一個月。

鄭載翰的心情一直都很複雜。「尹熙謙似乎也很滿足，就直接假裝不知道吧」、「尹熙謙都那麼喜歡了，又有什麼不能做的」，這兩種心情發生了激烈的衝突。不管怎樣，雖然鄭載翰無法放棄自己的自尊心，但他也意外發現為尹熙謙口交並不是件傷自尊心的事情，所以如果他想要，自己似乎可以為他實現。雖然如果要他像尹熙謙疼愛自己的性器一樣，疼愛他的性器，可能會有些困難。

總之，鄭載翰在很長一段時間裡，一直都認真地在為尹熙謙性方面的滿足而苦惱著，今天真的是費了一番功夫才鼓起勇氣說了出來。

「……啊，真是的。」

尹熙謙這時才鬆了口氣，抱住了鄭載翰。尹熙謙摟著他的腰，把嘴唇埋在他的耳邊、臉頰和脖子上。把人嚇成這樣，最後說的卻是性幻想什麼的。一方面覺得很荒唐，一方面卻也被鄭載翰的話所感動。這不就表示他在尹熙謙生日後的一個多月裡，都一直在想著尹熙謙嗎？

「你就說看看吧，我滿好奇的。」

鄭載翰抱著尹熙謙問道。雖然沒有什麼特別的性幻想，但鄭載翰一問起，尹熙謙腦海中就再次浮現出了一連串適合和鄭載翰一起做的體位和情形。只要一想到這些，下面就會發熱又緊繃，但是……

「我覺得我說了，您應該會生氣。」

尹熙謙輕輕地抱著鄭載翰，低聲說道。呵，鄭載翰笑了。

「結果你連會讓我生氣的事情都想做是吧？」

「您不是連騎乘位都覺得不太舒服嗎？」

「……」

對鄭載翰來說，自己爬到尹熙謙身上搖晃身體的騎乘位，是個非常讓他不舒服的體位沒錯。其實連鄭載翰本人都覺得連這點程度都做不到的自己，想滿足尹熙謙的性幻想根本就是不合理的，也因此更不願意問出口。然而，當「尹熙謙有什麼性幻想嗎？」這個疑問一出現，他好奇答案的想法就變得更深了。

尹熙謙輕笑了下，吻了吻說不出話的鄭載翰的嘴唇。

「其實我的性幻想或欲望之類的，我都有悄悄勉強著您來滿足自己，所以我已經很滿足了，請您不用擔心。」

面對他深情的回答，鄭載翰的臉上露出安心的表情。但看到他這麼露骨地感到安心，尹熙謙就變得想要欺負他了。尹熙謙明明說過自己很滿意了，卻開始隨心所欲地胡鬧起來。

「剛剛出門的時候我就有想過了，在戶外做感覺也滿不錯的。」

在尹熙謙懷裡的鄭載翰身體頓時變得僵硬。

我要在車上跟你做愛。但是，如果跟他說要在車上做，他肯定會提高警戒，所以尹熙謙故意沒有把車子這個選項說出來。

「今天本來想在餐桌上做的。」

這時鄭載翰才察覺到，他們兩個是在去往廚房的路上停下來站著的。他試著在腦海中想像了一下，雖然很新鮮，但總覺得不能那麼做。鄭載翰年紀尚輕的時候什麼事沒做過，但到了這個年紀，又變成要自己張開腿的處境，卻放著床不用，非要在餐桌……

在餐桌上……

「……我就當作沒聽見了。」

鄭載翰嚴肅地說道，然後想從尹熙謙的懷裡掙脫出來，但尹熙謙反而緊緊抱住他的身體，在他的耳邊低語。

「請問，我可以買一些情趣內衣嗎？感覺要買還是買得到的。」

蕾絲或是網紗之類的，就算不是內衣，其他服裝也滿不錯的。尹熙謙在此之前是真心沒有任何性幻想的，可是既然鄭載翰都為自己鋪了路，要幫他實現幻想了，想法便爭先恐後地蹦了出來，這就像一場妄想的爆發。

「啊，我畢竟是個導演，想拍拍看理事您舒服到射精的樣子。」

「……」

哇，這有點超出想像了。鄭載翰強忍著即將脫口而出的髒話，扭動著身體。

但是尹熙謙沒有放開他，反而還把手伸進了他的襯衫裡。

「然後我們一起欣賞吧，一邊看，一邊再做一次愛。」

「……尹熙謙先生，你應該已經過了這麼縱欲的年紀了吧？」

「哎呀。」

鄭載翰用冰冷的聲音發動了年齡攻勢，但是因為兩人只差了兩歲，這不會對尹熙謙造成任何傷害。而且說實話，自己都在血氣方剛的時期禁欲五年了，因此，尹熙謙認為，今後的五十年也不會有問題的。

「就算我八十歲了，只剩能拿起湯匙的力氣，我都會跟你做愛。」

「……」

尹熙謙親了一下身在自己懷裡的男人嘴角，笑了。那是個充滿誘惑力的奇妙微笑。

「因為到那個時候，鄭載翰也依然會是我的性幻想對象。」

「……」

不知道他這次在想什麼，鄭載翰的臉頰再次開始發熱變紅。一想到像紅色花朵般盛開，在自己身下呻吟的身體，就突然覺得褲子裡在發悶。啊啊，真的是再也無法忍受了。

「那麼，現在。」

不知不覺間，鄭載翰已經停止試圖擺脫他。尹熙謙吻了一下抱著自己腰的鄭載翰。雖然只是短暫的親吻，但以此為起點，氣氛瞬間發生了變化。感覺空氣染上熱氣、變得色情，鄭載翰眼裡也隨之浸滿了欲望。尹熙謙抱著他，用下半身緩緩搓揉著鄭載翰的下半身。

「我們去餐桌那邊吧？」

「……放開我。」

即使是在進行讓身體熱起來的肌膚相親，鄭載翰吐出的話還是很難聽。鄭載翰一下子嚴肅起來，把尹熙謙推開了。

但是尹熙謙並不是在開玩笑，他把推開自己的鄭載翰再次抱在懷裡，推著他走。雖然鄭載翰並不想走，所以使勁用腿堅持著，但是他倒著走的力道，根本無法戰勝尹熙謙把他往前推的力量。尹熙謙親吻著他，最終還是把他拉到了餐桌上。

最後，尹熙謙看著躺在餐桌上，被壓在自己下面的鄭載翰臉上浮現出的紅暈和慌張，和超越慌張的快感，低聲笑了。你不是親口說過，如果是能滿足我的事情，就會滿足我嗎？

透過鄭載翰問起自己的性幻想這點，尹熙謙領悟到了一件事。

那就是尹熙謙的性幻想就是鄭載翰本身。

因此，他非常滿足於自己的戀人。

後日談的後日談的後日談

鄭載翰今天是第一次坐上尹熙謙的車。雖然尹熙謙都會開那輛車去工作，但始終沒有機會載到鄭載翰。就算有空閒時間，偶爾去兜風或約會，也習慣會開鄭載翰的車，所以儘管已經收到作為禮物的那輛車很久了，尹熙謙也沒能讓鄭載翰坐過。

但是今天不知怎的，鄭載翰又失眠了。看到他輾轉難眠，尹熙謙便提議開車出去兜風，也終於載到了鄭載翰。鄭載翰看著一直以來都是坐自己車的尹熙謙載開著車，不禁有種奇妙的感覺。

看著這一切的鄭載翰也感受到了有些異樣的心情，因為他雖然經常坐別人開的車，但已經很久沒坐過副駕駛座了。聽說咬著停車券，一手放在副駕駛座上，回頭倒車的男人很帥？就算尹熙謙不這樣做，鄭載翰覺得他光是握著方向盤的模樣就已經很帥、很性感了。

特別是他握著方向盤和排檔桿的手，真的很性感。

「啊……！呼嗚！」

鄭載翰完全無法理解情況為什麼會發展成這樣。他覺得很漂亮的那雙手正握著他的性器，上下滑動著。他們還在車裡，而且還是在後座上，簡直令人快發瘋了。

不，如果只是這樣，就不會說是快要發瘋了。問題是尹熙謙的性器正在往他的體內鑽去。

「啊！」

當原本握著鄭載翰性器搓揉的手，包覆住他的下腹部往下壓的瞬間，好不容易才把龜頭塞入的東西直接連根部都戳了進去。鄭載翰的嘴裡發出慘叫般的呻吟，壓迫內壁的異物感痛苦得讓他難以忍受。不僅是異物感，還又滾燙又搔癢，令人渾身顫慄的快感順著脊梁往上爬，讓人不寒而慄。

「啊，幹！」

髒話不由自主地爆發出來，這一切都是因為尹熙謙，因為內壁都還沒有習慣粗大的性器，還咬得很緊，尹熙謙卻急切地活動起腰部的關係。至少要給人習慣的時間吧？當鄭載翰想發脾氣的時候，再一次——

「啊！」

尹熙謙從下方撐起了自己的骨盆。背對著尹熙謙，張開腿坐在他身上的鄭載翰身體一抖，再次發出了呻吟聲。沒地方可依附的手一把抓住了前面的汽車座椅。

「呃！」

鄭載翰直接抱住汽車座椅，放低了上身。扎進體內的感覺很難受，他便想要擺脫出來，但是再把身體稍微抬起的瞬間，尹熙謙的手緊緊抓住鄭載翰，讓他再次癱坐下來。

「啊！」

性器垂直的、深深地戳了進去，鄭載翰把已經溼透的額頭埋進汽車座椅裡呻吟著。六月的夜晚還很涼爽，車裡卻又悶熱又潮溼。明明不是容易流汗的季節，他的全身卻都黏糊糊的。

「呃呃，呼……」

尹熙謙抓住鄭載翰的腰，像轉動著骨盆般擺動著。在體內深處攪動的性器讓鄭載翰的身體直發著抖。

「啊，載翰。」

尹熙謙用痛苦的聲音呼喚著鄭載翰。襯衫被汗水浸溼，黏在後背上，他親吻著鄭載翰的後頸，呻吟般地低聲喊著鄭載翰的名字。在微微轉動腰和骨盆的同時，尹熙謙把手伸進他的襯衫下方，撫摸著他的肋部，並在胸前搓揉徘徊。

「哈啊……呃……」

在揉著乳頭戲弄自己的手掌下，鄭載翰微微顫抖著，在自己下面緩緩攪動的東西很燙，身體直打著顫，只有在尹熙謙停止往上頂的動作時，才得以呼吸。但即便吸了氣，也會因為車內又熱又溼的空氣，胸口就像在三溫暖裡呼吸一樣發悶。

「哈啊……太燙了。」

聽到從背後低聲傳來的一句話，讓鄭載翰又激動了起來。尹熙謙填滿自己體內的性器十分炙熱，在鄭載翰胸口徘徊、撫摸腹部，偶爾揉搓性器的手也很滾燙。鄭載翰的體溫也在升高，但是被尹熙謙的手觸碰到的位置，更像是被燒傷了一樣火熱。

真不知道他們現在到底是在車裡幹什麼。鄭載翰用發熱而朦朧、被快樂所侵蝕而模糊的頭腦想著。

明明是開開心心地開車出去兜風，卻不知怎的就把車開到了僻靜的地方。因為尹熙謙說他有放在後座的東西要給自己，鄭載翰便從副駕駛座下來，坐到後座，尹熙謙也從駕駛座換到了後座。當時就應該察覺到情況有些奇怪，拔腿逃開的。

但鄭載翰完全沒有往那個方向想，不假思索地問著：

『你要給我什麼？』

尹熙謙笑著回答道：

『我。』

尹熙謙提前準備好了潤滑液和保險套，這讓鄭載翰感到非常驚訝，說著「別胡說八道了」還差點打了他一拳。當尹熙謙一提到性幻想，他就大吼了聲「閉嘴吧」。「做吧」的誘惑和「不做」的爭執接連不斷。

『那您為什麼要買車給我呢？』

『什麼……』

『您送我衣服，不就是想要扒掉我的衣服嗎？那送車子又是什麼意思？』

這樣荒謬的邏輯就此登場。當然，以前和一些女性交往的時候，鄭載翰也買過衣服給她們。但與其說是想把它們脫掉才買給尹熙謙的，不如說是因為適合才買給他的。即使鄭載翰不脫掉他的衣服，他也會自己脫掉，然後爬上床不是嗎？尹熙謙擁有的衣服大部分都是鄭載翰買的，但是鄭載翰從未是因為想扒掉才買給他的。當然，也不是說脫他衣服沒什麼意思……

『公寓不也是為了跟我做愛才買的嗎？為什麼車子就不一樣了？』

就算是詭辯，鄭載翰也從沒聽過這種詭辯。

不是啊，那電影呢？也許尹熙謙不知道，但他正在製作的電影主要投資人，其實就是鄭載翰。雖然他曾說過不想得到鄭載翰的幫助，但鄭載翰認為自己必須無條件地投資他的電影，因此，他又成立了一家運用個人資金的投資公司，透過該公司向尹熙謙的電影提供資金。結果他還是在尹熙謙的電影上花了錢，真不知道要是被尹熙謙知道了這件事，他會說些什麼。為什麼要為電影投資？要不要我們邊做邊看？或是在電影院做吧？不對……鄭載翰突然想起了尹熙謙不久前說過的話。

啊，我畢竟是個導演，想拍拍看您舒服到射精的樣子。

這真的是不應該也不可能發生的事情。

如果允許這一次的車震，不知道他以後還會要求什麼，所以絕不能答應。我到底為什麼要問他有沒有過性幻想啊？鄭載翰後悔了一下。然而……

鄭載翰最終還是沒能戰勝尹熙謙。平時幾乎一切都會配合鄭載翰的尹熙謙聽了，可能會覺得委屈，但偶爾他也必須明確考慮到鄭載翰無法拒絕自己的要求這一點。對別人來說，嚴厲苛刻的鄭載翰在對待尹熙謙的時候，實在是太寬容了。

「啊……」

鄭載翰一邊感受著不停撫摸自己身體的手，一邊瞟了前方一眼。車子側面的車窗貼有顏色很深的隔熱紙，前面的窗戶則是能清楚看到車內。雖然以停車的位置來看，路人很難看到車內，而且鄭載翰也躲在駕駛座的座椅後面，但他還是不得不小心，因為這個風險對鄭載翰來說太沉重了。然而諷刺的是，這種情況確實會讓緊張感倍增，甚至還能讓性快感增加，而證據就是，尹熙謙即使沒有太大的動作，僅是在插入的狀態下撫摸他的身體，就足以讓鄭載翰渾身顫抖。

「啊……！」

在尹熙謙的手再次握住他性器的瞬間，鄭載翰不由自主地呻吟著絞緊了後穴。每當握緊性器、上下滑動的手碰到恥骨邊緣的肉時，就會發出「啪啪啪」的聲音。隨著那道聲音，射精的欲望變得越來越強烈。眼角燒得滾燙，下面繃緊。發熱著的頭腦暈乎乎的，眼前也一陣暈眩。隨著身體逐漸達到高潮，鄭載翰不由自主地讓下身用力，腰部發抖。

「呃……！」

他完全不知道這會對尹熙謙造成怎樣的刺激。當內壁從四面八方壓迫著進到鄭載翰身體深處的性器的瞬間，尹熙謙的嘴裡也發出了呻吟聲。

尹熙謙雙手抓住了鄭載翰的骨盆。

「!!」

鄭載翰的身體倒向一邊。感覺頭就快要撞到車門了，他只好用手臂猛地撐在車門上。兩個男人這樣動著身體，顯得車子有點太窄了。在這種情況下，尹熙謙還是抓住鄭載翰的腰，猛地拉向自己。下半身被拖走，屁股被抬起來的瞬間——

「啊！」

隨著體位的改變而拔出的性器一口氣穿透了鄭載翰的後方。鄭載翰哆嗦了一下，一手抓著車門，另一手撓著窗戶，扭動著腰。

比平時更加高漲的呻吟聲響徹在熱烘烘的車內。尹熙謙緊貼在鄭載翰身後，輕輕動著腰部，有規律地在裡面來回，性器準確地滑到了鄭載翰的敏感點上。每當這時，鄭載翰就會因在全身飛馳的快感而忍不住呻吟出聲。體液從堅挺的陰莖末端流出，「滴滴答答」地落在座椅上。眼前浮現黃、紅、藍色的星星，全身又燙又癢，讓人無法忍受。每當尹熙謙頂弄產生這種感覺的內側，鄭載翰就會因瘋狂的快感而呻吟。

「啊……！啊……！」

「啊！」

快速卻溫柔地在裡面穿梭的性器隨著「啪！」的一聲，深深地扎了進去。那一瞬間，眼前閃過一道白光。穿透下方的性器讓腦內迴盪起噁心的迴響，尹熙謙的腰部動作以此為起點，變得比之前更加激烈了。他抬起鄭載翰的屁股，原本已經拔出一半的性器一口氣頂了進去，然後再次拔出來又插進去，如此反覆。尹熙謙的腰部動作激烈到讓鄭載翰的屁股都紅了。雖然扶著車門和窗戶，但身體支撐不住，就快要向前衝去了。於是尹熙謙把鄭載翰的腰拉向自己，抱在懷裡，繼續「啪啪啪」的、粗暴地動著腰部。

「啊！啊、啊！啊，幹，啊！」

顫慄之感沿著脊梁而行。每當塞滿自己體內的性器進出，像是要把內壁搗爛一樣頂進去的時候，腳尖就會不知如何安放，蜷縮起來。即使知道沒有用，指甲也還是會在窗戶上用力抓撓。

「啊，鄭載翰⋯⋯！」

尹熙謙止不住地發抖，扭動身體，瘋了似的頂進鄭載翰反覆勒緊又放鬆的內壁。如果埋得很深，狹窄的後穴就會將性器緊緊包裹住，而內壁也會蠕動著，壓迫他的陰莖。每當拔出再插入時，內側就會被緊咬住性器。不管是理智和自制力，都不可能會有所殘留。

新車的味道和各種淫蕩的味道混在一起。尹熙謙只想在車上留下汗味、精液味，希望整輛車都能沾染上鄭載翰的味道。車內熱氣騰騰的空氣讓人煩悶，但對尹熙謙來說卻是無比得迷人。就連順著自己的臉流下的汗水，從下巴和鼻尖滴到鄭載翰身上的感覺也很好。不知不覺間，襯衫已經捲到了胸前，腰間露出的皮膚也溼漉漉的。尹熙謙的汗水從上面滴下來，和鄭載翰的汗水混在一起，順著脊梁骨流下來，真是一片絕景。

尹熙謙在讓人眼前發暈的快感中扭動著腰，俯視著鄭載翰的身體。為了扶車門而伸出的手臂，從低垂的腦袋延伸出來的頸部線條，充滿男子氣概的肩膀，雪白的後背，連接著腰、從下方逐漸變窄的曲線，到咬著性器的漂亮臀部。

「啊……！」

本以為再也沒辦法變得更興奮了，似乎已經快要瘋了，但在看到鄭載翰身體的瞬間，體內好像就會有東西突然燃起。眼眶發燙，不，不管是臉還是脖子，都熱得快要爆炸了。

尹熙謙彎著腰，讓鄭載翰的臉轉過來。鄭載翰扭著腰，轉過頭，迎接尹熙謙尋找自己嘴唇的雙唇。呼吸急促到胸廓疼痛的兩個男人的親吻，像是要奪走彼此的呼吸般接連不斷。尹熙謙咬住鄭載翰的嘴唇，時而吸吮舌頭，在性器深深扎入鄭載翰體內的情況下擺動著腰部。鄭載翰的唇間傳出了「哼哼」的呻吟聲。

「載翰，哈啊。」

「呃……呃啊，啊——」

尹熙謙盡情吮吸著那雙嘴唇，不停擺動著腰，偶爾甚至會深入到最裡面，再拔出來。每當這時，一顫一顫收緊著的內壁就會讓他感到頭暈目眩。好舒服，真的是舒服到快瘋了，尹熙謙因氾濫的快感而喘著氣，像是要吃進去般貪戀著鄭載翰的嘴唇。他的手搓著鄭載翰的乳頭，戲弄他的胸部，鄭載翰似乎是受不了那股搔癢感，不時地顫抖。尹熙謙因令眼前發白的眩暈而呻吟著，擺動著腰。

「啊……！呃！停……！」

當尹熙謙再次動起腰部時，鄭載翰打了個寒顫，呻吟起來。剛才真的差點就因為拍打全身的快感波濤而陷入瘋狂了，在那之後，動作稍微平息，本想著終於可以喘口氣，沒想到又開始了。當然，尹熙謙現在絕對不可能停下來，而鄭載翰的嘴卻在擅自呻吟出聲。

而且，正如鄭載翰所預想的，尹熙謙絕對不是可以停下來的狀態。也不知是否是因為鄭載翰要求停止，反而為他帶來了在熊熊燃燒的火上又加了油的效果。

「啊！！！」

「啪！」尹熙謙一猛地朝裡面刺去，鄭載翰就發出尖銳的呻吟，身體不停顫抖著。尹熙謙再次用力活動起腰部，就像是要搗爛內壁和深處的前列腺般，把性器扎了進去。

「啊！媽的，啊!!」

彷彿馬上就要失去意識似的，眼前發白。可怕的快感抽打著全身，連腦子都變得一片空白。呻吟和辱罵從鄭載翰的嘴裡湧出，實在是受不了了。

「呃啊，幹、啊!啊、呃呃，媽的，啊！」

令人惋惜的是，他就連髒話也沒能正常說出，只能在呻吟中斷斷續續地吐露出來。在聽到那些髒話之後，尹熙謙的理智向他呼喊著「輕一點」、「溫柔一點」，但現在本能已經壓制了理智，尹熙謙也比平時興奮了好幾倍。車這個空間帶來的感覺就是如此特殊。

因此，尹熙謙一如既往地繼續做著激烈的腰部動作。

「我愛你。」

雖然無法代替什麼，像蜂蜜般黏糊糊的告白還是傾注到了鄭載翰的耳邊。

「我愛你，載翰，我愛你。」

「啊……媽的……！」

「我愛你」果然是一句非常偉大的話。鄭載翰嘴裡的髒話瞬間減少，即使掙扎著也要強忍住的樣子，尹熙謙感動得心都酸了。愛情、愛慕之心、愛意在內心深處氾濫。感情湧上心頭，使得眼眶發熱。

「哈啊，我愛你。」

無比可愛的我的愛、我的戀人。尹熙謙傾訴著無法忍耐著不吐露的表白，把自己釘進了鄭載翰的體內。

——《單行戀03》完

番外一．夏季感冒

夏季感冒真的是毒得要命。我發著高燒，全身都像是被揍過一樣疼痛，再加上扁桃體腫得誇張，連吞口水都變成一件苦差事。早上起來，因為快發不出來的聲音而嚇了一跳。渾身疼得連一根手指都動不了，甚至連床都爬不起來，只能哼哼唧唧地掙扎著，好不容易才傳了則訊息給金泰運。好不舒服。看著因為這短短的訊息，就急急忙忙跑過來的金泰運蒼白的臉，即便身在痛苦中也讓我覺得有點搞笑。

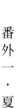

主治醫生來了一趟又走了。他為我打了一針，掛上點滴就離開了。金泰運想讓我住院，但我不想因為感冒而小題大作。就算去了醫院，接受的治療不也是一樣的嗎？因為感冒，要吃藥又要打針，院方不可能會幫我施打安眠藥，所以住院只會讓入睡變得更加困難。

我之所以得了連狗都不會得到的夏季感冒，可能是因為最近失眠症又加重了。因為公司的事情受到了一點壓力，就又開始睡不著覺，身體狀況非常不好。要是生了病能讓我睡得好就好了。身體軟綿綿的，喉嚨痛得連口水都吞不下去，在這種情況下，沒有什麼比睡不著，只能呆呆躺著更痛苦的事情了。

不，最讓我痛苦的是尹熙謙看著病得嚴重的我時，他臉上的表情。

「要不要泡杯蜂蜜水給您？」

尹熙謙對著一邊不停咳嗽，一邊找水喝的我問道。明明不是他讓我感到痛苦的，他的表情卻非常難看。

早上我之所以會連絡金泰運，是因為尹熙謙不在我身邊。因為他說他一大清早就要去拍攝現場，我便理所當然地以為他已經出門了。就只是感冒而已，總不能把出門工作的人叫回來吧？

所以我才連絡了金泰運，結果尹熙謙當時好像還在做出門的準備。尹熙謙跟在氣喘吁吁地跑進臥室的金泰運後面，才知道我生病了。

我和金泰運共度的時間很長，他也處於伺候我的立場。金泰運負責處理所有與我有關的事情，所以在我生病的時候，站出來的也是他。叫主治醫生來，讓家管人員趕緊熬粥，餵我幾勺粥再餵藥，守在我身邊等等。這些我需要的事情，就算沒叫他做，他也會細心照顧我。

所以從我的立場來看，在這種情況下，金泰運的伺候在很多方面都讓我很自在。我當然希望尹熙謙能陪在我身邊，但我不想讓他做看護這般辛苦的工作。再強調一遍，不就是感冒而已嗎？而且今天是他必須去拍攝場地的日子，他必須去工作，我覺得沒有必要因為我而推遲日程，所以就叫他去了。

但是，在聽到我讓他去工作之後，尹熙謙拿出了手機。

「助理導演，今天的拍攝取消。等我準備好了，我再連絡你。」

然後就取消了拍攝。就因為我生病了。

「如果有需要的東西，我會再連絡您。」

甚至用這種話向金泰運下達逐客令。金泰運一時露出了呆呆的表情，像在請求允許般看向我，我一點頭，他向尹熙謙道了別就離開了。所以現在，家裡只剩他和我兩個人了。

「您得睡一覺。」

尹熙謙看著我，眼神中充滿憂慮。在打完針，逐漸退燒的期間，他摸著我被汗水浸溼的額頭的手非常溫柔，還小心翼翼地撥掉了貼在額頭上的頭髮。

「我幫您洗澡吧。」

啾，嘴唇落在了黏答答的額頭上。

再這樣下去會把感冒傳染給他的，這可不行。想到這點，我努力推開試圖親吻我臉頰的尹熙謙。

「把口罩拿過來。」

好不容易吐出的一句話劃破喉嚨，引起了像吞了針似的疼痛。因為害怕再次咳嗽會咳到尹熙謙身上，於是我把臉埋在枕頭裡，咳了出來。

一不小心就睡著了。凌晨睡了兩、三個小時，醒來後因為身體不舒服，一直沒能入睡，好不容易才睡上了一覺。可能是藥效下降，又發燒了，頭腦暈乎乎的，但身體感覺還是比剛才舒服多了。其實這也許都是尹熙謙的功勞，在我流了很多汗，渾身不舒服的時候，是尹熙謙用熱水浸溼毛巾，幫我擦拭身體的。

可能是只要我在做愛後睡著了，他就會為我進行大致的善後處理，所以他用溼毛巾擦拭身體的手法非常熟練。之前因為都睡著，所以不知道，但他為我擦身體的感覺真的很棒。我換了件乾爽的衣服，躺在換過床單的床上時，就這樣昏昏沉沉地睡著了。

但這次感冒真的是最糟糕的。我睜開眼睛的時候，感覺頭昏腦脹的，身體刺痛又畏寒，就算蓋上被子也很不舒服。想著要多吃點藥，在床頭櫃上摸了摸，卻什麼都沒摸到。

「您醒了？」

尹熙謙回到房間的時候，剛好是我找藥找得累了，正想起身離開房間的時候。看到撐起身子的我，尹熙謙走過來摸了摸我的額頭，皺起了眉頭。從他手掌傳來的體溫很低，看來我真的是在發燒。

「吃完粥再吃藥吧。」

「……我不太想吃。」

所以只需要給我一點藥就可以了，但尹熙謙一點都不吃這一套。畢竟他已經看過我連家管人員煮的粥都沒吃幾口的樣子了。

「我重新煮了一鍋，過來吃一些吧，好嗎？」

……他溫柔哄人的技巧真的是讓人招架不住。雖然因為身體不舒服，我其實一點都不想動，但聽到他看我胃口不好而重新煮了粥的話語，我還是站了起來。我好像變成了三、四歲的孩子一樣，尹熙謙牽著我的手，帶領著我。因為沒有力氣甩開他——其實就算有力氣，我也不會甩開他——便跟著他走出了房間。

我一坐到餐椅上，尹熙謙就馬上擺上了飯菜。這是一碗加入切碎的胡蘿蔔、洋蔥和攪散的雞蛋，一起煮成的雞蛋粥。尹熙謙在這段時間裡還煮了大醬湯，準備了各種醃漬海鮮、醬牛肉當作小菜。因為我沒有鼻塞，直接傳來的味道非常可口。

可是我連湯匙都拿不起來。

「……你現在，是在幹什麼……」

我應該拿著的湯匙被尹熙謙拿在手裡。看著他用湯匙滑過熱粥，舀起一勺，貼在嘴邊「呼呼」吹著的他，我無法掩飾住無言的心情。不是吧，他現在難道是要？我又不是真的小孩子，他該不會是因為我生病了，所以就？

然後，沒想到真的成真了。

「啊。」

被吹得沒那麼燙，一勺放了醃漬魷魚的粥來到了我的嘴邊。「啊。」他發出叫我張開嘴的聲音，「啊。」所以我張開嘴之後，湯匙一下子就進到了嘴裡。不是啊，我又不是小孩子……雖然很想這樣抗議，但看著再次舀起一勺粥的尹熙謙，就不知道該怎麼指責他了，於是我閉上嘴，品嘗起味道。

這碗粥香而清淡，完全沒有雞蛋的腥味，還很柔軟，很容易吞下去。不知道從哪裡來的，他讓我嘗嘗的醃漬魷魚也很好吃，是個非常適合和粥配著吃的小菜。

「啊。」

「我可以自己吃……」

「請張開嘴巴。」

這次張開的嘴巴只吃到了一口粥。把因為沒有小菜，感覺有點沒味道的東西吞下去後，他舀起一勺大醬湯放進我的嘴裡。甚至連大醬湯都很好吃，如果身體還健康的話，肯定能配著一碗飯輕鬆吃完，味道就是這麼棒。

「味道還不錯吧？」

看著迷迷糊糊地點了點頭的我，他咧嘴笑了。我再次張開嘴，含住被推到嘴巴前面的湯匙。我都說可以自己吃了，但他始終聽不進去，無視我說的話，所以我也放棄跟他說了，就這樣一口接著一口地吃。

不是因為沒有食欲，而是因為肚子飽了，快要吃不下的時候，碗不知不覺就空了。尹熙謙摸了摸我的頭說：「做得好。」就像餵小鳥吃東西一樣，餵我吃粥的他看起來很開心，這難道是我的錯覺嗎？

「請吃藥吧。」

尹熙謙說他在我睡覺的時候已經吃過了，還幫我準備了藥。我很慶幸我還能用自己的手吃藥，把他給我的熱水喝完之後，我才得以從尹熙謙面前脫身。等我離開餐桌，躺在客廳沙發上的時候，因為被餵下的食物比我平時吃的量還要多，簡直快要精疲力盡了。

但這還不是結束。躺在沙發上呆呆地看了一陣子電視之後，也許是在收拾善後，在廚房裡待了很久都沒出來的尹熙謙走到了我身邊。他手裡拿著一個托盤，裡面盛著散發清爽甜美味道的東西。

「吃水蜜桃吧。」

雖然他說是水蜜桃，但那水果並不是我所認識的那種樣子。托盤上的小玻璃碗裡裝著略帶黃色和粉紅色的液體。如果要說是果汁的話，又有點太濃稠了。果不其然，他還準備了小巧的湯匙，但湯匙還是在尹熙謙的手上。

「我真的飽……」

「生病的時候就要好好吃飯啊。」

我用破碎沙啞的聲音拚命說道，尹熙謙卻輕易打斷了我的話，舀起一勺遞到了我的嘴邊。

「一口一口慢慢吃吧，好嗎？」

他就像是在安撫我說：「你最乖了，對吧？」但我知道在那之下是對我的擔心和愛。儘管真的很飽，也沒有胃口，但我也只能把嘴巴張開。然後，我有點吃驚，不知道是不是直接用果汁機做的，水蜜桃新鮮的果肉好吃得驚人。可能是因為露出了覺得好吃的表情，尹熙謙看著我的臉，淡淡地笑了。

雖然他是在心疼生病的我，可看起來確實也有點開心。

＊＊＊

那時候，雖然身體不舒服，但真的很幸福。

「唉……」

在那之後，已經過了半個月的今天，嘴裡不由得吐出了深深的嘆息。如果是之前，這樣的深呼吸可能會讓我咳嗽，但現在只會引起輕微咳嗽，感冒幾乎都好了。雖然還沒有完全恢復，但發燒等身體不適症狀都有所好轉，聲音也差不多恢復了。

雖然感冒了，但我不能因為這個就一週、十天不去公司。更何況當時正在與美國的一家企業進行一項有著天文數字金額的項目。我很重視那個項目，最近失眠症便再次復發。當然，就算少我一個人，項目也不會馬上泡湯，但如果不是要把業務本身直接交給其他人做的話，就應該由我來執行。作為集團的接班人，為了穩定地繼承，就必須由我來完成這件事。

因此，我休息了三天左右就去上班了。即使在生病的情況下，我也透過金泰運聽取了報告，並下達了指令。就算只休息了三天，從業務上來說也算是相當勉強的了。

儘管如此，我仍堅持要上班的樣子還是讓尹熙謙非常不滿意，從某種角度來看，這也是理所當然的。即使感冒的症狀迅速好轉，他還是強迫我多休息一些。我和尹熙謙在一起的時候會盡量不工作，但也不能像他所希望的那樣，什麼都不做，只是一直躺著吃他給的食物。

我當然也想那樣。如果可以，我甚至想把尹熙謙綁架到某個島上，跟他黏在一起。畢竟他本來就是個很溫柔的人，因為我得了感冒不舒服，就為我獻上極度的真誠，我真的很想一直沉醉在那種甜蜜中。把為了我而推遲拍攝的他留在家裡，因為公司的事情離開家裡的我，心裡也很不好受。

如果事情就到此為止，就不會像現在這樣，因為冷戰而連連絡都不連絡了。

隨著身體逐漸恢復健康，我回到公司上班，他也在幾天前開始安排拍攝行程。直到那時，除了怕把感冒傳染給他，所以我避免了所有的肢體接觸之外，我們都相處得很好。

問題出在我說要去美國的時候。因為下班時間比平時晚了一些，尹熙謙就說了句「要為了身體著想，工作適可而止就好」。我知道他這是擔心我才說的，可我不過就是感冒了而已，又不是得了什麼不治之症，只因為還有些咳嗽，就連出門上班都得看別人臉色，這像話嗎？我和尹熙謙已經一起生活了一年，雖然愛他、關心他是理所當然的事情，但是要看別人的臉色，還是讓我不太習慣。

『出差？』

也許正因如此，我對他尖銳的反問感到了不快。尹熙謙看向我的眼神也和平時不同，變得非常銳利，這點刺激了我。我又不是出去玩，而是去工作的，這有必要看別人的臉色嗎？

『身體不舒服的人還出差？而且明天晚上就要出發？』

『我很感謝你這麼為我擔心，但我就只是感冒了而已啊。』

『又不是說非得由你去，讓別人去不就行了嗎？』

『工作都堆積如山了，我怎麼能一直休息？我也睡不著覺，待在家裡才更折磨人吧。』

『就是因為你睡不好，所以我才更擔心的啊。』

『那你陪我一起去就好了啊。不要只往壞處想，陪我一起去，親自確認我有沒有勉強就行了啊。如果有空閒時間，我們還可以一起出去走走。』

說實話，我很想這麼做。因為業務緊急，我得親自去一趟美國，但也不可能二十四小時都在工作。而且，等會議順利結束後，就能得到一些空閒時間，也能在那裡停留一週或十天。反正因為太忙，我們連夏季旅行都沒能去成，雖然中間會被一些工作打擾，時間又很短，但我想這次去紐約出差，可以稍微補償我們沒能一起去的夏季旅行。

尹熙謙的表情卻變得非常僵硬。

『我就不用工作嗎？我有要拍攝的行程。』

那張臉上的表情和他的拒絕，再次傷到了我的心。

『哈，拍攝。』

不是說只要有我就行了嗎？不是說如果我不願意，你甚至可以放棄電影，只待在家裡的嗎？雖然我不認為當時尹熙謙為了給予我信任而低聲說出的那句話，百分之百是他的真心話，但在這種情況下，我無法阻止自己不去想起那句話。媽的，終究只是嘴上說說而已。即便知道曾毀過他人生的我不能再要求他為了我而放棄電影工作，也不能這樣強迫他，但感到遺憾的情緒還是無法停止。

『既然彼此的工作都很忙，那好，我出差，你去拍電影，那麼做不就好了，這又不算什麼？這件事就說到這裡吧。』

就算繼續說下去，好像也說不出什麼好話來。憤怒容易使我的理智線斷裂，讓我變得毒舌。因為心情很暴躁，「你以為我的工作跟你的工作一樣嗎？」、「不就拍個電影，有什麼了不起的啊」，這樣的話就快脫口而出，然後不用看也知道我們之間的關係會變成什麼樣子。不，就算不會變成那樣，我也不想傷害尹熙謙。

尹熙謙也不再多說，但是我們兩人之間的關係顯然冷卻了下來。

因為擔心會把感冒傳染給他，所以在我還會咳嗽的期間，我們是分房睡的，而這天晚上我們也分開過夜了。當然，因為「既然尹熙謙那麼希望，要不我乾脆就不去了吧」的心情、觀察別人臉色的陌生感、還有因尹熙謙對電影的熱愛而感受到的嫉妒心，這些都讓我一點也睡不著。還有，對於不在身邊的他的思念，也讓我不可能睡得著。

一覺醒來的早晨，氣氛依然冷淡且僵硬。漱洗完，做完去上班的準備後，吃早餐的時候我們也沒有什麼特別的對話。出門上班前，尹熙謙送了我一程。平時我去上班的時候，他總是會擁抱我、親我一下，但自從感冒之後，我就不讓他這麼做了，所以那天早上果然沒有擁抱和親吻，只有一句毫無感情的「一路順風」。

那天下午我回家一趟，搭乘晚上的飛機離開了韓國。我傳了則訊息跟他說「我去去就回」，他便回覆了「路上小心」。但是，就連那簡短的回覆中也流露著一絲寒意。心都涼了。

和人建立關係就是這樣。尤其是戀愛，關係好的時候是再好不過了，但分歧的狀態要是一直持續下去，所有的精神就都會被消耗在那裡，無法維持正常的生活。如果說在不眠之夜無法入睡是件令人痛苦的事，那麼現在加上對於尹熙謙的想法，就讓我更加辛苦了。後悔和怨恨等情緒待我變成孤身一人時，就會在我的心裡膨脹，壓在我身上。

我無法將那天自己說過的話全部想起來，所以很擔心自己是不是有說出什麼讓尹熙謙受傷的話，於是一次又一次地回想著那場令我感到痛苦的爭吵，徹夜未眠。最後我對於尹熙謙明明自己也要去工作，卻因為我要出差而生氣的事感到無言，反而生起氣來了。

雖然想裝作若無其事，像是沒有發生過爭吵一樣地連繫他，但我最終還是沒有這麼做。因為不管我怎麼想，都不覺得自己有做錯什麼。任誰看都會覺得是尹熙謙太敏感了吧。

因此，我無端地樹立起自尊心，耍起了脾氣。在他先低頭之前，我是不會打電話或傳訊息給他的，是不主動連繫我的尹熙謙太可惡了。

口袋裡的手機震動了起來。我直覺性地知道那個來電者是誰。

然後，就如我預想的，手機螢幕上出現尹熙謙這個名字之時。

「喂。」

『理事。』

我不得不嘲笑我自己。

在我還沒聽到他的聲音之前，他僅是打了電話給我，就讓我的心完全融化了，這算哪門子的自尊心和脾氣啊。我應該早點打電話給他的，不應該迴避因為分離而像滾雪球一樣越滾越大的孤獨感，應該誠實面對的。遲來的後悔再次來臨。

「你怎麼還不睡？」

我的聲音又莫名地變得刻薄。雖然內心已經釋懷了，反而還因為自己沒有先連繫尹熙謙而感到抱歉，可刻薄的語氣還是跑了出來。

尹熙謙向不誠實的我投出了直球。

『因為我好孤單。』

而且是非常非常耿直的直球。我瞬間連話都忘了說，直接僵住了。感覺心臟被羽毛撓了下，嘴角一抖一抖的，臉燒得通紅。啊，媽的，他說他很孤單，怎麼連措辭都能這麼誘人呢。

啊，該死，我們現在應該要在一起的，至少也應該要在馬上就能見得到面的地方。因為我臥病在床，又怕感冒會傳染，別說是做愛了，就連接吻也已經很久沒做了。傷心的時候根本感受不到性欲，就因為一句「我好孤單」，心裡的欲火一下子就蔓延了開來。

『您吃過午餐了嗎？』

不知道尹熙謙到底知不知道他已經點燃了我身心的欲火，只用無比溫柔的聲音叨念著要吃飯。

「還沒吃，現在正在去吃的路上。」

當然，我誠實地回答了。

「你看吧，要是你有一起來不就皆大歡喜了嗎？」

我還嘟囔了一些話。聽到我責怪的言語，電話那頭的尹熙謙低聲笑了。就是說啊，喃喃自語的聲音中也帶著笑意。

『您的身體怎麼樣了？』

「現在幾乎不會咳嗽了，已經都好了。」

『太好了，那睡眠呢？』

「如果擔心這些的話，你就應該跟來的啊。」

說到底，我還是很遺憾他現在不在我身邊。就算有拍攝，也應該讓他取消，把他帶過來的。就算他生氣地說不願意，我也應該直接把他帶來的。如果我有把他帶來，讓他消氣，就不會獨守空房好幾天，也不會因為那些對尹熙謙產生的思緒而難過了。我們能在中央公園散步，在著名的餐廳吃飯，在可以俯瞰曼哈頓夜景的飯店度過美好的夜晚。

『您也要好好吃飯喔。』

「所以說，問題是你沒來。不管吃什麼都不如你煮的粥好吃。」

這絕對不是阿諛奉承，而是事實。在韓國的時候也是如此，為了讓生病的我吃得下，金泰運買了各種好東西獻給我，還讓家管人員做了飯，但因為不想吃，我只吃了一、兩口就放下了湯匙，可是尹熙謙煮的粥我卻吃得很香。畢竟是他為我煮的，不吃的話我心裡也不好受，就算實在沒胃口，說自己不想吃的話，他也會直接親手餵我，所以我也只能努力吃了。

『就是說啊，早知道就跟您一起去了。』

……回想起來，尹熙謙當時真的是一片誠心。也許是因為那是我們在一起以後，我第一次病成那樣，害他嚇得不輕吧。所以他才會不想要我去上班，在聽到我要出差之後，又表現得那麼不愉快吧。

「……不過你不用太擔心，我的身體真的好很多了。」

因為他會感到無謂的後悔，所以我溫柔地低聲說道，希望他不要再擔心了。不知道我的心意是否有傳達給他，尹熙謙清了清喉嚨說。

『請您保重。』

「你也是。」

『我很健康。』

「你都跟我待在一起，說不定都被傳染了。」

『可是我到目前為止都沒事啊。』

我在過去幾年裡都沒有感冒過，尹熙謙這樣安慰我。

「……可是你的聲音好像有點沙啞。」

也許因為是在晚上，他的聲音比平時稍微低了一些，讓我感到很不安。而且，雖然本人沒有意識到，但他總是發出清喉嚨的聲音。

『只是因為是晚上，我真的沒事。』

因為沒有生病過，所以可能不會知道那是感冒的初期症狀。我這次感冒也是，突然就感到全身無力，昏昏沉沉，卻不知道那是感冒的前兆症狀。直到全身像被揍過一樣疼痛起來的時候，才知道是感冒了。當然，雖然只是感冒，但當時也是非常辛苦的，尹熙謙沒有理由感受到那種痛苦。如果有感冒症狀，最好在初期就早點去看病吃藥比較好。

「真是的……你要注意身體。」

『我真的沒事。』

「如果有感覺不舒服，就馬上去醫院。我祕書給過你一張名片吧？你就馬上連絡她。」

『好，我會的。』

「拍攝也不要太勉強，要好好睡覺，現在已經很晚了，快去睡吧。」

別人因為擔心說了這麼多，尹熙謙回答的聲音裡卻夾雜著笑意。本想罵他一句「給我好好聽別人說話」，但我還是忍住了。深愛的人為自己擔心，是一件讓人高興的事情，所以我能理解他只是笑了笑的心情。

「快睡吧，我先掛電話了。」

我是跟別人一起來的，我叫他們先進去，自己卻拿著手機太久了。當我跟尹熙謙道過別，掛斷電話走進餐廳的時候，我又有些後悔了。早知道就在掛電話之前說一句「我想你了」，我這樣稍稍後悔道。

但後悔也只是一剎那。因為我滿腦子都是要快點結束工作回國的想法。「我想你了」這句話，我打算當面告訴他。

但出乎意料的是，我回國的日子提前了幾天，因為尹熙謙真的感冒了。雖然尹熙謙以為我取消對他的監視了，但最終還是基於我的不安，重新派人去監視他了。這是因為我既相信尹熙謙不會胡作非為，卻又不相信。但與其說是因為這個原因，不如說是擔心尹熙謙在我不知道的地方受傷，或是遇到不好的事情。而且，我的決定非常正確。

「他就那樣直接投入到拍攝中了？」

坦白說，晚上接到電話的時候，我感到既荒唐又無言。聽說他已經病到不能大聲說話的程度，像個肺炎病患一樣咳個不停，因為在八月的烈日下也覺得很冷，還買了件開襟毛衣，結果穿著還是冷得發抖。

那些正是我感冒初期的症狀。我最清楚他的喉嚨會有多痛，咳得有多厲害，身體有多痛，又會有多冷了。我連靜靜躺在床上都很累了，可是尹熙謙看起來連醫院都不想去。

「派工作人員過去，叫他們馬上帶尹導演去醫院。」

那絕對不是可以拍電影的狀態。就連我在打完針、吃了藥之前，也是什麼都做不了，只能哼哼唧唧地病著。病得那麼重，即使發揮出再大的集中力，也肯定連判斷拍攝好的鏡頭好壞的餘力都沒有。韓國現在的天氣應該非常熱，他這樣做很明顯只會讓所有人白白受苦，然後還得不到自己想要的結果。

不，媽的，這些都無所謂。重要的是尹熙謙生病了，別人怎樣關我什麼事？他媽的那種電影又算什麼。

我很清楚因為我已經下達了指示，隨行人員很快就會把他送到醫院，然後打電話過來說他已經到達了，但我還是沒辦法冷靜地坐在座位上。我預定了最早的機票，把和我一起出差的部長叫來，把後續的事情交付給他。

現在還沒有在合約書上簽名，即使氣氛再好，也不知道會不會出現什麼變數，導致合作破裂，但我不能再待在美國了。得回去韓國，得回到尹熙謙身邊。雖說只是感冒，但今年夏天的感冒會讓人非常痛苦。

幸好有可以馬上乘坐的飛機，所以我直接去往了機場。我在行駛的車裡接到電話，是我派到尹熙謙身邊的隨行人員打來的。隨行人員說他已經表明是我要求帶他去醫院，要他一定要接受治療的，但尹熙謙仍然堅持要完成今天的拍攝。

聽到這些報告的瞬間，我的頭都暈了。對痊癒的人發脾氣說不要出差，卻在自己病得嚴重的狀態下繼續拍攝？

把電話拿給尹熙謙。

我的聲音會變得殺氣騰騰也不是沒有道理的。現在的我要有多生氣，就有多生氣。電影，那種電影到底算什麼，為什麼要這麼固執地不顧自己的健康？

『喂。』

一瞬間，我以為自己聽到的不是尹熙謙的聲音。我明明叫隨行人員把電話拿給尹熙謙，卻聽到了難聽的沙啞聲音，不由得嚇了一跳。但是賊喊捉賊也該有點分寸吧，他的聲音裡充滿了煩躁。誰竟敢妨礙我拍攝，就是這樣的語氣。

「尹熙謙先生。」

『……理事……？』

電話那頭的尹熙謙嚇了一跳。要麼是沒想到我會親自打電話來，要麼是狀態不好到連這點事都沒想到。我猜大概是後者吧。

「那些人是我派去的，回首爾吧。」

『這麼突然，是怎麼了……』

尹熙謙好像完全聽不懂似的反問道。唉，我強忍住嘆息，咂了咂嘴。

「你的那個聲音。去醫院吧。」

就算我這邊不是在白天，也就是按韓國時間算的話，我也不是前一天晚上才說過嗎？如果有感覺不舒服，就馬上去醫院，馬上連繫我的祕書。因為害怕他風一吹就會被吹走，手一捏就會熄滅，我為他準備了那麼多待命著的人，結果他怎麼都不聽話。

然而，電話那頭的尹熙謙沉默了下來，腦子裡的思緒似乎亂成了一團，他在想什麼太明顯了。自己必須得拍攝啊，如果取消拍攝，讓拍攝期間延長的話，製作費該怎麼辦？還能再次遇到想要的天氣、想要的環境嗎？他大概就是在想這些吧。

真是讓人鬱悶透頂的想法。自己的戀人明明就很有錢，如果製作費不夠，也會幫忙填補，要是租不到拍攝場地，也會動員所有權力租到的。如果這樣也不行，那我會直接把海灘買下來，或是做出來給他的啊。我是真的沒想到曾經因為愛他而掙扎著不想被利用的我，有一天會希望他能利用我。雖然別的事情也是，但我沒想到連關於電影的事他也一點都不想依賴我，而那分固執會這麼讓我難過。

「尹熙謙先生。」

所以我又生氣了。脾氣突然上來，我咬牙切齒地向他發了火。

「你是想要我去大鬧一場嗎？」

不。

「我不是叫你不要生病嗎？」

是威脅了他。

＊＊＊

飛機一降落到仁川國際機場，我便接到了隨行人員的報告，接著，心裡就又有一把火上來。尹熙謙在和我通完電話後，硬是再拍了一個鏡頭才去醫院，並且拒絕住院，執意回到了首爾的家。聽到隨行人員說「因為他是您非常珍惜的人，您也曾命令過我們必須畢恭畢敬地對待他，所以我們沒辦法強迫他」後，我咬了咬牙。

我把來接我的司機訓了一頓，在回家的路上，內心一直感到很難受。所以說，在我坐飛機回來的期間，尹熙謙都自己一個人在那個大房子裡病著。光是想像他那個樣子，心裡就一陣刺痛，甚至產生了「我不該出差的」這樣的後悔。

從仁川機場回家的路太遙遠了。幸好沒有塞車，司機瘋狂地踩著油門，比平時更快地回到了家裡，但我還是心急如焚，就連坐電梯上去的時間都度日如年。一到達頂層公寓，我就馬上打開門跑進了屋裡。

尹熙謙正在臥室裡睡覺。那一刻，我鬆了一口氣。與即使生了病也無法正常入睡的我不同，他睡得很好。

我向他走近，摸了摸他的額頭，沒有很燙，好像是退燒了。雖然睡覺時偶爾會咳嗽，但呼吸還是很平穩。本想著要叫醫生來再幫他掛幾瓶點滴的，但他睡得太香了，我不想叫醒他。醒來後要給他吃些什麼好呢？這樣的煩惱越來越深了。

我第一次看到尹熙謙這麼痛苦的樣子。雖然有見過他因疲勞而面容憔悴，或是無精打采的樣子，卻對他病態的面容無比陌生。我莫名地對他感到抱歉、惋惜和心痛。出於心疼的心情，我把他黏在額頭上的頭髮撥開，吻了一下他汗水乾掉而變得黏答答的額頭。

我該做些什麼呢？因為從來沒有照顧過人，只有被照顧過，所以不知道這個時候該些做什麼才好。雖然也想為他煮粥，但要我做料理給他吃，也應該要在享用的對象健康的狀態下再做才對，畢竟不能讓沒胃口的人吃初學者做的、無法保證味道的菜。得拿條毛巾幫他擦一擦流過汗的身體了，但這可能會吵醒他，所以還是等他醒來的時候再擦吧。我覺得這點程度的事我應該也辦得到。

如果我稍微像你一樣，是個懂得照顧別人的人就好了。至今為止，從未有過的遺憾在心裡蔓延開來。

我把床頭櫃上的燈調暗，小心翼翼地吻了吻他的嘴唇。他生病的樣子就像我過去曾看到的、他的一滴眼淚一樣，不，比那更加讓我心疼。

我怎麼也挪不開手，所以只能小心翼翼地揉了揉他的臉頰。雖然不想吵醒他，可我實在沒辦法只看著他，他看起來是那麼得可憐。

但是，我的手似乎還是把尹熙謙吵醒了，平穩的呼吸聲晃動起來，緊閉的眼皮緩緩張開。在現實和睡夢的邊界中來回的黑眼珠還沒聚焦，看起來很朦朧。不知是不是聞到了什麼和平時不一樣的味道，他馬上深吸一口氣，吐出又長又細的氣息，然後再次用鼻子呼吸。本來茫然望著空中的眼睛慢慢轉向我。

「你醒了？」

直到回到家為止，我還以為自己一見到他就會生氣。身體不舒服的人到底為什麼還要堅持繼續拍攝？我希望你不要捨不得製作費，還是珍惜自己的身體吧。我不是說過不要生病嗎？你是在向我示威嗎……本以為會這樣發洩出來的，但生病的尹熙謙比平時更讓我心軟好幾倍，我現在只覺得揪心。

「……鄭載翰？」

他低沉的聲音非常沙啞。聽到與平時截然不同的聲音，我不禁深深嘆了一口氣。尹熙謙一臉困惑，不知道自己是不是在做夢，因為生病，人變得比平時更遲鈍了，但是好可愛。雖然心痛，卻又覺得很可愛。

「你怎麼會……」

「怎麼不住院？要不是我正在回來的路上，我肯定會收到通知的。」

「……回來的路上？」

「不管我怎麼想，我都覺得是我把感冒傳染給你的。在下達把你帶去醫院的指示之後，我也馬上就回國了。但是你怎麼不住院，自己一個人待在家裡病著啊？」

我不想讓生病的人一個人待著。不，當我一聽到他生病的消息時，滿腦子就只有要馬上趕回來的想法。

不知尹熙謙是否理解我的深情，他眨了眨眼睛，提出了問題。

「……你怎麼知道我生病了？」

「……」

他提出了一個讓我不得不陷入沉默的問題。

有一種要害被擊中的感覺，連撫著他臉頰的手都瞬間變得僵硬。就像塗上了接著劑般，嘴巴都張不開了。

困惑透過動搖的眼睛表現了出來。

所以與其說些什麼……

「唔……」

我低下頭吻了一下尹熙謙。在因為感冒，再加上剛睡醒，還迷迷糊糊的尹熙謙對目前的情況做出明確的判斷之前，我用嘴唇蹭過他乾裂的唇瓣，一口氣把舌頭塞進了他的嘴裡。這是為了讓尹熙謙無法回過神來而使出的招數，但在親吻、舌頭交纏在一起的瞬間，我卻失了神。尹熙謙很甜，即使在生病的時候，也很香甜。

後來尹熙謙想推開我的肩膀，但我並沒有讓步。「會傳染的」這句話在唇和唇之間變得模糊，變成不明確的單詞蹦了出來，所以我裝作沒有聽懂。不是有句話說，只要把感冒傳染給別人，自己的感冒就會痊癒嗎？雖然是從我身上傳染過去的感冒，已經痊癒的我應該會免疫，不會再被傳染了……不過如果能傳染的話，那還不如……

「再傳染給我吧。」

讓我來生病還比較好。

從暫時分開的嘴唇之間飄散出來的氣息很熱。也許是尹熙謙又開始發燒了，他嘴裡吐出的氣息好像比平時還要灼熱。尹熙謙渾身發熱的樣子總是讓我感到非常興奮，但現在卻只是覺得很可憐。因為實在是太可憐了，所以只要能讓他打起精神，我什麼話都說得出口。

「因為熙謙哥生病了，所以我心情很不好。」

熙謙先生、尹熙謙、尹熙謙先生、尹導演，我總是這樣稱呼他。雖然他比我大了兩歲，但不知怎的，叫他熙謙哥讓我覺得又尷尬又彆扭，所以不管他怎麼糾纏，我也還是無法叫他「熙謙哥」。可是，他現在病得這麼嚴重，這麼不舒服，我哪還會有什麼說不出口的話呢？

當然，也有一部分的目的是為了逃避他對於監視的追問。

「……鄭載翰……」

尹熙謙呻吟著呼喊我的名字，黑色的瞳孔像是感到難以置信般抽動起來，原本氣色不佳的臉上開始泛起紅暈。我原以為那是感冒引起的發燒，但我想那股熱度也有可能是其他原因引起的吧。他那副模樣太惹人憐愛了，像是胸口被壓住般，讓人無法忍受，於是我再次歪頭含住他的嘴唇。

可能是放棄抵抗了，尹熙謙伸出手抱住了我，而我也抱住了尹熙謙火熱的身體。只要能把感冒從他身上帶走，我就想被他傳染，我來替他生病。這次我出生以來從未有過的心情，但是我並不討厭。我每次都會因為尹熙謙而發現陌生的自己，我就是這麼深愛著尹熙謙，愛他愛到沒辦法將他從懷中放開，連工作都能為他拋下，義無反顧地奔至他身邊。

我愛尹熙謙。

——〈番外一‧夏季感冒〉完

番外一之二・相思

波濤的聲音從耳邊掠過。能夠證明被黑暗淹沒、看不到邊界和盡頭的大海存在的，就只有海浪發出的聲音和大海的鹹味。雖然無法親眼看見大海的藍色和破碎的波浪，但尹熙謙還是非常喜歡夜晚這樣的大海。

因為無論是聲音，還是吹到皮膚上的夾雜著鹽分的風，以及氣味，都能引起奇妙的感傷。

這不是很浪漫嗎？尹熙謙拿出手機打電話到某處，都是因為那感傷和浪漫慫恿了他。

『喂。』

都還沒聽到幾聲撥號聲，熟悉、但每次聽到時又會感到新鮮的聲音就響了起來。之所以會覺得比平時還要陌生，是因為最後一次聽到那道聲音已經是幾天前的事情了，也是因為那道聲音比平時還要僵硬。看來他還沒消氣。面對生硬而簡短的回答，尹熙謙在內心露出了為難的笑容。

「理事。」

電話那頭的人沒有回應，沉默了一會兒才傳來長長的嘆息聲，但尹熙謙知道那是正向發展的信號。兩人之前之所以都不聽對方說話，並不是因為鄭載翰這個男人單方面推開了尹熙謙，而是因為彼此都很傷心，然而，就像尹熙謙聽到鄭載翰的聲音就能解開自己的心結一樣，鄭載翰也認為自己的聲音會融化尹熙謙心中的疙瘩。剛才傳到尹熙謙耳裡的嘆息就是擁有這樣的意義。

『你怎麼還不睡？』

時針正朝著凌晨兩點指去。這是一個身體疲憊卻睡不著的夜晚。我的愛人不在我身邊，我怎麼可能睡得著呢。

「因為我好孤單。」

面對自己坦率的回答，鄭載翰再次陷入沉默。尹熙謙為了不讓聲音傳過去，壓低聲音笑了，雖然他是極其真心的，但他之所以笑出來，是因為他用眼睛描繪出了聽到自己話的鄭載翰會露出的表情。他現在的表情肯定很可愛，也很惹人憐愛吧。

「您吃過午餐了嗎？」

『還沒吃，現在正在去吃的路上。』

現在紐約的時間應該快下午一點了。光是想像華麗的城市和身在此處的鄭載翰，就讓人心動。另一方面，感到遺憾的心情也沉重地壓在心頭。

『你看吧，要是你有一起來不就皆大歡喜了嗎？』

就如他所說的，自己應該一起去的。鄭載翰指責的聲音裡也充滿了遺憾。

鄭載翰去紐約出差也已經是第五天了。這次的出差就是他們最近的冷戰持續的原因。

鄭載翰不久前因為夏季感冒吃了不少苦頭。雖然發燒、疼痛、咳嗽都很嚴重，但也只是感冒而已。然而，在他們一起度過的一年多時間裡，尹熙謙還是第一次看到他病得那麼厲害的樣子。看著他那個樣子，他心急如焚，甚至取消了拍攝，一直守在他身邊。最近兩人都忙於工作，在一起的時間變少了，但時隔許久地一整天待在一起，說實話也很讓他開心。

以鄭載翰生病為藉口，尹熙謙親手幫他漱洗、穿衣服、餵他吃東西，無力地把一切都交給自己的戀人非常可愛。雖然很擔心生病了的他，也覺得他很可憐，希望他盡快恢復健康，與此同時，鄭載翰毫無力氣的樣子也滿足了他無盡的占有欲。

但是什麼？他要出差？咳嗽還沒痊癒，咳個不停，上班還嫌不夠，居然還要出差，這不可能讓尹熙謙滿意。他雖然要他一起去，但這也不是尹熙謙所希望的。從鄭載翰突然通知自己隔天就要出差開始，尹熙謙就很不高興了，所以在那之後不管鄭載翰說了什麼，他都感到不滿意。

再說了，尹熙謙也有該做的事情，他不能對為了照顧鄭載翰而延後的電影拍攝置之不理。在大家都在等著的情況下，導演突然就跑去國外旅遊這種事，是不可能出現在尹熙謙的字典裡的。

在這樣彼此都堅守著自己立場的過程中，最後還是傷到了感情。明明他們只是擔心彼此，又都想待在一起，氣氛卻一下子冷卻了下來。鄭載翰閉上了嘴，雖然他是怕自己會對尹熙謙說出什麼傷人的話，所以才迴避的，但尹熙謙認為他是在逃避溝通。不說的話誰會知道你的想法啊，每次都這樣。尹熙謙這樣誤解道，所以他也生氣了。

從那以後，他們之間的氣氛一直都很冷淡。彼此都很不愉快，但因為也不是什麼大吵大鬧，便也很難和好。尹熙謙在送他出門的時候，氣氛也是冷冰冰的，在過去的五天裡，就像在進行自尊心的鬥爭一樣，彼此都沒有打電話給對方。但真的打了電話之後，就只留下了後悔，應該更早打電話的。不應該忍受思念之情，應該直接打給他的……

「您的身體怎麼樣了？」

『現在幾乎不會咳嗽了，已經都好了。』

「太好了，那睡眠呢？」

『如果擔心這些的話，你就應該跟來的啊。』

聽到鄭載翰指責的話，尹熙謙淺淺地笑了。就如他所說，早知道就跟去了。當然，電影對尹熙謙來說也有不輕的分量，每當面對作品時，他都想全力以赴，力求完美，但是與鄭載翰相比，就連那部電影也顯得微不足道。如果鄭載翰想要，他連電影都可以放棄。不過如果尹熙謙真的放棄電影，選擇了鄭載翰，個性差勁、疑心又重的鄭載翰也許又會胡思亂想，再次誤會他吧。

不，尹熙謙已經決定不再那樣猜測，要接受抱怨著自己的優先順序被擠到電影後面的鄭載翰了。就像思念而苦的自己，鄭載翰也處於痛苦之中。因為沒有自信而表露出孤獨的鄭載翰讓尹熙謙非常滿意，還覺得他可愛死了。啊，自己不在他身邊真是太可惜了。

「您也要好好吃飯喔。」

『所以說，問題是你沒來。不管吃什麼都不如你煮的粥好吃。』

尹熙謙想起他因為沒有胃口，完全不去吃各種優質的食物，卻還是努力吃下自己親手煮的粥的樣子。親自餵堅持不吃飯的鄭載翰吃粥的那天，坦白說他還滿開心的。給什麼就吃什麼，就這樣吃空一碗粥的鄭載翰對尹熙謙有多麼溫柔，甜蜜的記憶讓人心潮澎湃。

「就是說啊，早知道就跟您一起去了。」

『……不過你不用太擔心，我的身體真的好很多了。』

連最後為了讓尹熙謙不要擔心，用溫柔的語氣補充道的聲音都非常可愛。尹熙謙清了清喉嚨，笑道：

「請您保重。」

『你也是。』

「我很健康。」

『你都跟我待在一起，說不定都被傳染了。』

「可是我到目前為止都沒事啊。」

這麼多年連個小病都沒得過，身體都很健康，怎麼可能會感冒呢？尹熙謙這樣想著，安慰著感到擔心的鄭載翰，同時也因為遺憾而心痛。如果他們現在身在同一處，就可以把他抱在懷裡安慰他，讓他安心一點了。

在那之後，鄭載翰又補充了幾句，應該說是嘮叨了幾句。「要注意身體」、「稍微不舒服就要打電話」、「拍攝時不要太勉強」、「不要晚睡，快點去睡」等，他不斷吐出不知道是誰該對誰說的柔和嘮叨，然後說很晚了，叫他要好好休息，便掛斷了電話。

如果有在通話的最後說一句「我愛你」就好了，可電話卻被無情掛斷，就只有這點很讓人可惜。或許是因為尹熙謙這邊已經是半夜了，但鄭載翰那邊還是中午，他還和其他人在一起的關係。為了撫慰惋惜之情，尹熙謙離開陽臺，走進了房間，進房後馬上就上床睡覺了。

啊啊，好想他啊。像滾雪球般膨脹的思念在心中蕩漾，讓人難受。尹熙謙後悔自己無謂地跟鄭載翰比拚自尊心，以那麼冷淡的態度送走前去出差的他，也後悔自己沒有一起去。

鄭載翰現在在和誰吃飯，和誰對話呢？就像他所說的，如果能抽出幾天時間，一起走在紐約的街道上也不錯啊，把身在異國風景的鄭載翰裝入這雙眼睛裡也很不錯。我果然好想他，好想見他啊。據說是需要出差一個星期左右，他什麼時候會回來呢？

思緒萬千，思念侵蝕著意識。

在相思中，尹熙謙昏昏沉沉地睡著了。

然後第二天早上，尹熙謙忍著劇痛的折磨睜開了眼睛。

他想從床上起身，頭卻暈得站不起來。頭昏腦脹，全身就像被揍過一樣疼痛，喉嚨痛得連口水都吞不下去。儘管症狀確實與鄭載翰的感冒症狀完全相同，但尹熙謙還是不以為意地覺得洗個澡就會好，吃力地爬起來洗了澡。用熱水沐浴過後，抱著似乎稍微好一點了的心情投入拍攝，殊不知那是個巨大的錯覺。

指導演員們演戲時需注意部分的聲音低沉而破碎。只是喝個幾口水，尹熙謙都會感覺到腫起來的扁桃體在疼痛，喉嚨很容易被刺激而咳嗽不已。雖然買來口罩戴上了，但咳嗽的勢頭甚至快要衝破口罩了。

而且，最重要的是他覺得很冷。在萬里無雲的八月天空下，陽光毫無阻擋地直射下來，尹熙謙卻惡寒不止。連不容易流汗的人都揮汗如雨的炎熱天氣裡，尹熙謙買來了一件長袖外套，可就算穿上了，還是會冷得打顫。

雖然服用了綜合感冒藥和止痛藥，症狀卻沒有輕易好轉。即使退了燒，全身痠痛、咽喉痛和咳嗽的症狀依舊無異。在這種情況下，拍攝時間拉長了。

這次出外景拍攝的場面，是在海邊展開的追擊場景。是主角追著隱藏祕密潛逃的人物，與對方在沿海村莊相遇後，追擊戰延續到大海，在海邊廝殺打滾的場景。因為到昨天為止，除了這場戲之外，在海邊需要的場面都已經拍攝完畢，所以尹熙謙打算在今天以這個場景結束海邊的拍攝。

然而，拍攝起來並不容易。問題就出在悶熱的炎炎夏日，在太陽底下就算只站個十分鐘都相當困難。在即使待在陰涼處也會汗流浹背的炎熱天氣下，要做出奔跑、翻滾、打鬥的動作戲，和像盛夏的太陽般燃燒著爆發出憤怒的感情演技，並不容易。

尹熙謙不是個會輕易給出OK信號的導演。託他的福，拍攝次數持續增加，再加上天氣和沙灘的環境因素，每拍一個鏡頭，妝髮就會變得亂七八糟的，每次重拍都需要花費很長一段時間。在炎熱的天氣裡，不僅是演員，連工作人員都快陣亡了，可是尹熙謙期望的演技標準太高了。

也許是因為感冒，判斷力變得模糊。他或許已經拍出了最好的鏡頭，卻還在重複毫無意義的拍攝，但是尹熙謙沒有想到那些，只是執著地追求完美。現在這個一鏡到底的動作戲是從構思劇本的階段就已經決定好的，尹熙謙之前就一直期待著要拍攝這個場景，可他這樣的身體狀態著實令人遺憾。

因此，就更不能以身體不舒服為由，隨便敷衍了事了。就是因為不舒服，才要拍攝出更完美的畫面。之前拍攝的部分都很不錯，但是尹熙謙期待能拍出更好的畫面，所以無論如何也無法放棄。

發現他身體出了狀況的人們叫他去醫院一趟，但尹熙謙還是搖了搖頭。就算是在如蒸籠般悶熱的天氣裡，頂著即使穿著長袖外套還是冷得發抖的奇怪模樣，尹熙謙拍攝的意志還是太強大了。在拍攝現場，沒有一個人能打破他的執著。

誰能戰勝尹熙謙對電影的盲目熱情和奉獻呢？即使身為他莫逆之交的製作人韓柱成

來勸他，他也不願意聽話。最終，以最快的速度拍攝出今天的目標畫面，結束拍攝並送他去醫院，才是最快的方法。

尹熙謙其實很不舒服，但是他不能屈服於這分痛苦。現在拍出的畫面足夠完美嗎？會不會忽略了演技上的不自然和不足之處呢？尹熙謙甚至沒有意識到，自己沒能快速掌握不足之處而陷入苦惱，這已經不像平時的自己了，只是反覆重新拍攝。

這時，有人找上了尹熙謙。穿著黑西裝的大塊頭們，和在這個炎熱的夏天穿著開襟毛衣的尹熙謙一樣怪異。那些人在尖銳地問著是誰把外人帶到拍攝現場的尹熙謙面前，提到了鄭載翰的名字。

是鄭載翰派我們來的，所以停止拍攝，去醫院接受治療吧。聽到這些話，尹熙謙猶豫了一會兒，但最終還是拒絕了。如果是鄭載翰生了病，人在醫院，他肯定會二話不說就飛奔過去，但是他不能因為自己生病就放棄拍攝。並不是說不去，只是得先把該做的事做完再去。尹熙謙打算拍完這次的鏡頭和兩個短鏡頭就去醫院，所以還是強行進行了拍攝。

然而這時，男人們將手機拿給了尹熙謙。

『尹熙謙先生。』

耳邊響起的聲音讓尹熙謙愣住了。

『那些人是我派去的，回首爾吧。』

聽著鄭載翰的命令，腦子裡就像一張白紙。突然傻傻地反問說什麼。

『你的那個聲音，去醫院吧。』

電話那頭的鄭載翰咂著嘴。去醫院，你的聲音聽起來很不對勁，所以去醫院吧。尹熙謙想起了鄭載翰本來就很擔心會把感冒傳染給自己的事情。

這時，朦朧的腦子裡才零星地浮現出問題。鄭載翰是怎麼知道的？他是怎麼知道我生了病，還派人過來的？派來的人是指這些穿西裝的人嗎？還是他是有其他事情才打電話過來，聽到我聲音不對，才叫我去醫院的嗎？諸如此類的問題。

他同時還擔心著拍攝該怎麼辦。是啊，這場戲就算硬是從拍好的鏡頭中選一個來用，也還得再拍兩個短鏡頭才行。即使不行，至少也得再拍一個鏡頭。如果是互毆被壓制的場面，就應該要讓觀眾看到被血浸溼，喘著氣的臉部特寫吧。

電影製作有個排程，而那個排程本來就因為照顧鄭載翰而推遲了幾天，有些吃緊。即使能夠再延長期限，但製作費呢？重新租用這個場地、僱用人手、準備裝備等所有的資金呢？還有這種萬里無雲的炎熱天氣又該怎麼辦？就連折磨人們的酷暑也是必須的。

但鄭載翰似乎僅憑尹熙謙遲遲沒有回答這點，就看透了他複雜的腦袋。

『尹熙謙先生。』

慵懶卻帶有寒氣，看似溫柔，卻隱藏不住銳氣的聲音。

『你是想要我去大鬧一場嗎？』

鄭載翰威脅了尹熙謙。

不。

『我不是叫你不要生病嗎？』

他生氣了。

＊＊＊

就算是韓柱成來叫尹熙謙不要拍了，要他去醫院，他也不會去的，還不如從後面用水管把他打暈再拖走，這還比較可能。以他的個性來說，他是不可能會因為區區一個感冒而中斷拍攝的。可是他一旦得知身在遠方的鄭載翰正在擔心著自己，叫他去醫院，還生氣地說「我不是叫你不要生病嗎？」，尹熙謙怎麼可能還堅持得下去呢？

尹熙謙和鄭載翰派來的隨行人員一起去了醫院。雖然他硬是多拍了一個鏡頭，但畢竟只多拍了一次就結束了拍攝，所以他想主張這並不過分。

他在附近的醫院打完針，吊了點滴之後，回到了首爾。雖然醫生說這次的感冒很嚴重，容易高燒不退，就算吃了退燒藥也很快就又會發燒，再次建議他住院，但尹熙謙最後還是回家了。隨行人員也勸他住院，但他沒有理會。

如果鄭載翰又打來一次，生氣地要自己住院的話，尹熙謙說不定會聽，但在沒有被強迫的情況下，他絲毫不想因為感冒而住進人生地不熟的鄉下醫院裡。當然，就算是在首爾，他也不會住院。

然而，回到家以後，他卻有些後悔了。在沒有鄭載翰的家裡，獨自躺在他們經常一起躺著的大床上，那種感覺很難用言語形容，他甚至覺得住院還比較好。因為相對較大的，不，絕對比病房大非常多的空間帶給他的孤獨感，讓他感到窒息。

也許是因為身體不舒服，內心也跟著變脆弱了，感覺比平時更加難受。所幸身體狀況不好，還吃了藥效很強的藥，他很快就睡著了，可是在意識沉入水底之前，尹熙謙還是一直被極度的孤獨折磨著。

尹熙謙不斷想起鄭載翰。他當時肯定也是這麼不舒服的吧。頭、脖子、胸口、全身都是。因為病得太重，即使吃了藥、打了針也還是不舒服，可他始終堅持不住院，還擔心著是否會傳染給尹熙謙。

可另一方面，鄭載翰也對守在自己身邊的尹熙謙表現出了顯而易見的安心感。那個樣子讓尹熙謙覺得非常可憐，又非常可愛。明明病得那麼重，卻依然是個工作狂，一從床上爬起來就會開始工作，可就連那種樣子都讓自己心動不已。

意識在夢境和現實的界線之間游走。尹熙謙在睡著時做了一個夢，那個夢與其說是夢，不如說是思念和思緒，又或是更接近於某種記憶。在無法區分是睡著還是醒著的模糊狀態下，究竟過了多長的時間呢？

尹熙謙被某個揉著自己臉頰的東西吵醒了。自己似乎是在拉上了遮光窗簾，黑到無法感知時間的房間裡度過了很長一段時間，可能是剛從睡夢中醒來的緣故，昏昏沉沉的，頭有點暈。原本撫摸著臉的東西不知是否是了解自己目前的狀態，慢慢移向鼻梁和眼角搔癢著。熟悉的香氣掠過鼻尖，朦朧的視野漸漸開始成形。隨著視野變得清晰，房間裡也慢慢亮了起來。

「你醒了？」

這是一道甜蜜又溫柔的聲音。雖然和威脅要大鬧拍攝現場的聲音相同，卻溫暖得無法與之相比。

「……鄭載翰……？」

相反的，尹熙謙的聲音卻讓人聽不下去。原本低沉的聲音變得沙啞難聽。一聲嘆息傳來，呼吸觸及到皮膚。觸感伴隨撫摸臉頰的手傳來，那個感覺是真實存在的。

尹熙謙這時才意識到那是鄭載翰，去了紐約的鄭載翰就在眼前。

鄭載翰苦笑著問他為什麼不住院。

「不管我怎麼想，我都覺得是我把感冒傳染給你的。在下達把你帶去醫院的指示之後，我也馬上回國了。但是你怎麼不住院，自己一個人待在家裡病著啊？」

聽著責備自己的聲音，尹熙謙逐漸恢復了精神，開始用原本無法好好運轉，嘎吱作響的腦子掌握情況，才知道鄭載翰是如何來到自己面前的。他如走馬燈般想起了自己在拍攝現場逐漸惡化的身體狀況，和找上自己的可疑男人們，還有鄭載翰的電話，同時也想起了之前病得很重的鄭載翰擔心自己會把感冒傳染給尹熙謙的事情。但是當記憶恢復，頭腦變得清楚時，一個疑問就冒了出來。

「……你怎麼知道我生病了？」

「……」

對於這個問題，鄭載翰沉默了一會兒。撫摸對方臉頰的手停了下來，他原本深情望著尹熙謙的臉瞬間變得僵硬，彷彿沒想到會在這個瞬間被問到這樣的問題。

不，到了這種地步反而讓人無言。尹熙謙之前發現了鄭載翰派人跟著自己的事，所以請他不要再這麼做，而鄭載翰也答應了。那明明是去年才發生過的事，他怎麼又偷偷派人監視自己了?當尹熙謙這樣想的時候。

「唔……」

還沒來得及提出抗議，鄭載翰就用自己的嘴唇堵住了尹熙謙的嘴。雙唇覆在灼熱乾裂的嘴唇上，把舌頭伸進了比平時還要乾渴的嘴裡。

當柔軟的舌頭滑進溼潤舌下的瞬間，幾天來被遺忘的熱情頓時傳遍了全身，頭開始發暈。沉浸在親吻和其帶來的快感中的尹熙謙，好一陣子都沒能把鄭載翰推開。

他很擔心這樣下去，萬一又把感冒傳染給鄭載翰怎麼辦，但直到鄭載翰滿意地把嘴唇移開為止，尹熙謙還是無法將他推開。這都是因為發燒的關係，所以，與其說是熱情的親吻舒服得讓人失神，不如把錯怪在感冒引起的發燒上……尹熙謙想要這麼認為。

「再傳染給我吧。」

當鄭載翰舔著溼潤的嘴唇這麼說著的時候，必須追究他派人監視自己的想法已經從尹熙謙的腦海中消失。

不曉得他知不知道尹熙謙的想法。因為這幾天的拍攝，尹熙謙的皮膚被晒得黝黑，鄭載翰吻了一下他因發燒而比平時更顯懵懂的臉，補了一句。

「因為熙謙哥生病了，所以我心情很不好。」

因為他突如其來的一句話，尹熙謙的心臟瞬間動搖，頭腦一片空白。之前要鄭載翰叫自己熙謙哥，他明明都不太願意叫的，寧願喊他尹熙謙，也死都不叫熙謙哥。看來鄭載翰是真的很在意尹熙謙生病了這件事。說不能讓生病的人一個人待著，就這樣飛了回來，甚至還叫了平時絕對不會叫的「熙謙哥」。有種像蜂蜜般甜蜜的東西，把心頭燒得火熱。

身體明明就很不舒服，病痛還沒有完全消失，全身都很痛，還因為退燒藥的藥效過了，又開始發燒，頭昏腦脹的。喉嚨明明很痛，想要咳嗽……同時，下面卻又很緊繃。

只對自己表現出如此擔心他人的樣子，而那個人就是尹熙謙自己這個事實，讓他心潮澎湃，某個無形的東西從心底滿溢而出。他無法不去愛，即使痛苦得要死，也想愛到最後。

因此，雖然尹熙謙認為不能把感冒傳染給他，卻也沒有避開鄭載翰的嘴唇，甚至無法說出「這樣下去會傳染給你的，所以不可以接吻」。反而渴求著他般迎接他的嘴唇，纏著他的舌頭，這全出自於想和他分享愛情的本能。

他們舔著對方，貪戀著對方的親吻，就這樣持續了多久呢？不知不覺間，被壓在尹熙謙身下的鄭載翰，露出對上下反轉的體位感到荒唐的表情看向尹熙謙。尹熙謙低下頭吻了一下那張臉。

「生病的人是想幹嘛……」

「感冒就是要流了汗才會好。」

鄭載翰現在就算想推開尹熙謙，也已經不可能了。尹熙謙被欲火焚身，身體燒得滾燙。身子從剛才開始就因為發著燒，確實正在發燙了，但現在的種類不同。這是一種如果不能消除，就會更加不舒服的熱度。

無論如何，從他現在的反應來看，這都與鄭載翰先前得到的感冒大不相同。否則他的身體不可能會這麼燙，會這麼想念他，也不會這麼渴望愛情。雖然以足夠讓人忘記痛苦的敏銳集中力進行了拍攝，但在聽到鄭載翰的聲音之後，尹熙謙瞬間就放下了一切。

「我想了想。」

尹熙謙一邊用體重壓住一臉無言，想要從自己身下擺脫的鄭載翰，一邊低語道。

「我好像不是感冒。」

雖然發著燒，渾身疼痛，又會咳嗽，但肯定不是病毒造成的，一定還有著其他原因。鄭載翰獨自出差，而尹熙謙度過了連他的聲音都聽不到的五天，最終，層層堆積的思念變成了一種病，所以才會如此痛苦，卻又瘋狂渴求著他吧。如果不是如此，就無法解釋了。是因為沒辦法喊出你的名字，才會喉嚨痛又咳嗽的。

鄭載翰一本正經地說著「別胡說八道了，讓開」，還嘟囔著說他得吃藥了，都是因為發燒才會開始亂說話的。但是，就跟因各種發熱而發紅的尹熙謙皮膚一樣，他的臉也被燒得通紅。而且，當尹熙謙斜著頭，再次把自己的嘴唇疊到他的唇上時，鄭載翰並沒有推開尹熙謙。不，應該說是沒能推開。鄭載翰只是擁抱著比平時更加灼熱的體溫，感受著熟悉的體香。

果然不是感冒之類的。把鄭載翰抱在懷裡親吻的時候，自己不是一次都沒咳嗽過嗎？明明任誰看都會覺得是很嚴重的、最近流行的夏季感冒，可尹熙謙還是自己做出了不同的診斷。

相思，這就是尹熙謙的病名。

——〈番外一之二．相思〉完

番外二・冬季休假

想要毀掉一個人，並非什麼難事。

最簡單的手段就是錢。不管對方擁有的是多還是少都無所謂，因為無論擁有多少，鄭載翰都比他更有錢。

丟出眩目的華麗誘餌，把對方的欲望養大，深入心靈，使他做出錯誤的選擇，這並不需要多大的努力。因為無論是誰，只要看到鄭載翰，都會飛蛾撲火似的向他投身。

更何況對方已經欠下了巨額債務。對某些人來說，這是賠上一輩子也難以償還的金額，但對鄭載翰而言，那只是一筆小錢。因此，要讓對方在自己的掌中起舞，對鄭載翰來說易如反掌。

如果用債務來替他戴上項圈，只要拽住其末端，對方就只能被拖回來。只要僱用就算債權人死了，也要把錢拿到手的高利貸業者，即使精神再堅強，也只能崩潰。鄭載翰有信心能讓他連一絲希望都不敢奢求，只能陷入誰也救不了的深淵。

然後，再放下一條救命之繩。

即使那是隻把自己推向深淵的手，也只能抓住。只要選好幫助的時機，就可以連一句贖罪的話都不用說，直接成為他的救世主。

不，其實鄭載翰連成為救世主的偽善都沒有。錢，他要以那點錢為代價，無視尹熙謙的感情和想法，去擁有尹熙謙的一切。

鄭載翰計畫著要成為尹熙謙的主人。能完美控制他的一切，他唯一的主人。

別拍電影了，那跟把錢丟到水溝裡沒兩樣。

也不要去見韓柱成，那對你一點好處都沒有。

不對，你別去見任何人。

你只能穿我買給你的衣服。

你還是去考慮要做什麼料理給我吃吧。不，你甚至沒必要做菜。

只要在我下班回家的時候，笑得好看就行了。

你什麼都不用做。

只要在我叫你的時候，在我想要的時候待在我身邊就好。

因為我就是為了這個才花錢把你買下來的。

「……」

沉在水底深處的意識甦醒過來的瞬間。鄭載翰因劇烈的頭痛，皺著眉頭長嘆了口氣。自己本來似乎睡得很沉，卻被強行從睡夢中喚醒，所以頭痛欲裂。鄭載翰緩緩揉著太陽穴，從床上撐起了上身。似乎是在睡夢中感到緊張，身體一直使著勁，導致全身都很痠痛。

什麼鬼夢啊。

用一句話概括了擾亂頭腦的不愉快思緒後，鄭載翰摸索著床頭櫃點亮了小燈。

「……唉。」

多虧了在昏暗臥室的一角，隱約出現於照明下的男人臉蛋，鄭載翰發出了一聲放下心來的嘆息。

平穩呼吸著的男人面對突然亮起的燈光，連眉毛都沒有動一下，睡著的臉看起來很平靜。

真希望他能像那溫柔的表情一樣，做著平靜又美好的夢。因為是在做了一個能稱之為噩夢，令人心煩意亂的夢後醒來的，鄭載翰希望尹熙謙可以不被吵醒，好好地睡一覺。

鄭載翰呆呆地看著尹熙謙熟睡的臉。

掛著髮絲的光滑額頭，濃密的眉毛，眉骨和鼻梁勾勒出的線條形成了美麗的輪廓。

閉著的睫毛有些濃密，看著就覺得搔癢。跟第一次見面時相比，變得更加柔軟的臉頰也很漂亮。下巴線條——鋒利的下顎線也是種藝術品。那麼嘴唇呢？到底是什麼樣的男人，甚至連嘴唇都能這麼帥啊？鄭載翰被想要吻住他的衝動困擾著。

但現在還是半夜，不能用突如其來的親吻吵醒睡得很好的男人。總之，這真是一張不斷考驗著鄭載翰的臉啊。再看一次也覺得無可挑剔，鄭載翰無法將視線從他身上移開。

其實，只要看著他熟睡的臉蛋，鄭載翰就覺得心裡一陣酥麻。雖然心裡發麻，但從尹熙謙的臉上看不到一絲痛苦的痕跡，這讓鄭載翰非常滿意。

然而，這個夢或許反映了，這恐怕會是鄭載翰親手造就的未來。在這個夢中，尹熙謙他……

「……唉。」

只要一想起那張臉，心裡就會很難受，鄭載翰深深地嘆了口氣，然後嚇了一跳。這次嘆氣嘆得太大聲了，擔心在旁邊睡得不省人事的尹熙謙會醒來，鄭載翰暫時屏住呼吸看著他，幸好他這次也沒有醒過來。

最後，鄭載翰靜靜地起身。雖然比以前好很多了，但他患有失眠症也不只一、兩年了。在這個不上不下的時間醒來，就不可能再睡著了。

在天亮之前該做些什麼好呢？欣賞尹熙謙的臉？當然，如果是尹熙謙的臉，即使看個幾小時也不會覺得無聊。

但是，如果要他只是靜靜地看著，他有高機率會忍不住把他吵醒。尹熙謙從明天開始就又要去鄉下拍攝了。他是個在開始拍攝後，就會埋頭工作、廢寢忘食的人，所以鄭載翰希望他能好好度過最後的休息時間。

鄭載翰關掉床頭櫃上的燈，邁著悄無聲息的步伐走出了房間。他拿起被扔在客廳桌子上的香菸，朝著陽臺走去。深夜時分，被城市燈光染得斑斕眩目的黑暗迎接了他。

嘴裡叼著一根菸，用火點燃。他吸了一口，「呼」地長長吐出一口氣，灰濛濛的煙霧在冰冷的空氣中飄散。這是個熟悉的不眠之夜。

某個冬夜就這樣過去了。

＊＊＊

凌晨醒來，在陽臺和書房裡度過一段時間後，鄭載翰再次躺回床上，勉強多睡了兩個小時。因為努力想要入睡，他不停地睡睡醒醒，雖然不能說狀態很好，但心情還是比做了一個不愉快的夢、半夜醒來時要來得好。

他揉了揉臉，進一步消除疲勞感，從床上爬了起來。所幸尹熙謙並沒有注意到昨晚鄭載翰睡不著，在房間外待了幾個小時，依然睡得很沉。

不知道是不是在做夢，他的眉毛一動一動的，非常可愛。鄭載翰偷偷笑著，吻了一下睡著的尹熙謙臉頰。他觸碰得非常小心又溫柔，生怕會把他吵醒。

因為把頭靠得很近，尹熙謙的體香掠過鼻尖，鄭載翰安靜地深吸了一口氣，用他的體香填滿自己的肺部，嘴唇上的溫暖和尹熙謙獨有的體味讓心情變得更加柔和了。因為昨晚做的噩夢，占據內心、沉重而黑暗的東西似乎又融化了一些。

真是太好了。鄭載翰情不自禁地這麼想著，再次在尹熙謙的臉頰上輕輕吻了一下。雖然很想吻到對方醒來，但最後他還是悄悄離開了。現在是早晨開始的時間了。

上班前的準備並沒有什麼特別的。洗完澡出來後，塗上化妝水、乳液，然後打理髮型。為了不讓頭髮掉到額頭上，鄭載翰仔仔細細地吹著頭髮，並把髮尾吹得比平時更乾一點，因為在進入冬天，天氣變冷之後，只要沒有把頭髮吹乾，會嘮叨自己的人已經增加成了兩個。

鄭載翰就這樣做好準備，穿著浴袍從浴室出來的時候，猛地停住了腳步。

這是因為尹熙謙出乎意料地已經醒了。鄭載翰看到把床單裹在身上，望著自己眨眼的尹熙謙，走了過去。

「你醒了啊？早知道我就去別的房間吹頭髮了。」

鄭載翰一悄悄低下頭，尹熙謙就伸手輕輕抓住他的後頸，將他朝自己拉近。如滿臉睡意的尹熙謙所願，鄭載翰吻了他。嘴唇一碰到自己，尹熙謙就像在啄食似的，連吻了鄭載翰好幾下。

「您今天……」

低沉的聲音，還沒有完全聚焦的朦朧眼睛。聽到那道聲音、看到那雙眼睛的鄭載翰非常心動，不知道尹熙謙曉不曉得他的感受，他喃喃自語道。

「特別地帥呢。」

這個連剛睡醒時，臉蛋都顯得光彩照人的人，是在說誰帥啊。

「仔細想想，你還真是會胡說八道呢。」

「我說的是真的。」

「再睡一下吧，你之後要去拍攝現場，應該會很累。」

尹熙謙還有幾個小時的時間。鄭載翰再次吻了他的臉頰，然後從床上站起身。

他走進更衣室，穿上襯衫，再套上西裝褲。在考慮要繫什麼領帶時，更衣室的門打開了，是尹熙謙。

頂著一顆鳥窩頭，身穿短袖T恤和運動服的他徑直走向鄭載翰，摟住了他的腰。尹熙謙吻著他的臉頰和脖子周圍，讓鄭載翰輕輕地笑了。

「都叫你再睡一下了。」

尹熙謙沒有回答，取而代之地再次親吻了鄭載翰的臉頰和嘴唇。那搔癢的感覺讓鄭載翰慵懶地笑了。尹熙謙抱著自己腰的結實手臂給了他一種安全感，讓他的內心也變得柔軟。啊啊，這樣真的變得很難去上班了啊。與此同時，因為做惡夢、沒睡好而變得糟糕的狀態也完全好轉了。

「接下來幾天都見不到面了，真是可惜啊。」

尹熙謙勉強抬起了依依不捨的嘴唇，低聲說道。他慢慢地把手從鄭載翰的腰上鬆開，把鄭載翰的衣領豎起來，然後從衣櫃裡挑了一條領帶，緩緩地圍在他脖子周圍。他拉著領帶的手相當有誘惑力，鄭載翰只能噗嗤一笑。

「不要誘惑我，不然我可能沒辦法馬上就把你送走。」

「是喔……要不我別去了？」

「唉，你今天是怎麼回事啊？」

你又不是真的不會去拍攝。雖然鄭載翰沒有接著說出後面的話，但尹熙謙還是充分聽懂了鄭載翰的意思，淡淡地笑著替他繫上了領帶。他的手法非常熟練，成果也非常完美，是個不會太緊也不會太鬆的漂亮的結。放下衣領，重新調整好領帶的形狀後，尹熙謙為鄭載翰披上了西裝外套。他的伺候非常自然又熟練。

「我覺得你似乎把作為一個祕書的才能浪費在拍電影上了。」

「哈哈，就是說啊。如果我是你的秘書，我就會把你今天的早餐行程取消掉了。」

「我把金室長炒掉，你來上班吧。」

鄭載翰剛好對沒辦法把區區一個早餐會議改期，害自己不能和尹熙謙一起吃早餐的金泰運很不滿，所以說要開除金泰運也不是百分之百的玩笑話。再加上光是想像尹熙謙穿著西裝，二十四小時都守在自己身邊，就覺得很刺激。

尹熙謙笑了，似乎是覺得很不錯。

「那我要把理事的行程全部調整為居家辦公。」

「居家？」

「我覺得在臥室辦公還滿不錯的。」

「……那我應該會承受不了。」

鄭載翰想起以「過了今天，就有幾天都見不到面」為由，早早上了床的前一天，喃喃自語道。儘管他覺得自己最近的健康狀況很不錯，但有時還是很難跟上尹熙謙的體力。不，應該說大部分時間都很難跟上。那個男人的精力似乎就跟他那不老的臉一樣，不受歲月影響。

「怎麼會承受不了？睡覺起來做一次，工作到一半，為了醒醒腦再做一次，累了就睡覺。我也會幫你送飯進來，你可以在床上吃，然後再做一次，再工作。」

「不是，什麼東西啊……」

「怎麼了？您不想跟尹祕書做嗎？」

「不……」

雖然沒有……不想，但是居然說要在臥室辦公，做了再做，不，真是太不像話了。可令人害怕的是，如果是尹熙謙的話，總覺得他好像做得到。要是整天跟他廝混在一起，鄭載翰可能會變成連骨髓都被吸光的木乃伊，也有可能會因為做得太多，連拿起筆在審批過的文件上簽字的力氣都沒有。

「與其說不想，不對，工作就應該去公司做啊。」

「所以你的意思是要在公司做……」

「尹祕書，你被解雇了。」

淨說些不像話的話。鄭載翰連聽都沒聽完，就直接打斷了他的話，嚴厲警告了他。竟然說要在公司做，真是從一大早就開始胡說八道。

當然，如果能看著穿西裝的尹熙謙做，應該會有點感覺……不行不行，會出大事的。鄭載翰毫不留情地斬斷動搖自己的一絲苦惱。公司是工作的地方，也就是說，不是可以考慮做不做愛的場所。

尹熙謙看著鄭載翰僵硬的表情，露出了更加迷人的微笑，一邊想著，鄭載翰的辦公室啊，在那裡做一次應該會很新鮮。

但是尹熙謙很快就隱藏了自己的壞心思，吻了一下鄭載翰的嘴唇。每當進行這種小小的身體接觸時，鄭載翰變得僵硬的表情就會漸漸放鬆下來，真是太可愛了。尹熙謙吻了鄭載翰好幾次，表現出滿腔的愛意。

直到意識到再這樣下去，自己就不會讓他去上班了之時，尹熙謙才放過了鄭載翰。他努力撫慰著遺憾的心情，拿出大衣幫鄭載翰穿上。羊絨材質的大衣非常柔軟且飄逸，將鄭載翰的身體包裹得非常漂亮。

但感覺還是有點薄，尹熙謙從另一個衣櫃裡拿出了一條圍巾，圍在鄭載翰的脖子周圍。鄭載翰歪了歪頭。

「為什麼要圍圍巾？」

「因為聽說從今天開始會變冷。」

「啊啊，好吧，那你也要多穿一點再出去喔。」

「我會的。」

「小心別感冒了。」

「您也是。」

現在真的到了該出門的時間。雖然想再接一次吻，但如果又在這裡猶豫一下子，恐怕就出不了門了。鄭載翰強忍著遺憾，轉身離開了更衣室。

「……您好。」

然後就碰見了金泰運。他來接鄭載翰，就聽到了他說要讓尹熙謙當他祕書的話。

「你上來幹嘛？」

當然，鄭載翰一點也不在乎，他從來都沒有把金泰運放在眼裡。也許他不僅聽到了要炒了自己的話，還聽到了要在臥室辦公的話，還有接吻的聲音，不過，就讓他聽吧。

不管金泰運的表情如何都毫不關心的鄭載翰，回頭向尹熙謙告別。

「那就路上小心了。」

「好，我到公司再跟你說。」

別人看了，或許會以為他們是再也見不到了呢。金泰運在那不知疲倦的深情中咂了咂嘴。是因為金泰運來了，他們才會只做到這種程度就分開的。那沒有金泰運闖入的日子又是如何呢?他們就會花費太多時間來告別，結果讓鄭載翰的行程出現了差池。

但當時挨罵的人還是金泰運。

『金室長，你現在是連我的行程都安排不好了嗎？』

明明是自己遲到了，他卻指責被威脅過盡量不要進到家裡，所以不敢貿然進門，只能一直乾等的金泰運，鄭載翰的人品果然名不虛傳。

那樣的鄭載翰竟然能如此不變地愛一個人。正是因為金泰運自稱自己比任何人都還要了解鄭載翰，所以才更意想不到。

圍什麼圍巾啊，真沒必要。

看著尹熙謙圍在鄭載翰脖子上的圍巾，金泰運再次在心裡咂嘴。

「我出發了。」

但是今天金泰運仍把想說的話憋在了心裡，一邊在心裡想著，看在那條圍巾跟他現在穿的大衣很搭的分上，今天就讓他圍著吧，反正覺得悶的人是他，不是我，這些有點不遜的想法。

無論如何，鄭載翰說自己很幸福，也把身體管理得很健康，就無所謂了。最近的鄭載翰比任何時候都還要穩定，所以這對情侶做出的放閃行徑都能讓金泰運心甘情願地接受，而公司也運轉得很順利，他就別無所求了。

除了有點讓人看不順眼以外，金泰運對最近的狀態感到很滿意。所以說……除了有點讓人看不慣以外，金泰運只是很感激現在的和平。

＊＊＊

雖然兩人開始談戀愛的時候轟轟烈烈，但過了幾個月之後，一起度過的日子就都還滿順利的。當然偶爾也會有吵架的時候，但也沒有發生大到會傷害感情的爭吵。

這是因為兩人都對戀人既忠實又獻身，毫不保留地向彼此表達愛意，跟以前比起來，也變得更常交談了，所以對話的語氣也變得輕鬆了許多。

如果要說有什麼反而成為了問題，那就是他們都會埋頭於自己工作的這個共同點。兩人都是工作狂，有時甚至還會因為各自的工作而讓戀人傷心，導致爭執發生。

在離開TY娛樂後，鄭載翰開始全面參與集團的經營。他是鄭世進會長的長子鄭泰勇的兒子，因此他越過其他叔叔、嬸嬸，被選定為了繼承人。鄭世進會長年過八旬卻仍然沒有辭去會長職務的原因，就是為了把會長的位子傳給孫子鄭載翰，而不是自己的子女，集團繼承工作也是從以前開始就有條不紊地進行著了。

雖說鄭載翰曾因為私生活的緣故，有過短暫的彷徨，但現在那個私人領域也已經足夠穩定了，這意味著他的步伐在集團工作上就如順水行舟。當然，因為他現在必須統領集團內的所有子公司，所以事情變得比以前更多，也是無可奈何的事情。

在自己那麼忙碌的時候，尹熙謙也很忙，這讓鄭載翰有點慶幸，另一方面也感到不滿。這是因為以前在結束工作回到家的時候，尹熙謙都會熱情地迎接自己，這能為鄭載翰洗去疲勞，可短期內連這個都無法期待了。

正式進入冬天後，尹熙謙再次投入拍攝之中。電影在夏天時的場景已經全部拍攝完畢，秋天的拍攝也順利完成了，但因為有幾個場景是以冬天白雪覆蓋的山為背景，所以冬天也得進行拍攝。

由於今年冬天直到一月才開始下雪，讓尹熙謙不得不等待了好一段時間。在看到即將像自己所期望的那般下起雪來的預報後，尹熙謙便決定恢復拍攝。

因此，進入一月以後，尹熙謙就經常不在家了。幾天前也聽到了會下大雪的消息，為了拍攝而去了江原道旌善的山谷，卻沒有拍出想要的畫面，辛苦了幾天，也沒有取得什麼成果就回來了。之後他又等待著下雪，這次得到會下雪的消息，就又出門了。

雖然之前夏季秋季時已經完成了相當多部分的拍攝，但因為還有高潮和結尾的場面，所以尹熙謙實際拍攝的時間比預想的還要長。

尹熙謙已經好幾天沒回家了，因此，鄭載翰在百忙之中還是必須抽出時間。這是因為他接到了與公司無關，卻相當重要的祕密報告。

「拍攝非常順利，工作人員也和尹導演配合得很好，拍攝進行得很快速。大家都知道如果在積雪期間沒能拍完的話，下次就還得再拍，所以都很努力。」

「演員們呢？」

「氣氛很棒。尹導演指導得很好，演員們也展現出了很好的演技。」

暗中監視著尹熙謙的同時，也擔任護衛的TY警衛組所屬職員，他的報告讓鄭載翰在心裡嗤嗤地笑了。也許他是想拍尹導演電影拍得很好的馬屁，但對鄭載翰來說，尹熙謙作為導演的能力並不是什麼值得稱讚的事情。因為那個能力和才能，害得他要在冬天的雪地裡受苦，鄭載翰怎麼可能會滿意呢？

「尹導演的身體狀況如何？」

「似乎沒有什麼不舒服的地方，他在拍攝現場還滿有活力的。」

「工作人員中沒有生了病的人嗎？」

「啊，化妝組裡有個人感冒了，有讓他從拍攝現場離開了，他沒有和尹導演有過直接接觸。」

感冒啊。尹熙謙在拍攝電影的時候都不懂得煞車，所以鄭載翰有點擔心他會不會太過勉強而導致免疫力下降。回想起去年夏天，他不顧高燒，堅持要繼續拍電影的事，鄭載翰皺了皺眉頭。

不然把所有設備都消毒一遍吧?彷彿感冒就像是什麼重病，得了就會出大事般，鄭載翰認真苦惱著，仔細翻看著男人提交的報告書。

拍攝現場的快照被打開了，大多數都是以深山裡的小村莊為背景，尹熙謙和化妝後的演員們交談著的照片。除此之外，還有演員們正在演戲的照片。

不能透過照片來確認演技讓人有些遺憾，透過照片傳達而來的現場氣氛似乎很不錯，但鄭載翰還是想親自確認。那種充滿尹熙謙的熱情，被他的色彩所感染的氣氛和模樣。

「辛苦了，你回去吧。」

「是，那等我回到現場後再跟您報告。」

鄭載翰點了點頭，男人恭敬地鞠了個躬就出去了。鄭載翰不僅收買了電影拍攝現場的工作人員，還讓一名公司員工去劇組當工作人員，讓他成為了自己的眼線。

尹熙謙雖然說過他不喜歡被監視，但這與其說是監視，不如說是對他的保護和擔心。不僅是要保護他，鄭載翰還下定決心，如果在拍攝現場有什麼讓尹熙謙感到辛苦的人事物，他都要幫尹熙謙解決掉。

說不定尹熙謙其實已經隱約發現有人在監視他了，不過他肯定不會知道是以小組為單位，動用了相當多的人數來監視的。

不僅如此，TY娛樂這次也對尹熙謙的電影進行了投資。以鄭載翰離開了TY娛樂，換了崗位為由，韓柱成說服尹熙謙得到了TY的投資。當然，這整個集團都是鄭載翰的，因此實際上等同於是他在投資。就算並非如此，鄭載翰也透過個人運營的投資公司進行了投資。

啊，這當然也是從尹熙謙的立場來看，不會讓他感到開心的事情，所以鄭載翰也沒有向他坦白。鄭載翰主張，如果是不被發現就萬事大吉的事，就沒必要一定要告訴他。

「理事，該出發了。」

在像磁鐵般跟在尹熙謙身邊的人員出去後，金泰運走進房間說道。

下班後就準時回家，是尹熙謙在家時才會發生的事。最近幾天，鄭載翰都會和此前疏忽來往的人見面，共度晚餐時間。

因為是年初，有很多人都邀請他去參加春酒。雖然他們即使沒什麼事也喜歡喝酒玩樂，但春酒確實是個很好的藉口。過去鄭載翰為了緩解不眠之夜的無聊，一整個一月也都會去喝酒。

當然二月、三月也是……十二月也是。坦白來說，一整年好像都是這樣。

金泰運回想起當時的情景，老實說對現在的鄭載翰感到很感激。因為酒席大幅減少，再加上即使喝了酒也會乖乖回家，所以不太會發生什麼需要金泰運收拾的意外。

今天的聚會要與令金泰運有些擔心的人們相聚，但與之前不同的是，他肩上的擔子很輕。

鄭載翰一從座位上站起來，金泰運就幫他披上了大衣。事實上，這是一件不適合寒冬的薄大衣。

但可能是因為長時間都坐在座位上，脖子和後背都有些痠痛，鄭載翰今天格外覺得穿大衣很麻煩，整理好衣著後，他對金泰運說道：

「接下來我會自己看著辦，你下班吧。」

「好的，那就明天再見了。」

在金泰運的道別下，鄭載翰走出了辦公室。一樓已經有車在等鄭載翰了。

現在是冬天，而且還是非常冷的冬天。但不管是家裡還是公司都很暖和，連車子裡都維持著舒適的溫度和溼度，鄭載翰哪還能感受到外面的氣溫呢？在他需要離開公司的時候，也都是乘坐在溫暖的車子裡移動到各個地方的門口，所以他連今天天氣很冷這件事都不會意識到。坦白說，他甚至連大衣都不需要。

「就說不需要圍巾了吧……」

因為不曉得外面會冷，鄭載翰本人也忘了圍上圍巾。看著主人不在的辦公室裡，被孤零零地留在衣架上的圍巾，金泰運咂了下嘴。

是不是該告訴尹熙謙，鄭載翰不喜歡脖子和肩膀上有重量，所以他不怎麼圍圍巾？

苦惱了一會兒的金泰運搖了搖頭，馬上關掉了辦公室的燈，並關上門。

回想起幾天前的早上，忘了時間，黏在一起談著戀愛，說著什麼「尹祕書」的兩人，金泰運就覺得有必要把這個告訴他嗎？但又怕兩人為了沒有圍圍巾這件事吵架……啊，應該不致於因為這點小事就難過到爭執起來吧？但一個人的事是很難說的，更何況談戀愛的人是無比幼稚的，所以金泰運對什麼都沒有把握。

那麼他又該怎麼告訴尹熙謙，鄭理事只要不是在外面，就不會把圍巾圍上呢？還是他要跟鄭載翰說「好歹要考慮到尹導演的心意，圍個圍巾吧」？不過鄭載翰確實沒有理由非要不舒服地圍著圍巾啊。

尹熙謙為了拍攝前往鄉下後，已經過了幾天，可圍巾依舊被閒置在辦公室裡。每次看到它，金泰運的憂慮就會越來越深。

今天在熱鬧的酒席上，鄭載翰喝得比平時還要多很多。就像在與尹熙謙談戀愛之前，用酒來撫慰不眠之夜的那個時期一樣，喝了很多酒。

這是一場從二十多歲開始就會一起喝酒、玩女人和吸毒的一群人的聚會，鄭載翰已經很久沒有在這種聚會上露面了，大家都對此向他吐露了遺憾之情。有幾個人起哄著說要玩得和以前一樣開心，拱著他喝了不少，結果鄭載翰醉得比想像中還要厲害。這種酒席對鄭載翰來說也是時隔已久了，所以他也感到有點開心。

是啊，雖然尹熙謙不在，但還是難得有點開心。鄭載翰醉醺醺地談笑著，自然而然地就開始吸食大麻。每當他吞吐著灰濛濛的煙霧時，就會感覺到因酒醉而襲來的暈眩感。

這是鄭載翰以前非常享受的感覺。因喝醉而笑，沉浸在毒品中。因為毒品，感覺醉意加深而笑，越是這樣就越想再多嗑點藥。正當鄭載翰因重新體驗到的末梢快感，逐漸失去自制力的時候……

如果現在能做愛的話就更好了。

產生這種想法的瞬間，鄭載翰站了起來。當然，即使喝得再醉，他也絲毫不允許其他女人或男人接近自己，但他覺得自己得馬上回家。

不滿和懷疑的眼神朝還不到午夜就離開酒席的鄭載翰投來，但他全都無視了。鄭載翰把正在待機的司機叫來，上了車就回家了。

一進到家裡，暖烘烘的空氣迎接著鄭載翰，讓人根本感覺不到外頭的寒冷。但不知為何，他覺得今天的家裡好寬敞，感覺很空。可明明家具、壁紙、燈光都沒有任何變化。

「哈……」

鄭載翰突然自嘲地笑了。不知是因為很久沒喝這麼多了，還是吸了大麻的緣故，自己變得有點感性。尹熙謙因為拍攝不在家，明明已經不是一天兩天的事了，今天卻覺得他的空位特別明顯，果然是因為喝醉了。

於是鄭載翰打了電話給尹熙謙。即使鄭載翰知道這次拍攝的大部分都是夜戲，主要是在晚上拍攝，他還是忍不住打了電話。

尹熙謙可能正在忙，接不到電話，但鄭載翰還是希望他能接起來。在這樣的心情下，撥號聲究竟響了幾次呢？

『喂？』

尹熙謙接起電話了。

聽到縈繞在耳邊的聲音，鄭載翰不知不覺地露出了微笑。

「你現在方便講電話嗎？」

『嗯，我們在暫時休息中。我本來想打電話給你的，但怕你睡了，所以就沒打了。』

「我今天完全睡不著呢。」

雖然根本沒有睡得好的時候。鄭載翰至今依然沒有向尹熙謙表現出因失眠而痛苦的一面，因為自從有尹熙謙陪伴後，睡得比以前好很多了，所以也不是非得要說。

「熬夜拍攝肯定很辛苦吧。」

『演員們才辛苦。我沒事的。』

「我就是在說演員們啊。尹導演只要開始拍電影，就會興奮得不知疲倦不是嗎？」

『哈哈，你這麼一說，我倒是無話可說了呢。』

鄭載翰明明是在拐彎抹角地指責尹熙謙要注意一下自己的健康，可尹熙謙似乎是覺得他在發牢騷，一笑置之。神奇的是，雖然自己的擔心被當成了抱怨，尹熙謙的笑聲卻讓鄭載翰的心情變好了。聽到他清脆的笑聲，鄭載翰感覺到他應該是工作得很順利，狀態也很好，所以安下了心來。

「你要邊休息邊工作，不要太勉強了。」

『好，我會的。』

「每次都只是嘴上說說。」

『哈哈。』

尹熙謙的笑聲搔癢著耳際，讓鄭載翰也噗嗤一笑。想像著尹熙謙的笑臉，心情又變得更好了。不知怎的，感覺心裡暖暖又癢癢的，在空蕩蕩的家裡感受到的淒涼似乎有些融化了。

『不是說今天有跟朋友們的聚會嗎？』

「我吃完晚餐就回家了。」

『做得好。好乖啊，鄭載翰。』

聽到尹熙謙像在稱讚孩子般低語的聲音，鄭載翰再次笑了起來。居然說自己乖，他本以為只能從把自己當作大兒子替代品的祖父那邊聽到這種話。連他自己都覺得「鄭載翰很乖」這句話實在荒唐到可笑。

但可以肯定的是，尹熙謙的稱讚讓人心情很好。雖然他不僅有喝酒，還抽了大麻，而且現在才剛到家，但他還是很慶幸自己只有說出一半的事實。

軟綿綿又溫暖的東西、撓著心臟的甜蜜感覺盈滿心臟。當鄭載翰心想，自己今天能靠著這比酒和毒品更上癮的感覺睡得更好的瞬間。

『我想你了。』

電話那頭這樣低聲說道。

『鄭載翰，我好想你。』

「……」

突然說出這樣的話，難道不是犯規嗎？

鄭載翰就這樣變得啞口無言，縈繞在耳邊的甜蜜聲音讓他束手無策地傾倒。心裡暖呼呼的，瞬間湧上心頭的熱氣讓鄭載翰頭都暈了。

「……唉，你真的是。」

一個人怎麼可以這麼誘人？明明已經跟尹熙謙一起度過不少時間了，怎麼還能如此緊張和心動呢……再這樣下去，自己真的會死，說不定會死於心臟麻痺。又不是第一次聽到「想你」這句話，真不知道為什麼會如此震撼人心。也許這比毒品對身體更有害。

「讓人發瘋呢。」

鄭載翰懷著無言的心情，虛脫似的笑了。

＊＊＊

「卡。」

尹熙謙的聲音打破了充斥於空氣中的緊張感。演著戲的演員們脫離角色，回歸本來的樣子。投入於角色時好像並不怕冷的演員們，立刻開始在寒冷中瑟瑟發抖，工作人員紛紛拿著羽絨大衣跑到他們面前，為他們穿上。

尹熙謙沒有給出OK的指示，而是從座位上站了起來。因為對剛才的鏡頭不滿意，為了給演員更具體的指導，他向著演員走近。

尹熙謙這次的電影題材是韓國奇幻刑偵片。劇情是大韓民國內發生了轟動全國的連環殺人事件，而身為刑警的男主角揭露了這一案件。這起連環殺人案留下的零星證據都沒有任何關聯，唯一的證人還瘋了。雖然男主角不相信鬼的存在，但當他越追查證據，就越能直覺到有什麼超自然的存在介入於其中。

這時，刑警從證人那裡聽到了一個女人的名字，他就將那個避世隱居的女人找了出來……

把鬼單純視為迷信的男人，和患有神病[2]、看得到鬼而倍受折磨的女人相遇，兩人的關係是從對彼此的不信任和厭惡開始的。但是從夏天開始調查案件，季節交替，一直來到寒冬，執著於破案的男人最終只能走向女人提示的路，而女人雖然討厭把自己一生的痛苦當作迷信對待的男人，卻還是幫助了他。這都是為了減少因鬼而受害的人，撫慰亡魂。

最終，男人接近了事件的真相，意識到這個事件不僅僅與人類有關。他更產生了憐憫之情，想減輕女人仍然受神病折磨的痛苦。而現在正在拍攝的場面，就是男人前來營救神病發作，失去意識、在山裡徘徊的女人。

尹熙謙希望男女主角在這部分抱持的情感能更接近於同僚之愛。觀看電影的觀眾們也許會覺得此橋段將會為兩人的關係引導出浪漫之情，但尹熙謙不希望兩位主角露骨地

2 神病：韓國薩滿教的巫師在成巫過程中會得到的精神疾病。得到後就能看見鬼神，接收神靈的指示。順應命運成為巫師後，神病就會消失。

表現出異性之間的感情。

劉尚元被選為來擔任男主角太柱，朱惠英則擔任女主角世希。劉尚元不僅擁有英俊的外貌，還具備扎實的演技，是個在電視劇中經常飾演白馬王子角色的演員。這次的刑警角色能讓他擺脫之前長年飾演的室長角色，是個使他的演技能獲得認可的好機會。

而女主角朱惠英過去在眾多舞臺劇上臺表演過，是透過這部電影首次在大銀幕上出道的演員。她以彷彿真的神病發作的真實演技，在試鏡中堂堂正正地獲得了主角的位置。

從電影首次拍攝到現在，兩人的演技一直都很出色。現在的演技也很不錯，只不過角色的表現方向並不是尹熙謙所期望的。

「兩位現在演得太像羅密歐與茱麗葉了。」

披著厚重羽絨大衣的兩名男女看著尹熙謙，歪了歪頭。

「兩位現在的演法就像太柱愛著世希，表情也像是男人糾纏著想挽回要離開的戀人一樣悲切。

「擁抱的動作也太迫切了，抱得太大力了。」

「但是，因為世希感覺是要步入危險之中，所以太柱變得迫切也是沒辦法的……」

「太柱一開始不是有那種情感嗎，覺得『這女人是瘋了嗎？』，那種接近幻滅的情感。不是『拜託妳別離開』，而是『這個瘋女人半夜是要去哪裡』這樣的心態。搞笑一點也沒關係。」

雖然兩人為了破案而同甘共苦是事實，但他們對彼此的好感並沒有達到產生愛意的程度。始終存在於他們之間的，反而應該是對彼此的排他心理。

「要搞笑到什麼程度才好呢？」

但也不是要他們直接當成喜劇來演。

飾演女主角世希的朱惠英演技範圍很廣，因此很快就理解了，但劉尚元似乎沒有自信。因為演戲方式與一直以來飾演的浪漫愛情劇截然不同，所以時常會發生讓他感到吃力的事情。

特別是拍攝從去年秋天橫跨到今年冬天，空白期稍長的緣故，要投入到角色之中似乎比平時更加困難。如果時間允許，尹熙謙會讓他自己摸索角色，直到能夠投入之前，想怎麼演就怎麼演。

然而今天沒有那樣的餘裕。由於現在天空雪花紛飛，必須在這場雪停之前，或是在積雪過多，被困住之前完成拍攝。

「惠英小姐，失禮了。」

「啊，好的。」

尹熙謙讓女演員轉過身來。當她做出搖搖晃晃地往前走的樣子時，尹熙謙從後面抓住了她，剛開始抓著她的手臂，鬆開之後又更大力地抓住了她。

「惠英小姐，請妳現在把手臂往後揮來打我。不要故意瞄準，就像是要甩掉我的手一樣，大力揮揮看。」

女演員輕輕地揮動了手臂。當然，因為不是真的在演戲，所以沒有打到尹熙謙。手只是輕輕地揮到他的臉而已。

「對方那時的力量應該不會像是個普通的女人，所以可能會因為被打了一拳，頭就轉過去了。這裡最好是以搞笑的方式呈現，之後請再抓住她一次。請你像在亂抓一樣，用力伸出手來抓住她。如果惠英小姐也能為了擺脫，更積極地掙扎就好了。」

尹熙謙這次避開女演員的手，彎腰把手臂纏在了女人的腰上。當然，因為不是真的在演戲，所以只是輕輕圍在周圍而已，女演員也做出了掙扎的樣子。尹熙謙表現出想抓住她的模樣，女人試圖擺脫，幾次之後，她似乎找到了感覺，點了點頭。

「我要真的打他嗎？」

「劇本上說妳在掙扎，對吧？妳只是跟著腦子裡的聲音走，不知道阻止自己的是人還是什麼東西而進行了抵抗，這樣的情況我覺得太柱因此被打會比較合理。」

「依照太柱的個性，他在這時感覺會罵髒話耶？罵『妳是瘋了嗎？』之類的。」

「是啊，那就這樣試試看吧。不是像是在哀求她不要走一樣，摟過世希的肩膀，而是像壓制瘋子般……」

「抓住我的頭髮。頭髮。」

「惠英，真的沒關係嗎？」

「我都要打你巴掌了。做好心理準備喔。」

「我被打倒是無所謂……也是，因為太柱原本是不相信鬼的存在的，現在雖然相信了，但還是會覺得這個情況令人無法完全相信，感到有點荒唐吧。」

「沒錯，就是這種心情，把愛情萌芽的感覺丟掉。你不認為這是愛情，而是想著如果沒有這個女人，你就抓不到犯人了。」

「哇，那樣太卑鄙了吧。」

「像尚元先生這樣溫柔的外表，再加上內心的卑劣感，會很有魅力的。」

聽到那句話，男演員的臉漲得通紅。因為尹熙謙用沒什麼變化的表情，生硬地說出溫柔的外表、魅力什麼的，讓他莫名地感到有些不好意思。就像在演員們演技不足的時候會進行指謫，尹熙謙也是個不吝稱讚的人，但這次的稱讚不知怎的卻令演員紅了臉。

雖然尹熙謙只不過是說出了別人也會深有同感的客觀感想而已。

「可以給我們一些時間試一下戲嗎？」

「因為時間不多了，就從彩排開始拍攝吧，這種演法有時候在第一次嘗試時反而會是最生動的。」

當然，以尹熙謙對他們的了解，兩位演員都不是那種類型。尤其男演員特別不擅長這種即興表演，需要不斷嘗試才會有完美的結果。當時因為夏季感冒，狀況不好時還執意重拍，都是有原因的。

然而，就在那時。

「……不，還是休息十分鐘吧，這段時間請兩位彩排一下。」

「什麼？」

「休息十分鐘。」

本來說得好像馬上就要拿起攝影機的尹熙謙，態度突然有了一百八十度的大轉變。兩位演員一愣一愣地看著尹熙謙。在開始拍攝之前，導演至少幫忙看一下試戲的部分吧？如果是他們認識的尹導演，肯定會先觀察一下，然後給予更具體的指示——

然而，尹熙謙已經背對他們大步流星地走向了某個地方。

而那個腳步的盡頭——

「怎麼會？」

在這處於嚴冬的雪山之中，鄭載翰穿著完全不相稱的西裝，身披大衣，俯視著拍攝現場。

尹熙謙不禁懷疑自己的眼睛，但是不管再怎麼看，那個人都還是鄭載翰。就算是近在眼前的距離，他果然還是鄭載翰。尹熙謙從頭到腳打量著他問道。

「您怎麼會來？是什麼時候來的？」

「我剛到，就是想來看看拍攝現場。」

「所以您是現在才來的嗎？這麼晚了還走這山路？」

與他的身形完美吻合的西裝和大衣絕不適合登山。即使爬了山，也絲毫沒有變得散亂的完美著裝讓人聯想到華麗的都市摩天大樓。而被泥土和雪弄髒的皮鞋是唯一的瑕疵。

雖說拍攝現場有鋪設了簡易道路，但又不是柏油路，萬一滑倒了怎麼辦？竟然在大半晚穿著皮鞋登山，再說天上還下著雪呢。

尹熙謙不知不覺地用冰冷的目光看向站在一旁的工作人員，工作人員因他的視線而嚇得肩膀一抖。他自己也被突然出現的鄭載翰嚇了一跳，但是還沒來得及打招呼，鄭載翰就舉起手指做出要他閉嘴的動作，他還怎麼有辦法能告訴尹熙謙呢？

「……我們談一下吧。」

在大家都在的地方，尹熙謙既不能追問鄭載翰，也不能替他擔心。雖然尹熙謙並非有特別意識到這點，但在有第三者的空間裡，對待他的語氣也只能變得生硬。

尹熙謙正好想到有個合適的地方，便一把抓住了鄭載翰的手腕。然後在離開之前，對站在一旁的工作人員說道：

「我去倉庫一趟，暫時休息個十分鐘吧。」

當然，尹熙謙自己最清楚現在不是能做這些事的時候。雖然今天該拍攝的部分已經所剩無幾，但在天氣這一變數面前，不可能有閒暇的時間。

然而，鄭載翰從天而降似的出現在了拍攝現場，他又怎能什麼都不做呢？

片場附近有個快要倒塌的廢棄房屋，那裡的倉庫還算可以使用，因此被用作保管拍攝所需的器材和道具的場所。尹熙謙把鄭載翰帶到了那裡。

「您是怎麼來的？不對，至少也先連絡一下吧？」

剛打開安裝在倉庫內的簡易照明設備，尹熙謙就正對上了鄭載翰。他馬上脫下手套，把它塞進口袋裡後，摀住了鄭載翰蒼白的臉頰。果然，手掌下碰到的臉頰非常冰涼。

儘管開始下雪後，氣溫有所上升，但仍然處於零下，而且這裡還是深夜的山裡。在這個就連穿著厚重鵝絨大衣的人也會被凍得瑟瑟發抖的天氣裡，鄭載翰居然只穿了西裝和大衣，尹熙謙真是無話可說了。

「要來的話，好歹也穿厚一點嘛。」

天氣這麼冷，怎麼會只穿著西裝和大衣來呢？

聽到他擔心的嘮叨，鄭載翰無奈地笑了。

問我怎麼來的？

他是開車來的。親自開過彎彎曲曲的山路，來到江原道旌善的山谷村莊，把車停在村口，然後用走的來到拍攝地。

為什麼來了？

因為他不得不來。

雖然知道尹熙謙今天也要通宵拍攝，可鄭載翰還是來到了這裡。

這是因為他說的那句「我想你了」。因為那句話，鄭載翰昨晚直到天亮都難以忍受心中的思念。結果連覺都睡不好，在凌晨就起了床，在太陽升起之前就去上班了。事實上，從那時開始他就已經有了想去找尹熙謙的衝動。

在公司埋頭工作的時候情況有稍微好轉，但是到了下班時間，他又遇到了難關。本來打算再工作一會兒，簡單地吃完晚飯後又回到了辦公室，然而，好像在白天工作時就已經把注意力都用光了似的，他怎麼也無法把字看進去。

不想工作了。可即便如此，他也沒有心情只為了追求快樂而和某人一起去喝酒。

於是，鄭載翰走出了辦公室。他把司機送走，抓住了方向盤，沒有再多想，只是踩下了油門，直接來到了拍攝現場。

尹熙謙偏偏是在連車都進不去的山谷裡進行拍攝，所以他只能下車，在深夜爬了三十分鐘左右的山。鄭載翰感受著腳下嘎吱作響的雪和下方結凍的泥土，無言地乾笑起來。他覺得大半夜還執意來到這裡的自己實在是太荒唐了。

鄭載翰用全身感受著就算是冬天，也不太會感受到的寒冷，因為沒有帶傘，所以就這樣淋著從天上飄落下來的雪。鄭載翰對這一切都感到不可思議。

反正都是要在晚上拍攝，為什麼非要來江原道旌善呢？如果是山的話，首爾也有很多，不管在哪裡拍，終究都會被黑暗所籠罩，分不清是哪座山啊。因為是夜間拍攝，所以照明和為設備供電都不容易，真的非得來這裡不可嗎？怪不得製作費那麼高。當鄭載翰走在上坡路上，呼吸變得有些急促的時候，他也曾因這種想法而咂了嘴。

就這樣走了一段時間，到達拍攝地點的時候，尹熙謙正好在指導演員們。長時間在野外進行拍攝，大家都凍得瑟瑟發抖，但拍攝現場的集中力還不錯。因為不想破壞那個氣氛，鄭載翰做出手勢，要察覺到自己存在的工作人員保持安靜，他不想要妨礙尹熙謙集中精力工作的瞬間。

雖然鄭載翰看到尹熙謙抓住女演員的手臂，從後面抱著她示範演技的樣子，又聽到他對男演員說了溫柔的外表、魅力之類的話，心裡多少有點不舒服。

但現在他都覺得無所謂了。

「你不是說你想我了嗎？」

「啊……」

「看你這麼歡迎我，我來這一趟就值得了。」

鄭載翰到目前為止都還不太擅長用語言表達情感，但他現在說的話是真心的。那麼喜歡拍電影的尹熙謙在發現自己的瞬間，能把一切都拋在腦後，奔向自己，這就足夠了。因為和演員無謂的接觸而產生的不快，也在歡迎自己的表情之中融化了。某種占有欲多少得到了滿足，這種心情讓鄭載翰忘記了疲憊。

「……唉……」

看到雪白的臉上露出的慵懶笑容，尹熙謙嘆了口氣。

沒想到鄭載翰會因為自己的一句「想你了」，就真的跑來找他。這是不是太感人了？尹熙謙本想指責他穿這麼少，還在半夜勉強自己跑來這裡，可現在他全都說不出口了。

尹熙謙把自己身上的羽絨外套拉鍊拉下來，然後把外套左右拉開。

「過來。」

沒有等鄭載翰回答，尹熙謙就直接把他拉到自己懷中。鄭載翰停頓了一下，但很快就反射性地把手臂纏到了尹熙謙的腰上。尹熙謙拉開衣服，最大限度地包裹住鄭載翰的身體。一件羽絨外套下有著四條腿。

「怎麼不圍圍巾呢？」

「在車上。」

這句話並不是謊話。

雖然金泰運暗自苦惱著該如何處理那條圍巾，但鄭載翰也有自覺不能隨便亂扔戀人為自己戴上的圍巾。只是因為在辦公室的時候用不到，所以才掛起來而已。

今天要來找尹熙謙的時候，他記起了那條圍巾，就帶出來了。只是不喜歡脖子和肩膀上有重量，所以沒有圍起來罷了。如果早知道會這麼冷，鄭載翰肯定會圍上圍巾的。只不過因為鄭載翰會直接接觸到外面冷空氣的時刻，就只有在下車進入建築物內，或是從建築物內出來上車的時候而已，因此他並沒有想到冬天會冷到這種程度。

尹熙謙的懷抱很溫暖。凍僵的手變得溫暖起來，相擁著的胸口也變熱了。

「啊……真好。」

尹熙謙呻吟般地喃喃自語著。就像是在回答他自己也有同樣的心情般，鄭載翰更加用力地抱住了尹熙謙的腰，而尹熙謙親吻了他的嘴唇和臉頰。

「現在太冷了，我在下面的村子裡租了一間拿來當宿舍使用的房間，你先去那裡休息吧。」

「沒關係，我等一下就會走了。」

「啊，聽說今天雪會下得很大，所以我們再拍個一、兩個小時就會收工了。請您稍等我一下。」

嗯？我怎麼沒聽說過那樣的報告。鄭載翰偷偷地皺了皺眉。那群混蛋居然敢給我偷懶？針對跟在尹熙謙身邊的監視人員的不快漸漸湧上心頭。

不可能曉得鄭載翰內心憤怒的尹熙謙連連吻著他的臉，低聲說道。

「聽說降雪量很大，一不小心就會被困在這裡，所以我本想凌晨回去給您一個驚喜的，早知道就事先連絡您了。」

鄭載翰一時陷入了該如何處置警衛組那些混蛋的苦惱之中。

「不然您先回車上等我吧，今天天氣太冷了。」

尹熙謙的反覆親吻讓鄭載翰無法繼續思考。嘴唇和嘴唇互相戲弄的輕微接觸太甜蜜了，再加上身體越來越暖和，他已經陶醉於尹熙謙的體香和溫暖之中了。多虧如此，鄭載翰想到了別的計畫。

「所以你的意思收工之後，你會休息幾天是吧？」

「是啊，我們一起回首爾吧。」

「啊，那麼……」

本來因為第二天要上班，只打算來看一下尹熙謙就回首爾的。但現在，鄭載翰決定要休假了。

「我有一棟別墅離這裡不遠，要不在那裡休息幾天再回去吧？」

「好。」

尹熙謙回答得絲毫沒有猶豫，他發自內心高興地笑了。這世上還有什麼比鄭載翰配合自己的休息日一起休假，更讓人高興的事呢？尹熙謙擁抱著鄭載翰，不停地親吻他。

面對那搔癢的吻，鄭載翰淺淺地笑了笑，故意用嚴厲的聲音說道。

「快去把工作結束吧。」

「好。」

然而，嘴上叫別人離開的人，和說要走的人，誰都沒有放開對方。兩人在一件外套下緊緊抱在一起，無法放開彼此。當然，十分鐘已經過去很久了。

同一時間，韓柱成守在廢棄房屋的倉庫前，被凍得瑟瑟發抖。後來才聽說鄭理事來到拍攝現場訪問的他，在聽到尹熙謙帶鄭載翰去了倉庫後，不得不氣喘吁吁地跟了過來。

而他覺得幸好自己有跟來。這是因為他雖然聽不清楚對話內容，但還是能聽到裡面不時傳出的溫柔說話聲，偶爾還能聽到某些微妙的聲音。他只希望那像吸食海螺一樣的聲音，只是由冬夜夾雜著雪花的風發出來的。

韓柱成冷地不斷顫抖，生怕有人靠近倉庫附近，只好在倉庫前徘徊。「你們這幫傢伙，要談戀愛拜託在只有你們兩個人的地方談啊……！」他在內心這樣吶喊道。

＊＊＊

幸運的是，兩位演員很快就按照尹熙謙所希望的方向掌握了情感，拍攝也順利結束了。在拍攝比預想更快結束的情況下，尹熙謙去找了韓柱成。

「哥，麻煩你幫我把拍攝現場整理好。」

「嗯？你現在就要走了？」

「對，設備也麻煩你了。」

驚慌失措的韓柱成沒來得及挽留住尹熙謙，他迅速向演員和工作人員道別，說自己因為有事要先走了，很快就離開了拍攝現場。

鄭載翰在車上等著尹熙謙。本來想再觀察一下拍攝現場，但鄭載翰實在是耐不住寒冷。雖然尹熙謙給了他多出來的羽絨外套，但即使穿上它也不足以溫暖到能站在室外，所以他就直接拿到車裡，當作被子蓋上了。

當尹熙謙到達車前時，鄭載翰把椅背向後仰著，閉著眼睛。當然，他並沒有睡著，只是因為眼睛太乾才閉起來的。

「理事。」

尹熙謙打開了駕駛座的門。

「啊……都結束了嗎？」

「是的，我來開車吧。」

「不用了，你去坐旁邊吧，快。」

對鄭載翰來說，這種程度的失眠和疲憊無異於日常。在這種狀態下開車也不是一天兩天的事了，所以鄭載翰沒有放開方向盤。最後，尹熙謙只能坐到副駕駛座上。

尹熙謙上車後，脫下外套丟到了後座上。確認他繫好安全帶後，鄭載翰踩下油門。在大雪紛飛的夜晚開車非常危險，但鄭載翰開車的技術還算不錯。車如滑行般駛過山路。

「你肯定很累了吧，睡一下吧。」

「我怎麼能丟下你不管，自己睡下去呢？」

啊，突如其來的非敬語。鄭載翰突然感覺內心發癢，噗嗤一笑。這句話聽起來有點色情，似乎不僅僅是自己的錯覺。

其實不管尹熙謙的語氣如何，說敬語也好，輕鬆點說話也好。因為他們在開始交往的同時就同居了，他的說話方式自然就變得放鬆。儘管如此，尹熙謙基本上還是都說敬語，而鄭載翰也因為比自己大兩歲的男人總是對自己說敬語而感到心動。在互相說敬語的時候，偶爾夾雜進來的非敬語總覺得像在撒嬌一樣，讓人心癢。

鄭載翰瞟了導航一眼，距離到達目的地還需要四十分鐘。如果沒有下雪，他肯定會狂踩油門，感到遺憾的心情讓他只能用力握住無辜的方向盤。

雖然分開還不到一個星期，但鄭載翰不知怎的，還是心急如焚。

鄭載翰在尹熙謙拍攝期間，已經透過金泰運做好了準備，因此當兩人到達別墅時，室內已經滿是暖氣了。無論是誰、何時來訪，都可以舒適停留的別墅雖然不大，卻有種溫馨的氛圍。外觀漂亮地就像把歐洲的某個山莊搬過來般，更不用說室內的裝修有多高級了。

但是尹熙謙沒有參觀別墅的餘裕。他一下車就問了浴室的位置，然後把鄭載翰拉進了浴室。

「啊……！」

尹熙謙一下子拉開鄭載翰的領帶，釦子都還沒解開，襯衫就被左右拉開。鈕釦彈了出去，但誰都顧不上，他將鄭載翰的襯衫從肩膀上脫下，而鄭載翰則是抓住尹熙謙穿著的針織衫下襬往上拉。

接著，兩人連同內褲把褲子脫下，兩人的身體就像本來就是一體般緊貼在一起，互相親吻，擁抱和撫摸。

原本沒有這麼著急的——但隨著熱烈且持續的親吻，鄭載翰的腦海中暫時浮現的思緒無力地融化了。

熱水從蓮蓬頭中傾瀉而下，浴室很快就因為水蒸氣而變得霧濛濛的，鄭載翰的呼吸因此變得更加吃力，但也許水蒸氣並不是問題。不知到底是尹熙謙毫不間斷的親吻，還是快速燃燒身體的興奮，亦或是幾天沒睡好覺的疲勞感導致的。

也可能是因為眼前的男人投來的過於性感的目光。

兩人親吻對視的瞬間，本以為不會再變得更炙熱的臉頰變得更加火熱，鄭載翰呻吟著。那雙拂過他赤裸的身體，比順著身體流下來的溫水還熱的手，怎麼就如此色情呢？明明身上充滿了熱氣，卻還是起了雞皮疙瘩，鄭載翰的胸膛隨著急促的呼吸而跳動。

尹熙謙彎下腰，仔細地親吻他的身體。隨著撫摸的手一路向下，嘴唇落在了鎖骨、胸部、腹部上。然後在某個瞬間，他跪在了鄭載翰的身前。

尹熙謙用臉頰蹭了蹭鄭載翰已經勃起的性器，接著用嘴把頂端含住，吸了進去。

「呃……」

在讓人背脊發麻的快感中，鄭載翰只能呻吟出聲。明明已經很熱了，可尹熙謙的口腔卻比什麼都熱。因此，每當嘴裡脆弱的黏膜包裹住性器吮吸的時候，性器就像要直接融化了一樣。

時隔幾日嘗到的刺激快感，在鄭載翰的內心激起了某種凶暴的欲望。他想要更快、更厲害的刺激，特別是在俯視著尹熙謙努力吸吮自己性器的臉時……

「嗚呃……！」

鄭載翰抓住尹熙謙的腦袋，以侵犯他喉嚨內側的氣勢，粗暴地把性器推了進去。他在內心想著，尹熙謙如此淫蕩，自己怎麼可能忍得了啊。

「哈啊……咳、呃……」

鄭載翰發出濃重的呼吸聲呻吟著，再次把性器塞進尹熙謙的嘴裡。一口氣把根部都扎進去再拔出，然後壓著舌頭捅向深處。一旦開始粗暴地活動腰部就停不下來了，因為不管他怎麼動，尹熙謙的嘴都會緊緊咬住，吸吮著自己的陰莖，這種感覺實在太棒了，所以直到射精之前，鄭載翰都想要瘋狂活動自己的腰，直至高潮。

但是因為突然抓住自己臀部的手，鄭載翰只能停了下來。那隻緊緊抓住鄭載翰臀肉的手，問題出在抓的位置不對，手指都快碰到股溝了。雖然與尹熙謙不只做愛一兩次了，但是正在追求性器快感的過程中，後面突然被摸，讓鄭載翰也只能變得僵硬。

「啊，幹……！」

「啊……呃呃……」

手指最終還是碰到了穴口。觸摸到皺摺的瞬間，尹熙謙仍然吸吮著填滿自己嘴裡的性器。雖然喘不過氣來，感覺到了生理上的噁心感，但他還是一邊將唾液吞下，一邊將性器含得更深，直到他的鼻子和下巴完全接觸到鄭載翰的身體為止。就這樣把性器含到碰到喉嚨的程度後，他收緊喉嚨，將手指插入鄭載翰的後穴。

「媽的，哈啊……」

多虧如此，鄭載翰感覺自己的前後都快要升天了。因為毫無顧忌地從後面鑽進來的手指，尹熙謙的嘴光是完全含住自己的陰莖，就讓他快要發瘋了。

一感覺到性器上的刺激，就想擺動腰部，但由於張開內壁、逆行進來的手指，他無法動彈。手指越伸進來，越隨意搓揉內側的黏膜，鄭載翰的腰就越彎，扶著尹熙謙的肩膀哼哼唧唧地呻吟著。酥麻的快感在裡外奔馳著，使得他的腿直打著顫。

「哈啊……」

尹熙謙終於慢慢吐出了性器。看著沾滿唾液和前列腺液的陰莖，尹熙謙咳了幾聲。雖然跟前面的深喉嚨也有關係，但在那之前鄭載翰擅自活動腰部的時候，他就已經有點難受了。

當然，他並沒有因此生氣，或是覺得無奈。

鄭載翰已經很久沒有像這樣興奮到這麼粗魯了，尹熙謙又怎麼可能忍得住呢？而且像現在這樣，鄭載翰隨心所欲地活動腰部，這種過激的口交——

「理事。」

不是會讓人想起過去的那一天嗎？

臉上火辣辣的，不知怎的，當時刺痛的感覺似乎復甦了過來。尹熙謙不由自主地低聲叫著鄭載翰，站起身來，再次把身體貼上去，抓住鄭載翰的臀部，用手指撥開內側，向他吻去。就跟隨意移動的手指一樣，尹熙謙的舌頭胡亂地在鄭載翰的嘴裡遊走。

「呃……呃，呃啊……」

急促的呼吸中夾雜著壓抑的呻吟聲。這是因為比起觸摸內側的敏感點，尹熙謙的手法更傾向於擴張入口。面對依然難以習慣的不自在感，鄭載翰不由得摟住了尹熙謙的脖子。

然而，尹熙謙的手指卻突然拔了出來。

「呃……?!」

接著是身體騰空而起的感覺，尹熙謙抱起了鄭載翰。由於兩腳不著地，鄭載翰反射性地把腿纏在了尹熙謙的腰上。

鄭載翰驚慌地睜大了眼睛。對於沒有兒時回憶的他來說，掛在某人身上被抱起來的經歷本身就讓他感到非常陌生。

「你這是在做什麼？」

「理事。」

本想叫尹熙謙馬上放自己下來的，可尹熙謙為了不讓鄭載翰逃脫，反而把他的背推到了浴室的牆上。鄭載翰意識到自己無處可逃，瞳孔彷彿發生地震般劇烈地顫抖著，尹熙謙勾起了嘴角。

「我的下巴很痛。」

尹熙謙低語的聲音非常狡猾低沉。因為把鄭載翰推到牆上分散了重量，他能夠更加輕鬆地用性器在鄭載翰的股溝間摩擦著。

「因為您的老二太大了，我的下巴很痛。」

「啊、呃……！媽的，啊！」

鄭載翰連回答尹熙謙的餘裕都沒有。他的身體被直接往下壓，性器終於要插進穴口了。沒想到尹熙謙真的會以這種姿勢插入，鄭載翰忍不住罵了出髒話。

而且，也有點委屈。媽的，誰的老二比較大啊，居然還敢說我的大……！

「呃啊……！」

性器撐開下面，戳了進來，鄭載翰猛地抱住了尹熙謙。這是身體為了逃避插入的動作，無意識做出的反應。但尹熙謙反而將鄭載翰的身體壓下去，狠狠地往裡面插入。

「呃，幹！」

因此，鄭載翰只能被壓在浴室牆壁和尹熙謙的身體之間，掛在尹熙謙的身上。是因為陌生的姿勢帶來的不安感嗎？每次尹熙謙的性器往裡面鑽去，比平時更讓人暈眩的快感就會湧上心頭，就像在擊打全身一樣。

「啊，啊……！」

因為姿勢的關係，性器沒有插入得很深，卻準確地刺向鄭載翰的敏感點。身體不由自主地打著顫，但由於動作受限，就連顫抖都無法如願。

就連尹熙謙稍微放鬆力氣，自己就會掉下去的不安感也助長了鄭載翰的快感。每當尹熙謙從下往上撞進來的時候，身體就會往上一彈，然後又好像快要掉下去了。彷彿被拋向空中的漂浮感和墜落感混合在一起，讓他手腳發麻。

「呃啊，呃，呃呃！啊！」

在如閃電襲來的快感中，能夠依靠的就只有尹熙謙的身體。雖然知道他抱得很穩，但鄭載翰還是只能用力撐著。然而越是這樣，後面就會變得越緊，身體卻還是無法放鬆。

「哈啊……」

鄭載翰終究不了解那種迫切的動作，對尹熙謙來說過於刺激了。

尹熙謙支撐著鄭載翰的臀部和腰部，把自己的性器插入火熱的穴內。炙熱的內壁蠕動著緊咬住性器，壓迫感比平時要更激烈。尹熙謙喘著氣，把嘴唇埋在了鄭載翰的脖子上。

「理事。呼，理事……」

曾有那麼一天，被鄭載翰狠狠地打了一頓後，幫他口交，隨心所欲地把手指插進他的身後，把裡面攪得亂七八糟的那時，尹熙謙就想這麼做了。如果鄭載翰沒有紅著臉，顫抖著逃跑的話，尹熙謙就會把鄭載翰拖到床上，讓他像現在一樣呻吟著沉浸在快樂當中。

「……鄭載翰。」

所以現在，尹熙謙只能更堅定地抱住面前全身被染紅、不知所措，只能依靠自己的男人。雖然剛才因為吸吮過鄭載翰的性器，下巴和嘴唇至今都還很麻，但尹熙謙還是想吻他、舔他、吸吮他，品嘗他所有地方，直到兩個人融為一體為止。

「載翰。」

啊啊……當尹熙謙低聲呼喊自己名字的瞬間，不知極限的興奮和快感終於沸騰起來，爆發了出來。就連讓人心酸的激動情緒也變成了快感，鄭載翰在恍惚中，連呻吟都沒能吐出來就停止了呼吸。

在身體和身體之間不停摩擦的性器頂端噴出了又白又黏的液體。在鄭載翰因射精的快感而發抖的時候，尹熙謙把他的身體拉了下來，將自己的性器插到了更深的地方。

「啊啊……！」

精液再次從鄭載翰的性器前端射出，雖然很快就被熱水沖走了，但充滿水蒸氣的浴室裡仍然瀰漫著栗子花的味道。

「呃……！」

那一瞬間，尹熙謙也射在了鄭載翰的體內。他並不是一開始就想要射在裡面的，但還是以鄭載翰把自己絞得太緊了、沒辦法為藉口，射在了體內。

「……哈啊，真是瘋了……」

當尹熙謙拔出性器，把鄭載翰的腿放下來的時候，鄭載翰用感到無言的眼神看向了尹熙謙。而尹熙謙則是帶著「要是你想搧我巴掌，那我很樂意」的謙虛心情，親吻了鄭載翰。

＊＊＊

讓我來吧。

當尹熙謙低聲讓鄭載翰轉過身的時候，雖然有點不好意思，但鄭載翰還是乖乖地轉過身去。即使自己並不是不能做，但正如尹熙謙所說的，有他幫忙還是比較舒服、輕鬆。

所以說尹熙謙幫了什麼忙呢？那就是幫鄭載翰把體內的精液刮出來。在做完愛又射了精之後，把手指伸進只剩下疲憊的身體裡把精液刮出來，這是鄭載翰相當厭惡的事情。而且餘韻猶存的地方再次受到刺激，也會很痛苦。

雖然不討厭在沒有保險套的情況下做愛，但由於需要善後處理，所以鄭載翰並不喜歡被射在裡面。因此，尹熙謙在沒有保險套的情況下做愛時，總是會射在體外，除了像今天這樣的特殊情況……要說這次為什麼特殊，應該可以解釋說因為是第一次嘗試的姿勢，導致他錯過了拔出的時機。

無論如何，最終的狀況還是需要善後。反正不管是自己還是別人來，都是一件令人羞恥和不愉快的事情，所以鄭載翰微微張開雙腿，扶著牆壁站著。尹熙謙輕輕地把手指插進去，幫助裡面的液體流出……

「呃……」

手指插入更深處，聽著自己發出的呻吟聲，心情變得有點微妙……

「……呃呃??」

他被碰到臀部之間的東西嚇了一跳，想要轉身的鄭載翰的後背被壓住，被壓到牆上動彈不得，後方再次被性器插入。

「啊，媽的，等一下——」

「剛才只做了一下就結束，太可惜了……」

由於剛剛的姿勢不太容易移動，尹熙謙感覺自己都沒能好好品嘗鄭載翰。再加上因為是久違的性愛，射精好像也比平時快多了，各方面都讓人覺得可惜。就像是在證明他有多遺憾，光是稍微碰到鄭載翰的屁股，看到從小洞裡流出的精液，他就又勃起了。

「啊、啊、啊……！」

在充滿水蒸氣的浴室裡，鄭載翰的聲音有些高昂，而且已經維持很長一段時間了。最後鄭載翰連站著的力氣都沒有，只能跪在浴室地板上。

幸運的是，在第二次性愛中，尹熙謙將自己的性器從鄭載翰的體內拔出，射在了他雪白的臀部上。雖然必須清理後穴的不幸事件沒有再次發生，但是洗完身體從浴室裡出來的時候，鄭載翰已經處於筋疲力盡的狀態。

雖然知道自己必須上到二樓的臥室睡覺，他卻沒有力氣爬樓梯。所以暫時坐到了客廳的沙發上休息……

鄭載翰或許是就這樣睡著了，當他睜開眼睛時，他依然身在客廳的沙發上。雖然沙發寬度夠寬，有彈性，質感也很好，即使當作床來使用也沒什麼問題，但他真沒想到自己會在客廳睡著。

而且他看了看手錶，已經超過早上十點了。無論多晚睡，在這個時間睜開眼睛，對鄭載翰來說都是件非常陌生的事情。

可能是睡得很沉，頭腦有些朦朧卻清醒。大概是因為這幾天都沒睡好覺，又經過兩次激烈的性愛，體力完全被消耗殆盡了。

又或者是因為尹熙謙的懷抱非常舒服，甚至讓人忘記這裡是沙發。

「呃嗯……」

低沉的聲音從後面傳來，纏在腰上的手臂同時變得有力。尹熙謙就這樣把鄭載翰往懷裡一拉，手從浴袍之間鑽去，慢慢地揉搓著肌膚。

「……你醒了？」

聲音裡充滿了睡意，連眼睛都睜不開。尹熙謙把鼻子埋在鄭載翰的後腦杓，緊緊抱住鄭載翰。那道依舊帶著睡意的聲音讓鄭載翰輕笑回答：

「再睡一下吧。」

「該起床了。」

因為熬夜工作了幾天，晝夜都顛倒了，這個時間尹熙謙平時都還會再多睡一會兒。坦白來說，他也是想再睡一下的。

但是他知道鄭載翰一旦醒來，就很難再睡著了。再說兩人好不容易可以二十四小時黏在一起，用睡覺來消磨時間不是太浪費了嗎？

但他的眼皮還是無法輕易抬起，所以也起不了身。因被自己抱在懷裡的鄭載翰而產生的滿足感也讓人變得更加慵懶。溫暖的體溫讓人心情非常好，他不知不覺就把手鑽進浴袍裡，無法克制地不停撫摸著光滑的皮膚。

「……你手的動作不太恰當喔。」

最終，鄭載翰握住了撫摸自己胸部的手之時，尹熙謙噗嗤一笑。在愉快的心情中，他又清醒了一點，終於可以睜開眼睛了。

待尹熙謙收回手，鄭載翰便從沙發上抬起上身。與身著浴袍的鄭載翰不同，棉被下的尹熙謙完全是赤身裸體的，從日常生活就在誘惑他。鄭載翰懷著有點不可思議的心情，拿起了桌上的香菸和手機。

「再去床上睡一下吧。」

「我已經醒了，您不餓嗎？」

「你餓了嗎？要不要叫人來準備飯菜？」

或者也可以讓人買回來。當鄭載翰這樣嘟囔的時候，已站起身的尹熙謙親吻了他，不讓他繼續說下去。他抱著要出去抽菸的男人的腰，又親了幾下。

「好不容易能兩個人待在一起，就不要叫人來了吧。」

「……你不是說你餓了嗎？」

「我用現有的食材做給你吃吧。」

「可我不知道有沒有食材……」

本想說要出去吃的，可鄭載翰沒能把話說完。因為尹熙謙好像不想聽到其他話似的，不停親吻自己。由於被他抓著接受接連不斷的親吻洗禮，鄭載翰直到肚子真的餓了為止，連抽菸都沒辦法去抽。

當鄭載翰從浴室洗澡出來的期間，尹熙謙翻了翻廚房，準備了早餐。雖然鄭載翰擔心匆忙到來的別墅裡會沒有能做飯的食材，但金泰運果然是一個細心處理所有事情的人。

如果要說細心到什麼程度，那就是他在大半夜的，還是想辦法準備好了食材。雖然因為是深夜，無法準備得應有盡有，食材種類並不多，但還是足以做早餐的。

尹熙謙在要煮飯、煮湯或做小菜都十分足夠的食材上苦惱了很久，在看到麵包的瞬間，就決定要用吐司來做菜了。他在平底鍋內塗上奶油，把麵包稍微烤了一下，並將蔬菜剁碎，和雞蛋混合煎過後，夾了厚厚一層在麵包中間。在這個過程中，還順便煮了一杯自己要喝的咖啡。

鄭載翰從浴室出來的時候，尹熙謙正在拉開客廳的窗簾。別墅客廳的其中一面是窗戶，拉開窗簾後，積著滿滿的雪的庭院映入眼簾。天空還下著鵝毛大雪，透過窗戶看到的情景頗有一番韻味。

「吃吐司可以吧？」

那雪景很合尹熙謙的心意，早餐已經擺好在客廳的桌子上了。

在參觀裝修得溫暖又溫馨的客廳時，鄭載翰打開了安裝在牆壁一側的電壁爐。雖然不是真的燃燒柴火，燃起火焰，但是模擬火花燃燒的樣子，再加上柴薪燃燒的聲音，讓氣氛似乎變得更加溫馨了。

「哈哈，我們這樣就像是被困在這裡了似的。」

尹熙謙笑著喃喃自語道。混濁的灰色天空下起了大雪，窗外一片雪白。除了偶爾會有樹上的積雪扛不住重量，掉下來的聲音傳來之外，外頭一片寂靜。在只有兩個人的山莊裡，燃燒著壁爐，會有這樣的感覺也不是沒有道理的。

如果雪繼續下下去，有可能真的會被困在這裡，可尹熙謙似乎很享受現在的情況，怪不得連準備飯菜的傭人都不讓鄭載翰叫。

當然，鄭載翰也對現在的情況很滿意。雖然腰和腿之間不太舒服，但因為昨晚睡得很好，所以整體狀態還算不錯。而且尹熙謙和自己之間的氛圍不是非常穩定嗎？眼前吃著吐司的男人嘴角掛著淡淡的微笑，感覺心裡一陣搔癢。

沒有人的感情受到傷害，在這樣唯有溫和和柔情的氣氛中，在日常生活中不得不承受的壓力和緊張似乎都得到了緩解。

當鄭載翰心想，即使真的就這樣一輩子被困住，他應該也不會感到厭倦的時候。

「您似乎經常來到這裡呢。」

面對尹熙謙的提問，鄭載翰點了點頭。

「年紀比較小的時候，我有一段時間很喜歡玩單板滑雪，剛開始我還想直接在歐洲或日本過冬，但是坐飛機來回有點麻煩。」

當時的鄭載翰比現在更年輕，也更活躍。當時，他酒後駕駛著跑車在高速公路上瘋狂奔馳，被爺爺鄭會長發現後，車鑰匙被沒收，正需要找到方法解悶，所以玩了一段時間的滑雪。在拿回車子之後，一到冬天也還是經常會來玩，而這棟別墅也是那時候準備的。

「您還會滑雪啊？」

「嗯，以前偶爾會滑。怎麼了？很意外嗎？」

「有一點。雖然我本來就知道您高爾夫和網球都打得很好，也很擅長騎馬，運動神經很好，但沒想到您還會滑雪啊。」

除此之外，鄭載翰意外地也嘗試過其他多項運動，而且大部分都做得很好。就像尹熙謙說的，因為他有充分的機會挑戰，運動神經也很好。只是在進入公司後，對工作產生了興趣，就比較少從事以前運動的愛好而已。不過他現在也會抽空去做各種運動，順便鍛鍊一下體力……

「但是身體怎麼這麼弱呢？」

尹熙謙自言自語地嘟囔了一句，讓鄭載翰頓時僵住了。

他的臉很快就漲紅了，氣得說不出話來。因為他太清楚尹熙謙現在說的體力意味著什麼了。

但鄭載翰確信這絕不是自己的問題。尹熙謙雖然只高潮了兩次，但鄭載翰可是已經被榨得再也擠不出什麼了，再加上尹熙謙的耐力和尺寸與眾不同，所以現在鄭載翰腰腿的狀況也不是很好。用那樣的東西連續逼著別人做了兩次，身體會沒有力氣也是理所當然的。

看著感到荒唐的鄭載翰的表情，尹熙謙瞇起眼睛，輕輕地勾起嘴角。他投出無論怎麼看都極具誘惑的視線，用低沉的聲音在鄭載翰耳邊呢喃。

「如果在窗邊看著雪下下來邊做，感覺會很棒。」

「如果現在這個年紀還能做到這種程度，那就是你有問題了。」

不知道說自己有問題的發言到底有什麼好笑的，尹熙謙爆出了笑聲。不僅如此，他還把坐在他身邊的鄭載翰一把拉過來，抱在懷裡，「啾、啾」地親吻他的臉頰。

一種讓人心潮澎湃的滿足感讓鄭載翰一下子就洩了氣。那張臉實在是太帥了，特別是他那好像在發著光的笑臉，光是看著心臟就快受不了了。

鄭載翰平白無故地乾咳一聲，伸手拿起尹熙謙的咖啡杯。尹熙謙代替咖啡幫他倒的水，在他吃吐司的期間就被喝完了。

「咖啡？要幫您倒一杯嗎？」

「不用了，我喝一口就好。」

尹熙謙到底是什麼人，居然讓鄭載翰偶爾會像故障的機器人一樣變得僵硬。臉頰好像有點泛紅，令鄭載翰想出去透透氣，出去抽根菸好像正好。

如果說有什麼問題的話，那就是鄭載翰仍然穿著浴袍。當然，因為是只有兩個人在的別墅，以那種狀態去庭院並不是什麼大事，但一想到外面的寒冷，他就不得不陷入猶豫。只是為了抽菸，暫時出去一下而已，所以在上面多披一件外套就行了吧？然而，鄭載翰突然想起前一天尹熙謙脫自己襯衫脫得太粗暴，鈕釦都被扯掉的事情。

「你有需要什麼嗎？還是想吃什麼嗎？」

「您打算叫人來嗎？」

「昨天你把我的衣服都丟了，我肯定得叫人拿些衣服來，順便也可以叫他們把其他東西一起帶來。」

他們打算在這裡停留到星期日。鄭載翰剛去到尹熙謙的拍攝現場時，並沒有想過要來這裡，所以沒有做任何準備就過來了。但是鄭載翰從什麼時候開始是需要做準備的人了？有什麼需要的隨時叫人來就行了。

然而，尹熙謙搖了搖頭。

「就一起穿我的衣服吧。」

這是鄭載翰沒有想到的方法。尹熙謙有個裝滿替換衣物的大行李箱，為了應對長期留在拍攝現場而準備的衣服中，有已經穿過的，但也有準備著還沒有換過的衣服，這是因為拍攝比預想中的提前結束了。

「鎮上應該會有超市，如果有需要的東西就一起去買吧。」

尹熙謙的身高略高於鄭載翰，體型也比較壯一些，但還不至於到穿不了他衣服的程度。要說平時尹熙謙會穿些什麼，那就是針織衫、牛仔褲和羽絨衣。因為是任何人都可以穿的安全組合，鄭載翰便點了點頭。

「好吧，那我們準備一下就出門嗎？」

「現在就先這樣待著吧。」

鄭載翰還沒來得及回答，尹熙謙就一把抱住鄭載翰，倒在了沙發上。起床沒多久，飯也才剛吃完，有多久沒有像這樣一吃完就躺下了呢？

和尹熙謙在一起的時候，總是會比平時更放鬆……鑽進懷裡摟住自己腰的尹熙謙，一下子就打消了鄭載翰想要從座位上站起來的意志，他反而還回抱住了尹熙謙。

怦通，怦通，怦通，把尹熙謙抱在懷裡，感覺心跳又加快了一點。為什麼至今仍會這麼心動呢？今天的尹熙謙就像是在撒嬌一樣，用鼻尖蹭著自己的胸膛，額頭靠著他的樣子，實在是太像個小妖精了，讓鄭載翰只能親吻尹熙謙的頭，就像要他再長高一點似的，輕輕拍著他的背，把嘴唇埋在了黑色的頭髮裡。

「……理事。」

就這樣過了一小段慵懶的時間，尹熙謙突然抬起了頭。鄭載翰被那雙黑色的瞳孔吸引，等待著他的話語。

「您為什麼會喜歡我？」

這是個鄭載翰從未預料到的問題。雖然也不是沒有問過自己為什麼會這麼喜歡尹熙謙，但他沒想到尹熙謙會直接問出口。鄭載翰一時說不出話來。

因為長得帥，在銀幕上看到的瞬間就被迷住了。

他不可能做出這樣的回答。

因為陷入了他帶來的、令人極度愉悅的性愛中。

這似乎是事實，又並非事實。如果只沉迷於性之中的話，那麼無論對方是誰都無所謂，但對鄭載翰來說，最重要的是深入自己內心的對象是尹熙謙這點。因為是尹熙謙，才能允許他那樣做。他只允許對象是尹熙謙。

至於到底為何只對尹熙謙有這種感覺，鄭載翰無法給出答案。

「……我不知道。」

這就是鄭載翰坦率的答案。因為是尹熙謙，所以喜歡。但這句話實在難以啟齒，於是鄭載翰還是像往常一樣，選擇把問題丟了回去。

「那你又為什麼會喜歡我？」

沒想到自己有一天會親口說出這種幼稚的話。原來談了戀愛，就會有說出這麼幼稚的話的一天。

另一方面，鄭載翰也很好奇。自己的優點明明就是能夠實現尹熙謙大部分願望的金錢和權力，他卻說自己並不想要那些東西。那麼尹熙謙到底是為什麼會喜歡個性差勁，曾經連對待尹熙謙都很暴力，甚至還離婚過的自己呢？

尹熙謙陷入沉思後，歪著頭回答。

「臉？」

「……」

不是啊……如果只是因為長得帥就喜歡上別人，那尹熙謙應該會愛上鏡子裡的自己吧？鄭載翰無言到連嘴巴都張不開，只是呆呆地看著尹熙謙。

「身體？」

接下來說出的話也很不像話。也不知道尹熙謙到底曉不曉得他無言的心情，只是再次用力抱住了鄭載翰的腰，再次問道。

「我已經回答了，所以請您也回答吧。」

「什麼啊……我都說不知道了。」

「哪有人這樣的，那你是什麼時候開始喜歡我的？」

他從剛才開始就一直在問些讓鄭載翰回答不出來的問題。對尹熙謙一見鍾情，卻沒意識到也沒辦法承認那種感情，從而毀掉他的人生，這算是鄭載翰的黑歷史。幸虧尹熙謙沒有再提，對鄭載翰來說，那是一段不堪回首、令人不舒服的往事。

而且，說不定也是現在進行式。事實上，即使是現在，鄭載翰也會有種想要在他脖子上套上項圈，讓他什麼都做不了，只待在自己身邊的衝動。

「別廢話了，起來吧。」

鄭載翰不知不覺地用生硬的語氣說道，輕輕推開尹熙謙，抬起了上身。

「我們去滑雪場吧，如果你想學單板的話，我可以教你。」

為了迴避現在這個尷尬又難為情的瞬間，感覺自己什麼都做得到。尹熙謙今天似乎是下定決心要讓鄭載翰敞開心扉，鄭載翰簡直快要瘋了。

所以他想要先離開這裡。可跟著鄭載翰抬起上身的尹熙謙反而抓住了他，讓他再次躺下，無法逃跑。

「看來你還有滑雪的體力啊。」

尹熙謙以一副「我知道你很難回答」的表情笑著，那個笑容瞬間就把鄭載翰的臉染紅了。

「如果還有這種力氣……」

尹熙謙把手伸進他的浴袍下，抓住鄭載翰的屁股，悄悄地舔了舔自己的嘴唇。

「還是請多騎在我身上吧。」

用自己的身體代替滑雪，這句話足以讓鄭載翰瞬間石化。他明明平時就會若無其事地用非敬語說話，卻在這個瞬間說敬語，是不是太過分了，鄭載翰在心裡感到無言。但最終，他還是擁抱了撫摸自己身體的尹熙謙。

＊＊＊

短暫的冬季休假一轉眼就過去了。這幾天好不容易忘記外面的一切，毫無阻礙地陷入了只屬於他們兩人的世界裡。光是吃、睡、聊天、做愛，一天的時間就不夠用了。

雖然他們計劃了要去滑雪，但兩人在一起的過程中，除了買過一次菜和散步了一下，都沒有再出門過。雪停了之後，外頭寒流襲來，可兩個男人忙著度過火熱的時間，連感受寒冷的時間都沒有。

不知不覺已經是星期六晚上了。為了星期一上班，星期日就得回首爾。如果太晚抵達，就會影響到隔天上班，所以打算明天悠閒地起床，簡單吃點早餐，在附近轉一轉，吃完午飯再回去。

如果能再這樣度過一段時間就好了，微妙的遺憾讓鄭載翰有些煩躁。雖然他不太會不想去上班，但對於即將到來、必須去上班的星期一，他還是感到相當不高興。

明天在這裡多待一天，凌晨再回首爾上班不就行了嗎？

鄭載翰在苦惱之中，把起司和火腿放到木盤上。雖然他不太會下廚，但不至於連這個都不會做，所以當尹熙謙收拾餐桌的時候，鄭載翰正準備著下酒菜。

鄭載翰拿著盛著下酒菜的盤子、兩個紅酒杯，和一瓶紅酒走向了客廳。別墅裡雖然有好幾個房間，但兩人主要都是在客廳度過的。兩人會在客廳的沙發上聊天聊到很晚，看電影看到睡著。

雖然不能完全不理會工作上的報告，但鄭載翰還是刻意把公司的事情從腦海中抹去，享受了這個假期。可能是因為把世界上的一切都拋諸腦後，埋頭於與尹熙謙共度的時間，這幾天失眠症就像完全消失了一樣。雖然準確來說，是因為和尹熙謙滾床單，讓鄭載翰只能累得睡著。

鄭載翰一邊等著尹熙謙，一邊呆呆看著被白雪覆蓋的庭院。由於是冬天，已經來到夜幕降臨的時間，院子裡厚厚的積雪卻在燈光下閃閃發著光。

要是年末有來這裡就好了。現在到了該回去的時候，心裡只覺得依依不捨。鄭載翰很後悔聖誕節和元旦的時候沒能休息。

但鄭載翰當時也無能為力。年末要整頓的事務很多，所以只在聖誕節當天休息了一天，元旦還要去拜訪鄭會長。按照家裡的慣例，要在年末抽出一個晚上的時間舉行家庭聚會，然後在新年的第一天黎明聚在鄭會長家裡共進早餐。也就是說，即使是鄭載翰也不能缺席。

因此，鄭載翰從新年伊始就只能在非本意的情況下，對戀人置之不理。鄭載翰在元旦前一天並沒有回老家，而是和尹熙謙一起迎接新年後，才在一大早出了門，這是鄭載翰能夠做到的最大讓步。

雖然尹熙謙說沒關係，想讓鄭載翰放心，但身在老家的期間，時間還是過得非常慢，鄭載翰的神經都繃緊了。即使他一有空就會和尹熙謙互傳訊息，也會簡短地通個電話，但他還是一心等待著鄭會長對子女和孫子們說「你們走吧」，結束聚會的時候。

當鄭載翰不顧親戚們久違地喝一杯的請求，回到家，讓尹熙謙迎接自己的時候，他感覺既安心又抱歉。雖然尹熙謙說自己不在乎，要鄭載翰也別太在意，但他還是沒辦法做到。

當然，尹熙謙不可能錯過讓鄭載翰看自己臉色的絕好機會，所以他只能按照尹熙謙希望的來疼愛他。因此，在新年的第一天，他就做出了把男人的性器放進自己嘴裡的行為。

尹熙謙說這樣就足夠了，但鄭載翰還是希望這次短暫的休假能成為當時的補償。

「您在想什麼呢？」

收拾完後，尹熙謙坐到鄭載翰身邊問道。

「不想上班？」

雖然鄭載翰說的是真心話，可尹熙謙似乎將之當成了玩笑話，「哈哈」地笑了起來。鄭載翰也噗嗤一笑，拿起了開瓶器。他非常熟練地剝掉包裹著瓶口的酒帽後，將末端尖銳的開瓶器對準軟木塞中央，適當用力地轉動。各種酒類鄭載翰都有涉獵過，所以開紅酒對他來說只是小事一件。拔出軟木塞，將紅色液體適量倒入杯子裡的動作就像流水般自然。

「來。」

尹熙謙從鄭載翰手中接過酒杯，酸甜卻苦澀的香味讓尹熙謙很滿意，這正是他喜歡的酸味很強的紅酒。尹熙謙發現喝了一口紅酒的鄭載翰眉毛瞬間蠕動了一下，不禁笑了出來。

「要喝別的嗎？」

「不用，這還可以。」

雖然鄭載翰不太能吃酸的東西，但還是能接受紅酒的酸味。與其說他是因為了解豐富的香氣、苦澀的味道和隱隱散發出的甜味、酸味形成的調和……不如說他是在品嘗超越酸味的單寧口感。

令人遺憾的是，現在喝的葡萄酒確實比他能承受的還要更酸。但是鄭載翰並不想喝別的，他想要一起享受尹熙謙喜歡的東西。

連續喝了幾口，感覺對酸味稍微變得遲鈍了些，漸漸嘗到點風味了。然而，當鄭載翰為了吃下酒菜的起司，放下杯子的時候，尹熙謙突然朝他的臉靠近過去，「啾」地吻了他一下。

「請吃下酒菜吧。」

他說完一句荒唐的話，就把因為紅酒而變得有些冰涼的舌頭伸進鄭載翰的唇裡。叫人吃下酒菜，結果竟然把舌頭放進別人嘴裡，真不知道這個男人到底會奸詐到什麼地步，鄭載翰不禁笑了出來。

然而，鄭載翰笑不了太久，因為進到嘴裡的舌頭在自己的舌頭下攪弄，又往下深入進去。在口中游走的舌頭一纏繞到自己的舌頭上，就響起了溼漉漉的聲音。鄭載翰一邊吞吐充滿紅酒香氣的氣息，一邊吸吮著尹熙謙的舌頭。直到紅酒的味道從嘴裡完全洗淨，嘴唇才隨著「啾」的一聲分離。

兩個男人在那之後也進行著無謂的對話，又喝了點紅酒，接著接吻了幾次。

「真不想回去。」

這句話出自尹熙謙之口，與鄭載翰的心意正好一致。不想去上班這句話並非空話，鄭載翰也想在只有兩個人的空間裡，和尹熙謙再多待一段時間。

「如果雪再下大一點，讓我們真的被困在這裡就好了。」

雖然鄭載翰也有同樣的心情，但他很清楚那只是願望而已。即使下了這麼多雪，但從別墅下山的路上，除雪工作已經進行到車輛行駛並不會出現任何問題的程度了，而且別墅底下連通的管線也鋪滿了地熱。

即使沒有那條地熱管線，雪肯定也已經被清理掉了，因為鄭載翰都來到這裡了，TY集團的祕書室和警衛組的人員一定會在周圍待命。

雖然在鄭載翰的指示下，他們沒有做出什麼會被尹熙謙注意到的事情，但趁著兩人去買菜的期間，用物資把別墅填滿的人就是他們。尹熙謙正津津有味地喝著的紅酒也是他們準備的，不然長期沒有被使用的別墅裡怎麼會有這樣的紅酒呢。

「以後再常常抽空過來吧。」

「好啊，冬天過去之前再來一次吧。」

如果尹熙謙願意的話，鄭載翰連每週週末都來的覺悟都做好了。雖然直接在這裡過春節也不錯，但那天也是一大早全家人就要聚在老家裡祭祀。一想到元旦早上已經讓尹熙謙一個人待著了，春節的上午也只能放他一個人，鄭載翰就已經開始覺得難受了。要是無法避免地被安排到國外出差的話，還可以把尹熙謙帶去國外。

「您過年也要回老家吧？」

兩個人的想法在那瞬間似乎相通了，自己好像被他看穿，讓鄭載翰有點恍惚地點了點頭。

「那到時候應該會很勉強。」

「大年初一的晚上出發就可以了，到時候再看情況決定吧。」

「別太勉強了，反正我在想那天中午要不要去一趟柱成哥那邊。」

「……韓柱成家？」

「嫂子讓我過年的時候去一趟，以前她也經常會邀請我過去過節……」

尹熙謙從很久以前開始就不和家人來往了。他在不到二十歲的時候，父親就因病去世，而母親也在幾年後再婚了。他希望重組家庭的母親能夠輕鬆地重新出發，因此和母親漸行漸遠，而現在幾乎就像陌生人一樣沒有連繫了。因此，他並不會和家人一起過節或度過連假。

「晚上也有人約我見面，所以你不用擔心我，放心回去吧。」

尹熙謙還補充了一句「等您回來之後，再好好疼愛我就可以了」，但這句話根本沒有進到鄭載翰的耳朵裡。

那是因為他產生尹熙謙居然要和別人過春節，那讓他覺得有點討厭的自私想法。自己不在時尹熙謙不會感到孤單，光是這個就該讓他感到慶幸了，強烈的占有欲卻令鄭載翰不想把尹熙謙分享給別人。他果然還是想把尹熙謙關在某個地方，不讓他去任何地方，也不讓他見任何人。

只有韓柱成還不夠，要在晚上和尹熙謙見面的傢伙們又是怎樣？可能是電影圈內累積的人脈吧。突然，鄭載翰的腦海中浮現出在拍攝現場看到的畫面，以導演指導演技的名義，那時尹熙謙與女演員的距離超過必要以上的近，而男演員也因尹熙謙的稱讚而高興得要死。該不會是他們在耍花招吧？鄭載翰突然開始後悔，不應該那麼輕易放過在發現自己後，高興地跑過來迎接自己的尹熙謙。

但是他那麼喜歡拍電影，自己自然是不能不讓他拍，可是他還是不喜歡尹熙謙與其他人私下見面。乾脆等春節假期開始後，就把尹熙謙帶到這個別墅，自己短暫地回一趟首爾？

苦惱了一會兒的鄭載翰立即嘆了口氣，因為一想到要讓尹熙謙獨自一人待在這個足以讓人感到孤單的地方，就覺得很不情願。

他忽然想起幾天前的夢。那個因為沒有替尹熙謙戴上項圈而感到慶幸的同時，也感到非常遺憾的惡夢。然而如果真的這麼做了，就不能期待尹熙謙像現在一樣對自己充滿愛意了吧。鄭載翰撥開額頭上的頭髮，好不容易冷靜了下來。

「好，那我從老家回來的時候，再順便去接你就行了。」

「您要來接我？」

「韓柱成先生這段時間也很辛苦，我去接你的時候順便送他新年禮物。」

啊，順便拿幾個不錯的劇本委託韓柱成製作好了。要是能讓韓柱成忙碌於其他的電影，而不是製作尹熙謙的電影的話，兩人應該會少見一些面吧？擴大韓謙影視的規模對韓柱成來說也是個好禮物，簡直是一石二鳥。

按照鄭載翰的脾氣，他本來應該會徹底毀掉韓柱成，甚至讓他再也無法涉足電影製作領域的，但鄭載翰不得不改變方向。雖然不知道尹熙謙是因為聽到他要來迎接自己，還是要送韓柱成新年禮物而開心，但看到笑容燦爛的戀人，鄭載翰就不可能毀掉他所珍惜的人事物。

啊，不過老是滑到額頭上的頭髮怎麼突然這麼煩人啊。鄭載翰再次撥了撥頭髮。

而他一邊想著要找到一個能成為枷鎖的東西。

「嗯……那生日呢？」

「生日？」

「您生日時也會回老家嗎？」

這時鄭載翰才意識到自己的生日不遠了。他平時是怎麼過生日的呢？沒什麼特別的。在生日前的幾週內，會有很多人以要幫他過生日為由約他見面，中午和晚上的行程都會被排滿。為了祝賀自己比任何子女都還要疼愛的孫子生日，鄭會長也一定會在生日前的週末舉行一次家族聚會。

在生日的前一天，鄭載翰就會像過節的時候一樣回到老家過夜，早上和鄭會長一起喝海帶湯當早餐。即使沒有約好，那天早上叔叔、嬸嬸或堂兄弟們也會自己回來。然後像平時一樣去上班，晚上舉行充滿娛樂的派對，這就是鄭載翰的生日。

他平時沒有什麼特別的想法，但現在一想才發現，在鄭家，鄭載翰的生日就像鄭會長的生日一樣，是相當於節日的活動。雖然他的生日大部分都介於元旦和春節之間，但一直都是這麼過的。

這些實在太過理所當然了，令他的心情再次變得沉重。因為這次的生日是在平日，所以如果生日的早晨是在老家度過的話，就必須等到晚上下班後才能吃到尹熙謙煮的海帶湯了。

但是，自己一定得回老家嗎？

「不，在生日前回去吃頓飯就行了，那天可以不用回去。」

妻子似乎很想在家煮海帶湯給自己吃，如果丈夫去祖父母家吃完海帶湯再回來，這也很奇怪不是嗎？之前是因為戶籍上的妻子和祖父母住在一起，才會回老家的。

「還是我乾脆休個假吧？」

當然，鄭載翰從未在平日，以自己的生日為由而不去上班的。

「啊，真的嗎？」

但是當尹熙謙聽到這句話，開心地笑起來的瞬間；比聽到要去迎接他，順便送韓柱成禮物時，笑得更加燦爛的瞬間。生日前後直接休一個星期的假吧，就這樣決定了。

尹熙謙笑著抱住鄭載翰的肩膀，把他拉向自己，親吻了他。他輕輕地托著鄭載翰的後腦杓，嘴唇幾次相疊，渴望著他。

明明除了拍攝或鄭載翰出差，兩人下班後的大部分時間都是在一起度過的，可為什麼現在這段時間會如此令人戀戀不捨呢。也許是因為一旦回到日常生活中，就會被各自的事情所擾，無法完全屬於彼此吧。

鄭載翰不會知道就像自己想獨占尹熙謙一樣，尹熙謙對他的占有欲也非常危險。明天就是最後一天了，鄭載翰將再次融入於眾人之中，就算以冰冷銳利的氣氛武裝，渴望著他的人們肯定還是會在他周圍打轉。但令人欣慰的是，鄭載翰根本不會讓他們靠近，他會無視他們，甚至不把他們當成人來看待。

和鄭載翰親吻了一會兒，尹熙謙慢慢地把他放開。鄭載翰可能是覺得滑下來的頭髮太令人鬱悶了，所以用稍微染紅的表情再次撥了撥額頭上的頭髮。那個樣子看起來很性感，就連梳理頭髮的修長且白皙的手指都那麼性感，尹熙謙不由自主地抓住了他的手。鄭載翰的手指。尹熙謙的心情突然變得激動起來，親吻了鄭載翰的手背，然後把嘴唇貼到他的手指上問道：

「您想要什麼生日禮物？」

如果他有想要的東西，尹熙謙就會想送給他。鄭載翰卻把尹熙謙曾說過的話奉還給他，並噗嗤一聲笑了出來。

「不然你就在身上綁個蝴蝶結吧。」

尹熙謙也跟著笑了，但是他黑色的瞳孔像是要吃掉鄭載翰般凝視著他。在充滿誘惑力的視線中，鄭載翰的微笑尷尬地凝固在嘴角。尹熙謙沒有放過這個機會，把抓住的手悄悄往下拉。

「綁在這裡嗎？」

被尹熙謙抓住的手碰到褲頭，感覺到裡面肉柱的瞬間。

「……我想了想，禮物的話有海帶湯就夠了，你幫我準備一桌生日大餐吧。」

看到鄭載翰一本正經地試圖把手抽走，尹熙謙笑了。自己都收到了進口車作為生日禮物，那他怎麼可能只為鄭載翰準備海帶湯和生日大餐呢。尹熙謙下定決心，要非常努力地為他帶來一段愉快的時光，一邊想著鄭載翰正好說要休假，那從現在開始就要為了那時多吃些好東西，也要努力鍛鍊體力才行。

尹熙謙緊緊抓住他想要掙脫的手，再次拉到自己嘴邊，在手背和手指上「啾、啾」地親了幾下，同時，他還把鄭載翰的一切都放在了眼裡。

鄭載翰把瀏海放下來，不常見到的樣子讓他的心裡癢癢的，但還有其他部分更賞心悅目的，那就是鄭載翰正穿著自己的衣服。

黑色棉褲和粗針織衫都是尹熙謙的。因為他的身高和體格都比鄭載翰略高大一些，所以他的衣服對鄭載翰來說有點寬鬆。明明也不是沒看過鄭載翰穿西裝以外的衣服，可尹熙謙的心卻跳得厲害，恐怕就是因為他穿著自己的衣服吧。

讓他這樣穿上自己的衣服，就好像鄭載翰真的屬於自己一樣。鄭載翰是尹熙謙的，要讓世上的所有人都知道這點的欲望沒有消失。即使離開這裡，重新回到日常生活，也不能讓任何人輕易地接近鄭載翰……

啊啊，果然還是不行。

尹熙謙長長地嘆出一口氣。事實上，來到這裡之後他就一直在苦惱。不知道有多苦惱，甚至還瞞著鄭載翰，把東西藏在了這個沙發上。尹熙謙把手伸進沙發靠背的後方，握住了指尖碰觸到的小盒子。

他本來不打算現在給的。本想找個好地方吃頓飯，或者帶他去一個氣氛好的地方再給他的。因為是作為生日禮物準備的，所以一直忍著想送給他的欲望，一直忍到了今天。

但是一想到明天就要回首爾，他就突然變得焦急起來。一想到要把這個任誰看到都會眼饞的男人重新送回世人眼裡的事實，尹熙謙的耐心就直接見底了。

「……我有個東西想要給您。」

鄭載翰被快要看穿自己的視線所吸引，沒有發現尹熙謙的手在偷偷地扒開沙發靠墊。尹熙謙像舔拭著他般看著自己，不停吻著他的手，所以鄭載翰只覺得心跳加速。因此，面對突然出現在眼前的小盒子，鄭載翰只能變得僵硬。尹熙謙放開他的手後，打開盒子，小心翼翼地拿出半埋在盒子裡的小巧東西。

把這個東西送出去的時候該說些什麼，也是尹熙謙的煩惱之一。您能收下嗎？或是我們結婚吧。一方面覺得已經住在一起了，現在才說這種話會不會太遲了，一方面也覺得就算再怎麼想要，他們在法律上也不能成為夫妻，所以求婚的話，感覺又有點尷尬。

不，不管是什麼話自己似乎都說不出口，光是想像把這個當作禮物送出去的情景，就已經緊張得像是心臟被掐住一般了。

所以尹熙謙什麼也沒說，也沒有詢問鄭載翰的意向。反正尹熙謙要對鄭載翰做的事，和鄭載翰的答案都已經決定好了。

看起來有些冰涼的銀色戒指。尹熙謙用拇指和食指捏住它，然後再次抓起了鄭載翰的左手。就像表達心意，承諾未來的普通戀人們一樣，在那隻微微顫抖的第四根手指上，小心翼翼卻毫不動搖地戴上了戒指。

「載翰。」

用像往常一樣溫柔多情，卻有些低沉的聲音……

「我愛你。」

尹熙謙向眼前的男人表白了心意。

「……」

鄭載翰沒有回答，只是呆呆地看著自己戴著戒指的手、戴在左手無名指上的戒指。

接著，他突然把視線轉向戒指盒。裡面還有一個和鄭載翰戴的一模一樣的戒指。

尹熙謙到底是以怎樣的心情，在珠寶店買了一對一模一樣的男戒呢？極為現實的想法在腦海中短暫掠過，但很快就被填滿內心的感情吞噬、消失了。

拿出剩下這只戒指的手在顫抖。過去上癮一般地嗑藥和喝酒的時候，手也不曾抖過，可現在卻因為心臟像是要爆炸一樣地跳動而不停發抖。如尹熙謙剛才做的，鄭載翰也輕輕抓住他的左手，在左手無名指上戴上了戒指。

他的手指雖然纖長，卻原封不動地紀錄了過去的辛苦時光，關節比鄭載翰的還要粗。儘管如此，還是非常美麗。光是用眼睛記錄下這一刻是不夠的，和自己戴著同樣戒指的手指如此可愛，讓鄭載翰無法移開視線。一定要拍下這隻手的照片珍藏一輩子，就算死了也要帶到墳墓裡。

「哈啊……」

鄭載翰嘆了口氣，呻吟出聲，因為他的心情太激動，都無法正常呼吸了。自己活到現在有這麼感動過嗎？太過歡喜，他甚至感到心痛，痛到連眼球內側好像都在刺痛著。如果情感能以眼淚的形式爆發出來，應該會很痛快，但他還是沒有流淚。

沒想到自己會這麼高興，感動得都想哭了。明明就只是枚戒指而已，明明鄭載翰平時也沒有喜歡戒指，也不會想要的。

他這輩子從不是會戴戒指的人。他覺得首飾很麻煩，所以只會戴手錶，可其實他對手錶也不感興趣，只是習慣性會戴著而已。

因此他雖然說過「就當作是結婚了」這種話，卻完全沒想過要戴情侶對戒和結婚戒指。

但是今天看著這枚戒指，鄭載翰似乎理解人們為什麼要戴對戒了。同時也明白自己那麼想替尹熙謙戴上的，並不是什麼枷鎖。

多虧了尹熙謙，他現在才明白，一個不具備任何物理約束力，只是纏繞著一根手指的戒指，才是他比任何項圈或枷鎖更需要的東西。

「喜歡嗎？」

但是尹熙謙不懂鄭載翰的心，只是露出漂亮的笑臉，問著理所當然的話。他似乎看不到現在的鄭載翰激動得喘不過氣來，就快被情感的浪潮淹死了的樣子。

又或是他那張笑臉，好像在訴說他已經全都知道了。

直到尹熙謙悄悄抬起他的下巴，親吻他的時候，鄭載翰才意識到自己只是握著尹熙謙的手，呆呆地看著他。軟綿綿的嘴唇上還帶著笑意。

但是現在鄭載翰無法親吻尹熙謙，他的笑容太近了，緊張得心臟都疼了，他實在是無法直視那個因為戴了對指而笑得那麼燦爛的男人。

因此，鄭載翰沒有回應尹熙謙的親吻，而是擁抱了他。抱著他結實的肩膀，把臉埋在了他的脖頸上。

哈哈。尹熙謙的笑聲搔癢著耳郭，那道聲音讓鄭載翰臉紅。然而這樣還不夠，尹熙謙抱著鄭載翰，在他耳邊不停低語。

載翰，我愛你。我愛你，鄭載翰。我愛你。我愛你。

甜蜜的告白讓大腦都融化了。終於，呻吟般的一句話從鄭載翰的嘴裡吐出。

「我也是。」

極度的占有欲終於有所緩解。同時，鄭載翰也更加意識到他就只有他一人了。感情湧上心頭，讓他無法不說出口。

最終，鄭載翰低聲說著「我愛你」，親吻了尹熙謙。

——〈番外二・冬季休假〉完

——《單行戀》全系列完

高寶書版集團
gobooks.com.tw

CRS040
單行戀 03（完）
외사랑

作　　者　TR
譯　　者　陳莉蓉
編　　輯　王念恩
美術編輯　單宇
排　　版　彭立瑋
企　　劃　李欣霓

發 行 人　朱凱蕾
出　　版　朧月書版股份有限公司
　　　　　Hazy Moon Publishing Co., Ltd.
地　　址　臺北市內湖區洲子街 88 號 3 樓
網　　址　www.gobooks.com.tw
電　　話　(02) 27992788
電　　郵　readers@gobooks.com.tw（讀者服務部）
傳　　真　出版部　(02) 27990909　行銷部 (02) 27993088
郵政劃撥　19394552
戶　　名　英屬維京群島商高寶國際有限公司臺灣分公司
發　　行　英屬維京群島商高寶國際有限公司臺灣分公司／Printed in Taiwan
法律顧問　永然聯合法律事務所
初版日期　2024 年 4 月

國家圖書館出版品預行編目 (CIP) 資料

單行戀 / TR 作；陳莉蓉譯. -- 初版. -- 臺北市：朧月書版股份有限公司出版：英屬維京群島商高寶國際有限公司台灣分公司發行, 2024.04
　面；　公分. --

譯自：외사랑

ISBN 978-626-7362-19-8（第 3 冊：平裝）

862.57　　112015267